Bij het licht van de maan

Santa Montefiore bij Boekerij:

Onder de ombu-boom
Het vlinderkistje
De Vergeet mij niet-sonate
De zwaluw en de kolibrie
Valentina's laatste reis
De zigeunermadonna
Het geheim van Montague
De Franse tuinman
In de schaduw van het palazzo
De affaire
Villa Magdalena
Fairfield Park
De vuurtoren van Connemara
De dochter van de imker
Onder de Italiaanse zon
Een handvol geluk (incl.
De witte duif en
Het gouden licht)
Naar de overkant
Bij het licht van de maan

De vrouwen van kasteel Deverill
Als de rododendron bloeit
De laatste roos van de zomer
De vergeten Deverill
De verre horizon

boekerij.nl
santamontefiore.co.uk

SANTA MONTEFIORE

Bij het licht van de maan

Ze is altijd de koningin van het dorp geweest.
Totdat iemand haar naar de kroon steekt.

BOEKERIJ

ISBN 978-90-225-9246-5
ISBN 978-94-023-1705-3 (e-book)
ISBN 978-90-528-6404-4 (audio)
NUR 302

Oorspronkelijke titel: *Flappy Entertains*
Vertaling: Erica Feberwee
Omslagontwerp: Johannes Wiebel, Punchdesign
Omslagbeeld: © Shutterstock
Zetwerk: Mat-Zet bv, Huizen

Voor mijn vriendinnen,
die me met hun onverwoestbare opgewektheid
door de lockdown heen hebben geholpen:

Tiff Beilby
Lisa Carter
Brigitte Dowsett
Wendy Knatchbull
Clare Rutherford

1

Badley Compton, Devon, 2010

Flappy Scott-Booth, de zelfverklaarde koningin van het kleine maar zeker niet onbeduidende plaatsje Badley Compton, troonde op de antieke stoel die ze op een veiling bij Christie's had gekocht. Het exemplaar, met een hoge rugleuning, zou afkomstig zijn uit het paleis van de Russische tsaar. De jonge vrouw van vijfentwintig die enigszins stijfjes tegenover haar zat aan de andere kant van het eveneens antieke, notenhouten bureau, oogde wat nerveus. Met haar prettige, open gezicht maakte ze een frisse indruk, zonder dat ze een schoonheid kon worden genoemd. En daar was Flappy ook niet naar op zoek. Wat ze zocht, was een efficiënte, betrouwbare, volgzame assistente. Aan schoonheid had ze geen gebrek. Daarvoor hoefde ze maar in de spiegel te kijken.

Want Flappy mocht de zestig dan zijn gepasseerd, met haar onberispelijke huid, hoge jukbeenderen, wilskrachtige kin en stralende topaasblauwe ogen omlijst door lange gitzwarte wimpers, was ze nog altijd een opvallend mooie vrouw. Haar asblond geverfde haar was zorgvuldig geknipt in een rond geföhnde bob, die haar strakke kaaklijn accentueerde en maakte dat ze in elk gezelschap de aandacht trok. Alleen haar lippen waren wat aan de dunne kant, en bovendien verried de neiging van haar mondhoeken om naar beneden te wijzen haar kritische, onverzoenlijke aard.

Nee, Flappy was niet op zoek naar schoonheid als het om haar PA ging. Er was in Darnley Manor slechts ruimte voor één vrouw die zich daarop mocht laten voorstaan.

'Weet je, er is altijd zo veel te doen,' zei ze, zoals altijd zorgvuldig articulerend. 'Je wilt het iedereen naar de zin maken, maar dat is simpelweg onmogelijk. Darnley Manor is behalve ons huis ook het kloppende hart van Badley Compton. En wat wil je ook, met al die ruimte? De villa zelf, de gazons, de tuinen...' Ze slaakte een zucht, want een dergelijk privilege bracht een loodzware verantwoordelijkheid met zich mee. 'Er is hier zo veel moois. Te veel om op te noemen. We hebben zelfs een arboretum! Ach, we mogen ons zó gelukkig prijzen.' Bij 'zó' sloot ze theatraal haar ogen. 'Maar soms wordt het me allemaal wat te veel. Ik heb zo'n volle agenda! Het hele jaar door openen we onze deuren voor de lokale gemeenschap. In juni stellen we de tuinen drie weken lang open voor het publiek, zodat iedereen van hun unieke, magische schoonheid kan genieten. In juli is er het tuinfeest, in september de rommelmarkt-voor-het-goede-doel, begin oktober vieren we het Oogstfestival met een uitgebreide high tea, eind oktober is het Halloween met een optocht van verklede kinderen, in november hebben we Guy Fawkes Day, in december het kerstdiner, en daarnaast zijn er natuurlijk de wekelijkse bijeenkomsten van de leesclub, het kerkcomité en de commissie gemeentezaken. Nou ja, zo zou ik nog wel even door kunnen gaan.' Ze slaakte opnieuw een zucht en richtte haar alziende blik op de aandachtig luisterende jonge vrouw tegenover haar. 'Maar dat doe ik niet. Je zult zelf wel merken hoeveel er altijd te doen is en waarom ik een secretaresse nodig heb. Iemand die althans iets van de werklast van me kan overnemen. Vroeger deed mijn vriendin Gracie dat. Ze was een enorme steun voor me, bij alles wat er moest gebeuren. Maar ze is dit voorjaar naar Italië vertrokken. Daar heeft ze een graaf ontmoet, en ze is met hem getrouwd. Op haar achtenzestigste nota bene! Afijn, Gracie mag zich tegenwoordig gravin noemen. Dat is natuurlijk verrukkelijk voor haar. Want daarvoor was ze helemaal niets. Tenminste, niets bijzonders. Zo'n vrouw die niet opvalt, aan wie je op straat voorbijloopt zonder haar te zien.' Flappy snoof. 'Maar ik heb me heel begripvol opgesteld,' vervolgde ze met een zuinige glimlach. 'Terwijl het natuurlijk, tussen ons gezegd en gezwegen, erg onheus van haar was om me zomaar in de steek te laten. Ik heb echt dringend behoefte aan een persoonlijke assistente. En volgens mij ben jij precies wat ik zoek, Persephone.' Ze pakte het cv van haar sollicitante van het bureau. 'Je hebt een ruime ervaring. Je spreekt Italiaans, Frans en Spaans. En behalve dat je beschikt over organisatorische kwaliteiten kan je ook nog koken! Geweldig. Ik heb een allerliefst meisje, Karen, dat af en toe voor me kookt. Alleen wanneer het heel erg druk is. Ik ben zelf een uitstekende kok, maar een mens kan nu eenmaal niet overal tegelijk zijn. Afijn, is er ook iets wat je níét kunt?'

'De tuin?' Persephone zei het aarzelend, bang dat de baan daardoor misschien aan haar neus voorbij zou gaan.

Flappy schoot in de lach. 'Daar heb ik je ook niet voor nodig.' Met een zorgvuldig gemanicuurde hand wuifde ze Persephones bezorgdheid weg. 'We mogen ons zó gelukkig prijzen met ons legertje tuinmannen.' En weer sloot ze bij 'zó' even theatraal haar ogen. 'Bovendien komt er elke ochtend een alleraardigst Pools meisje om schoon te maken, dus dat valt ook niet onder jouw takenpakket.' Ze trommelde met haar lange lichtroze gelakte nagels op het cv. 'Kun je meteen beginnen?'

'O! Ja, natuurlijk!' Persephone straalde. 'Heel graag zelfs. Dank u wel.'

'Ik verwacht je hier 's ochtends om negen uur. Haar uit je gezicht, gestreken blouse, rok tot onder de knie. O, en kousen! Ik hou niet van blote benen. En ook niet van hoge hakken.' Flappy trok haar neus op. 'Die vind ik ordinair. Heb je verder nog vragen?'

'Hoe wilt u aangesproken worden?'

'Als Mrs. Scott-Booth. O, en wanneer je de telefoon opneemt, zeg je "Darnley Manor. U spreekt met de assistente van Mrs. Scott-Booth." Afgesproken?'

Persephone knikte. 'Afgesproken, Mrs. Scott-Booth.'

Flappy glimlachte. Haar kersverse PA was een snelle leerling.

Nadat Persephone was vertrokken bleef Flappy nog even achter haar bureau zitten. Haar werkkamer was een charmant vertrek, smaakvol ingericht met gedempte groen- en grijstinten, en bood een prachtig uitzicht op de tuin. Althans, op een van de tuinen. Flappy verkeerde in het gelukkige bezit van een hele verzameling, waarmee ze tegenover haar vriendinnen en de lokale gemeenschap kon pronken. De tuin waarop haar werkkamer uitkeek, was het zogenaamde croquetgazon, ook al werd er nooit meer croquet gespeeld. Vroeger wel, toen haar vier kinderen nog klein waren. Sinds die naar alle hoeken van de wereld waren uitgevlogen, werd het gazon gebruikt voor evenementen. De vlakke grond was ideaal voor het opzetten van een grote tent en werd begrensd door een oude stenen muur met daarvoor de alom geroemde border met groenblijvende planten. Flappy was erg trots op die border en vond niets heerlijker dan bezoekers mee te nemen op 'de groenblijvers-tour'. Daarbij leidde ze hen langs de diverse planten en benoemde deze met de namen die ze zorgvuldig uit haar hoofd had geleerd. In plaats van 'delphinium' gebruikte ze 'hoge ridderspoor', dat sprak meer tot de verbeelding, vond ze. Hetzelfde gold voor 'hemerocallis' dat de 'daglelie' een zekere mystiek verleende. En zelfs de 'petunia' kreeg als 'ruellia brittoniana' iets verleidelijks.

Flappy had vijf dagen per week vier tuinmannen in dienst, die gekleed in een groen T-shirt met een kaki broek hun werk deden. Heel soms, vooral als ze bezoek verwachtte, pakte Flappy zelf de snoeischaar en zwierf ze door de rozentuin om hier en daar een uitgebloeide bloem af te knippen.

Vanachter haar bureau wuifde ze naar een van de tuinmannen, een jongeman die een kruiwagen over het gazon duwde. Hij tikte aan zijn pet, en ze schonk hem een minzame glimlach. Want Flappy was altijd minzaam, ongeacht de stemming waarin ze verkeerde. Vervolgens wijdde ze zich weer aan het bedenken van vragen voor de leesclub die de volgende avond bij elkaar zou komen.

De telefoon ging.

Flappy wachtte met opnemen tot hij acht keer was overgegaan, om de beller de indruk te geven dat ze het razend druk had en dat ze een grote afstand had moeten afleggen om bij het toestel te komen. 'Darnley Manor. U spreekt met Flappy Scott-Booth.'

'Flappy, ik heb een nieuwtje!'

Het was Mabel. Als Flappy de zelfverklaarde koningin was van Badley Compton, dan vervulde Mabel Hitchens de rol van hofdame die er alles aan deed om haar koningin ter wille te zijn. 'Ik stoor toch niet?' vroeg ze enigszins buiten adem. 'Je hebt het altijd zo druk.'

'Ach, je weet wat ze zeggen. Als je iets gedaan wilt hebben, vraag het aan iemand die het druk heeft. Want mensen die het druk hebben, maken overal tijd voor. Vertel op, Mabel! Wat heb je voor nieuws?'

'Hedda Harvey-Smith heeft een huis gekocht in Badley Compton.' Mabel klonk triomfantelijk, want ze wist bijna zeker dat Flappy nog van niets wist.

Het bleef geruime tijd stil terwijl Flappy het afschuwelijke nieuws verwerkte. Ze had Hedda Harvey-Smith in april leren kennen toen die onaangekondigd – en tot ontsteltenis van Flappy – op de begrafenis van haar broer was verschenen. Hedda was destijds zo verrukt geweest van Badley Compton dat ze zei te overwegen er te komen wonen, samen met haar man Charles. Flappy had haar niet serieus genomen en gedacht – nee, vurig gehoopt – dat ze zich geen zorgen hoefde te maken. Maar als het klopte wat Mabel zei, dan was Hedda wel degelijk serieus geweest. Flappy verstijfde, als een dier dat zijn territorium bedreigd zag. Ze liet echter niets merken. 'Welk huis zouden ze dan gekocht moeten hebben?' vroeg ze met de luchtigheid die ze dankzij veel oefening tot in de perfectie beheerste. 'Behalve Darnley Manor zou alleen Compton Court in aanmerking komen. Ik kan me tenminste niet voorstellen dat iemand als Hedda met minder genoegen zou nemen.' Ze schoot in de lach, plotseling weer vol goede moed. 'Weet je zeker dat je je niet vergist, Mabel?'

'Dat is nou juist het opwindende! Het gaat inderdaad om Compton Court!' Mabel huiverde van bevrediging toen ze hoorde dat Flappy geschokt haar adem inhield. 'Sir Algernon en Lady Micklethwaite hebben het verkocht. Ze zijn naar Spanje vertrokken!' vervolgde ze bijna jubelend.

Als Flappy niet achter haar bureau had gezeten, zou ze zich op een stoel hebben laten vallen. Ze voelde zich net een soufflé die instortte. Hoe had dat allemaal kunnen gebeuren, pal onder haar neus, terwijl zij van niets wist? Phyllida Micklethwaite had haar op zijn minst kunnen laten weten dat ze Badley Compton gingen verlaten. Phyllida mocht dan niet tot haar vriendinnen behoren, ondanks alles wat Flappy in het werk had gesteld om de banden nauwer aan te halen, maar ze kenden elkaar toch redelijk goed. Phyllida had regelmatig haar gezicht laten zien wanneer Flappy iets organiseerde. Sterker nog, op het tuinfeest in juli was ze de eregast geweest. Flappy slaakte een diepe zucht. Toen vermande ze zich. Want als íémand de schone schijn wist op te houden, hoe ontdaan ze zich ook mocht voelen, dan was het Flappy. 'Wat geweldig dat Hedda en haar man hierheen komen,' zei ze minzaam als altijd. Ondertussen draaiden de radertjes in haar bezige geest op volle toeren, met een briljant idee als resultaat. 'We moeten ze welkom heten met een feestje!' zei ze opgewonden. *Een uitbundige, overvloedig gecaterde party om Badley Compton te laten zien dat de koningin zich niet in haar positie bedreigd voelt. En om Hedda van meet af aan duidelijk te maken dat ze de bestaande pikorde heeft te respecteren.* 'Wanneer is het zover?'

'Ja, een feestje! Wat een geweldig idee, Flappy. Niemand geeft zulke verrukkelijke party's als jij!' Toen haar vriendin niet reageerde, sprak Mabel haastig verder. 'John heeft al een grote verhuiswagen zien langskomen. Vanochtend vroeg toen hij de krant ging kopen.' John was de man van Mabel. 'Een reusachtige wagen. Volgens John zag hij er erg deftig uit. Echt het soort verhuiswagen dat iemand als Hedda Harvey-Smith zou inhuren.'

'Nee maar.' Flappy verviel weer in somberheid.

'Hij zat vast en zeker vol dure spullen.'

'Ja, dat zal best,' snauwde Flappy. De gedachte aan een deftige verhuiswagen vol met de dure spullen van Hedda Harvey-Smith maakte haar nijdig. 'Als ze vandaag al verhuizen, hebben we niet veel tijd. Dan zouden we het welkomstfeest al over een paar weken moeten organiseren. Ergens begin september. Een cocktailparty in de tuin. Het laatste feest van de zomer. Iets waar we in de lange, koude wintermaanden op kunnen terugkijken. Iets om over na te praten wanneer het 's middags al om drie uur donker wordt. De tuin ligt er nog prachtig bij. Ik durf zelfs te beweren dat hij er nog nooit zo schitterend uit heeft gezien. Dus ik zal het nummer opvragen en Hedda meteen bellen.'

'Ja, doe dat! Ze vindt het vast enig om van je te horen,' zei Mabel argeloos.

'Natuurlijk vindt ze dat enig. Als ik haar in onze gemeenschap verwelkom, dan volgt de rest vanzelf. En je kent me, ik geef Hedda en haar man graag een steuntje in de rug. Dat zal zo veel voor hen betekenen, terwijl het voor mij geen enkele moeite is.'

Terwijl ze ophing, draaide haar geest opnieuw op volle toeren, gedreven door rivaliteit. Ze sloeg haar roodleren adressenboek open en ging met een gelakte nagel langs de gouden lettertjes op de indextabs naar de M. Tussen Manicure en Mondhygiëniste stond het adres van Sir Algernon en Lady Micklethwaite, compleet met hun telefoonnummer. Bij de gedachte dat ze het zou moeten doorstrepen en vervangen door hun adres in Spanje, waardoor de orde in haar onberispelijke boek verstoord zou raken, tuitte ze geërgerd haar lippen. Maar helaas, er was niets aan te doen. Ze belde Inlichtingen, in de hoop dat de nieuwe bewoners van Compton Court al een telefoonaansluiting hadden. Even later had ze het nummer.

Pas nadat de telefoon diverse keren was overgegaan, werd er opgenomen. 'Compton Court,' zei een mannenstem.

‘O, goedemorgen. U spreekt met Mrs. Scott-Booth van Darnley Manor,’ zei Flappy gewichtig. ‘Met wie heb ik het genoegen?’

‘Goedemorgen. U spreekt met Johnson, de butler. Mrs. Harvey-Smith kan op dit moment niet aan de lijn komen. Kan ik misschien iets doorgeven?’

De butler! Flappy was ontdaan. Hedda had een butler! En dat niet alleen, die butler besefte duidelijk niet met wie hij sprak! Maar ze liet zich niet kennen en bleef minzaam als altijd. ‘Heel graag. Zegt u maar dat Flappy Scott-Booth van Darnley Manor heeft gebeld, en dat ik haar en haar echtgenoot graag zou willen verwelkomen in de gemeenschap. Een informeel samenzijn met wat gelijkgestemde zielen. Hier op het platteland houden we het graag bescheiden. We vinden deftigdoenerij al snel overdreven. Misschien zou Mrs. Harvey-Smith me een belletje willen geven om te zeggen wanneer het haar en haar man zou schikken.’ Flappy gaf hem haar nummer.

‘Ik geef de boodschap meteen door,’ beloofde Johnson.

‘Dank u wel.’ Terwijl ze het zei schoot haar iets te binnen. ‘O, en als ik niet thuis ben, dan kan Mrs. Harvey-Smith een boodschap achterlaten bij Persephone, mijn assistente.’ Hedda mocht dan een butler hebben, zíj had een PA, dacht Flappy tevreden.

Zoals gebruikelijk klonk even voor de lunch het beschaafde gesnor van een auto op het voorhof van Darnley Manor. Het was de karamelkleurige Jaguar van Kenneth, die bijna geruisloos tot stilstand kwam naast Flappy’s glimmend groene

Range Rover. Het portier zwaaide open, en Kenneth werkte zich kreunend achter het stuur vandaan. Gehinderd door zijn enorme buik zette hij zijn spierwitte golfschoenen op het grind. Met zijn bescheiden lengte van amper een meter zeventig, gestoken in een geel geruite plusfour met gele sokken en een gele kasjmieren v-hals-trui zou hij gemakkelijk een komische aanblik hebben kunnen bieden, ware het niet dat hij als multimiljonair een man was die serieus genomen moest worden. Een man die zichzelf ook serieus nam. Als succesvol zakenman plukte hij de vruchten van een buitengewoon lucratieve carrière. Hij leidde een comfortabel bestaan en speelde bijna dagelijks golf op de baan die hij aan de gemeenschap van Badley Compton had geschonken.

En die zijn naam droeg. Golfen was zijn lust en zijn leven, en hij beschouwde het als zijn recht om zijn dagen te vullen met wat hij zijn grootste passie noemde. Tien jaar eerder had hij een fortuin verdiend aan de verkoop van zijn keten van populaire fastfoodrestaurants; een imperium dat hij met hard werken, gewiekstheid en een scherp zakelijk instinct had opgebouwd. Als een jongen 'van de verkeerde kant van het spoor' had Kenneth Scott zich aan zijn afkomst weten te ontworstelen. En Flappy Booth, zoals ze bij hun trouwen heette, was voor hem de kers op de taart geweest. Zij was destijds met het idee gekomen om hun achternamen samen te voegen. Scott-Booth, met een streepje ertussen, klonk voornaam en ademde de sfeer van oud geld, het enige waaraan het hun ontbrak.

Kenneth zwaaide de voordeur open en liep naar binnen, langs de portretten van hem en Flappy aan weerskanten van de schouw, geschilderd door niemand minder dan Jonathan Yeo. De zwart-witte marmeren vloer glansde als een spiegel, en hetzelfde gold voor het smaakvolle antieke meubilair. De hal van Darnley Manor bood een indrukwekkende aanblik, constateerde Kenneth niet voor het eerst. Hij zuchtte tevreden, mede dankzij de geur van lamsvlees die hem vanuit de keuken tegemoetkwam. Hij was dol op lamsvlees. Flappy ging nog wel eens graag op de vegetarische toer, maar Kenneth was een man van de ouderwetse stempel. Zijn lievelingskostje was een stuk vlees met aardappels en groente. 'Lieverd!' Hij bleef staan, met zijn handen op zijn heupen.

Flappy kwam lichtvoetig haar werkkamer uit, behangen met goud en gekleed in een wijdvallende lichtblauwe blouse en een witte palazzobroek. 'Lieverd!' Ze bood hem haar wang, en hij plantte er braaf een kus op. 'Hoe was het op de baan? Heb je het fijn gehad?'

'Ja, het kon slechter. Ik heb een *putt* gemist op de tweede hole. En op de zevende had ik een *bogey* moeten slaan. Dat lukt me eigenlijk altijd. Afijn, als de bal niet in de *rough* was beland, had ik een van mijn beste partijen ooit gespeeld.'

Wat hij zei, ging bij Flappy het ene oor in en het andere weer uit. Ze vond golf een oersaaie sport. Niet te vergelijken met tennis. Dat had glamour. Golfen was in haar ogen net zoiets als darten of biljarten. 'Je zult wel trek hebben, lieverd. Karen heeft een lamsbout gebraden. Ik heb gezegd dat ze het vlees iets eerder uit de oven moest halen dan de vorige keer. Dat we het graag nog een ietsepietsje rosé willen. Natuurlijk had ik het beter zelf kunnen doen, maar ik heb het zo druk gehad vanochtend. Dus ik ben er niet aan toegekomen.'

Ze ging hem voor naar boven, want ze wist dat Kenneth het niet prettig vond om in zijn golfkleding te lunchen. Terwijl hij zijn plusfour verruilde voor een katoenen broek, liep Flappy naar haar eigen kamer, naast de zijne, om haar welgevormde neus te poederen voor de spiegel van haar kaptafel. Ze zag er minstens tien jaar jonger uit dan alle andere vrouwen van haar leeftijd in Badley Compton, dacht ze tevreden. 'Ik heb een PA in dienst genomen!' riep ze. 'Ze heet Persephone en ze begint morgen.'

'Klinkt goed!' riep Kenneth terug. 'Persephone! Zes maanden op de Olympus, zes maanden in de onderwereld,' voegde hij er grinnikend aan toe.

'O, en herinner je je Hedda Harvey-Smith nog? Ze was op de begrafenis van Harry Pratt. Een grote vrouw met een luide stem.'

'Daar waren een heleboel grote vrouwen met een harde stem! Welke bedoel je?'

'Ach, lieverd, je weet wel. Die met al dat haar. Bruin, slecht geverfd, die stumper.' Flappy streek over haar deskundig gekleurde, asblonde bob. 'Ze vindt zichzelf heel erg deftig. Hedda Harvey-Smith. Je weet wel.'

Kenneth kon zich er niets van herinneren. 'Hm. En wat is er met haar?'

'Charles en zij – Charles is haar man – hebben het huis van de Micklethwaites gekocht. Ze trekken er vandaag al in.'

Het bleef even stil. Toen verscheen Kenneth in de deuropening. 'En de Micklethwaites dan? Waar zijn die gebleven?' Hij knoopte zijn overhemd dicht.

'Die zijn naar Spanje verhuisd.' Flappy schudde fronsend haar hoofd. 'Wist je dat niet? Volgens mij heb ik je dat verteld. Al een paar maanden geleden. Meteen nadat ik het van Lady Micklethwaite had gehoord. Maar misschien is het me ontschoten.'

'En wie is die Hedda dan? Of hoe heette ze ook alweer?'

'O, zomaar iemand. Verder niet belangrijk.'

'Is ze getrouwd?'

'Ja, dat zei ik toch? Haar man heet Charles.'

Kenneth knikte. 'Ik hoop dat hij van golfen houdt.'

Pas om zes uur belde Hedda Harvey-Smith terug. Nadat ze de telefoon zoals altijd acht keer had laten overgaan, nam Flappy op. 'Darnley Manor, u spreekt met Flappy Scott-Booth.'

'Ach, Flapsy. Je spreekt met Hedda,' schalde het uit de hoorn.

Flapsy? Ze vroeg zich af of ze het verkeerd had verstaan. Maar dat kon toch haast niet? Iedereen wist toch dat ze Flappy heette? 'Hedda!' jubelde ze met een stem waar de honing vanaf droop. 'Wat lief dat je terugbelt.'

'Graag gedaan. Verhuizen, het is me wat! Ik ben zo druk als een klein baasje.'

'Dat kan ik me voorstellen.' Flappy zou voor geen goud laten merken dat de verhuizing groot nieuws voor haar was. 'Welkom in Badley Compton.'

'Dank je wel, Flapsy. Het is hier zalig. Echt zalig. Charles en ik zijn helemaal in de wolken! Ook al zal het nog wel even duren voordat we helemaal op orde zijn.'

Nu wist Flappy het bijna zeker – Hedda had haar Flapsy genoemd – maar nog niet zeker genoeg om er iets van te zeggen. Het bracht haar uit haar evenwicht, dus ze deed haar uiterste best om zich te vermannen. 'Ja, ik ken het huis van de Micklethwaites natuurlijk maar al te goed. Dus ik weet hoeveel werk je eraan zult hebben. Phyllida, Lady Micklethwaite, is een dierbare vriendin van me.'

'Wat kan ik voor je doen, Flapsy?'

'Flappy,' zei die ferm, want nu wist ze het zeker! 'Niet Flapsy.'

'Wat kan ik voor je doen, Flappy?' herhaalde Hedda zonder zich te verontschuldigen.

Flappy haalde diep adem. Het kostte haar de grootste moeite om mild en hoffelijk te blijven. 'Ik zou jou en Charles een bescheiden cocktailparty willen aanbieden, hier op Darnley.' Terwijl ze haar ergernis verdrong slaagde ze er zelfs in zuinig te glimlachen. 'Om jullie welkom te heten in de gemeenschap. Hier in Badley Compton geven we nieuwkomers graag het gevoel dat ze erbij horen.'

'Ach, wat een aardige geste.' Hedda klonk lang niet zo dankbaar als Flappy had gehoopt. 'Maar Charles en ik geven zelf een feestje. Als het goed is, heb je de uitnodiging morgen in de bus.'

Flappy was verbijsterd. Het heft was haar volledig uit handen geslagen! 'Wat enig,' stamelde ze machteloos. 'Wat vreselijk sympathiek van jullie. Dat zal enorm gewaardeerd worden. Hier in Badley Compton grijpen we elke gelegenheid aan om een feestje te vieren.'

'Ik hoop dat je kunt komen,' zei Hedda.

‘Dat hangt ervan af. Ik heb altijd zo’n volle agenda. Dus we zullen zien.’

‘Ik hoop echt dat je een gaatje voor ons weet te vinden, Flappy. Zonder jou zou het gezelschap niet compleet zijn. Ik heb al zo veel over je gehoord.’

Flappy lachte minzaam. Hedda kende haar plaats in de pikorde, dat was duidelijk. ‘Ik doe mijn best. Reken er maar op dat Kenneth en ik er zijn.’

2

Flappy stond altijd vroeg op. Anders dan Kenneth, die bovendien snurkte als gevolg van de onbetamelijke hoeveelheden rode wijn die hij elke avond achteroversloeg. Zo kwam het dat Flappy hem naar het bed in zijn kleedkamer had verbannen. Daar kon hij naar hartenlust ronken en, voldaan knorrend als een varken, tot negen uur uitslapen. De verbanning was begonnen als tijdelijke maatregel, om Flappy's schoonheidsslaap niet in gevaar te brengen en haar in staat te stellen vroeg op te staan zonder haar snurkende echtgenoot wakker te maken. Maar de regeling was snel routine geworden, en inmiddels had Kenneth al in geen acht jaar meer in het echtelijk bed geslapen. Voor de seks had hij daar al veel langer niets te zoeken. In Flappy's ogen was seks iets dierlijks, en ze had er nog altijd geen spijt van dat ze daar op haar vijftigste voorgoed mee was gestopt. Op de dag van haar verjaardag had ze haar echtgenoot gezegd dat ze niet langer beschikbaar was, dat hij zijn overtollige energie voortaan op de golfbaan zou moeten uitleven. En dat deed hij, met aanzienlijk meer passie dan waarmee hij de liefde ooit had bedreven.

Toen Persephone, zoals afgesproken, om negen uur op de stoep stond – zwarte kokerrok tot net onder de knie, onberispelijk gestreken blauwe blouse, het glanzende bruine haar in een paardenstaart, pen en papier in de aanslag – had Flappy al een uur yogaoefeningen gedaan in de fitnessruimte naast het inpandige zwembad. Daarna had ze met haar dochter Mathilda getelefoneerd, die met man en kinderen in Sydney woonde, en onbespied de *Daily Mail* gelezen.

Nu kwam ze voortvarend de hal binnenlopen in een kakikleurige katoenen broek en een getailleerde witte blouse, à la Meryl Streep in *Out of Africa*. De elegante sieraden die ze droeg waren van goud, en haar parfum – van Jo Malone – geurde naar nachthyacinten. Ze begroette haar kersverse PA met een glimlach. 'En? Klaar voor een drukke dag?'

Persephone knikte. 'Jazeker, Mrs. Scott-Booth.'

'Mooi zo. Kom dan maar mee.'

Flappy had voor haar PA een bureau in de bibliotheek laten zetten. Het was een vertrek waar Kenneth nooit kwam en Flappy zelf ook maar zelden, alleen als ze iets moest opzoeken of als ze indruk wilde maken op haar bezoek. Want de bibliotheek op Darnley was ronduit imposant. Kenneth maakte er geen geheim van dat ze de meters schitterende boeken, in glanzend leer gebonden, hadden gekocht bij een bedrijf dat zich specialiseerde in de aan- en verkoop van kostbare collecties. Hoewel Flappy verreweg de meeste boeken zelfs nog nooit van de plank had genomen, noemde ze zichzelf de intellectueel des huizes. 'Ik lees altijd minstens drie boeken tegelijk. Anders heb ik het gevoel dat ik iets mis,' zei ze dan, waarop ze met een rijtje titels kwam waarvan ze wist dat ze indruk zouden maken.

Persephone zette haar laptop neer. Het bureau stond voor een breed raam dat uitkeek op een kleine tuin – de Taxus Hof – omsloten door hoge, groenblijvende hagen. Toen keek ze Flappy aan, in afwachting van haar instructies.

'Om te beginnen wil ik dat je een lijstje van vijf boeken maakt die ik vanavond bij de leesclub kan aanbevelen,' zei die.

'Aan welk genre denkt u dan, Mrs. Scott-Booth? Biografie, geschiedenis, fictie? Lichte kost? Of juist iets zwaarders?' Persephone hield haar pen afwachtend boven haar notitieblok.

Flappy snoof hautain. 'Persoonlijk geef ik de voorkeur aan schrijvers die in de ogen van anderen zware kost zijn. Auteurs als V.S. Naipaul en Salman Rushdie, om maar twee van mijn favorieten te noemen. Maar de dames van de club lezen liever wat lichters. Puur ter ontspanning. Niet te uitdagend. Terwijl je jezelf volgens mij steeds weer voor nieuwe uitdagingen moet plaatsen. Vind je ook niet?'

'O, dat ben ik helemaal met u eens. Wilt u uitsluitend contemporaine auteurs op dat lijstje? Of ook wat oudere?'

'Nee, alleen contemporaine schrijvers. Ik vind het belangrijk om met je tijd mee te gaan.'

'Akkoord. Ik heb wel wat ideeën.'

'O ja?' vroeg Flappy aangenaam verrast.

'Ik ben net zo'n hartstochtelijke lezer als u, Mrs. Scott-Booth. *De verleidster van Florence* vond ik prachtig, maar V.S. Naipaul is naar mijn smaak wat te traag, moet ik bekennen. Te breedsprakig.'

Flappy hield haar hoofd een beetje schuin. 'Ach, niet iedereen kan Naipaul waarderen,' zei ze met een meewarige glimlach.

Kenneth verscheen in de deuropening, gestoken in groene golfkleding. 'Goedemorgen. Dus jij bent Flappy's nieuwe PA.' Met zijn kleine ogen nam hij haar onderzoekend op, toen grijnsde hij waarderend. Hij hield van kokerrokken. En hij vond het jammer dat Flappy zo'n hekel had aan hoge hakken.

Persephone stak hem haar hand toe. 'Aangenaam kennis met u te maken, Mr. Scott-Booth.'

Terwijl hij haar de hand schudde, keerde hij zich naar zijn vrouw. 'Denk erom dat je haar niet te hard laat werken op haar eerste dag.'

Flappy schoot in de lach. 'Ach, ze kan maar beter meteen weten wat ik van haar verwacht.'

Ze liet Persephone achter in de bibliotheek en volgde haar man naar de keuken, waar *The Times* al op hem lag te wachten. 'Ga je gang, lieverd. Ik heb hem uit,' zei ze luchtig.

Kenneth ging aan tafel zitten, in afwachting van zijn kop koffie, die Flappy voor hem inschonk. Zelf dronk ze thee: earl grey met een schijfje citroen. Thee met een wolkje melk was voor het gewone volk, beweerde ze. Tegen de tijd dat ze tegenover Kenneth aan tafel zat, namen ze zoals altijd het programma van de dag door.

Net toen Kenneth op zijn Rolex keek om te zien of het al tijd was om naar de golfbaan te vertrekken, klopte Persephone aarzelend op de deur. 'Neemt u me niet kwalijk dat ik stoor, Mrs. Scott-Booth, maar wilt u dat ik de post voor u openmaak?' Ze hield een stapeltje brieven omhoog.

'Heel graag.' Flappy tuurde ingespannen naar het stapeltje. 'Zit er ook een envelop bij van geschept papier?'

'Een uitnodiging?' Persephone viste een grote witte envelop uit de post. MRS. KENNETH SCOTT-BOOTH stond er in zwart gekalligrafeerde letters op de voorkant.

'Ja, dat is hem. Geef die maar aan mij.'

Toen Persephone weer weg was, bestudeerde Flappy de envelop, op slag geïrriteerd door de chique indruk die er van de kalligrafie uitging. En ook het zware, geschepte papier irriteerde haar. Zelfs op de tekst van de uitnodiging viel niets aan te merken. Flappy snoof en stak haar kin naar voren. 'Een uitnodiging van Hedda,' zei ze tegen Kenneth. 'Je weet wel, die vrouw over wie ik het gisteren had,' vervolgde ze toen hij niet-begrijpend zijn wenkbrauwen fronste.

'Met die luide stem?' vroeg hij toen.

'Ja, die.' Flappy zuchtte, alsof alleen al de gedachte aan het feestje haar vermoeide. 'Charles en zij geven een cocktailparty om zich voor te stellen aan Badley Compton.'

'Zo mag ik het horen.' Kenneth reageerde meteen enthousiast, want hij was dol op feestjes. 'Wanneer?'

'Over een paar weken. Op Compton Court.' Flappy zweeg,

in gedachten verzonken. 'Ik vraag me af wie ze nog meer hebben uitgenodigd.'

'Iedereen, neem ik aan.'

'Nee, natuurlijk niet iederéén,' zei Flappy misprijzend.

Kenneth stond op. 'Nee, lieverd.' Hij glimlachte. 'Natuurlijk niet iedereen. Alleen OSM.'

Precies, alleen ons soort mensen, dacht Flappy tevreden. Wie zo veel aandacht besteedde aan de uitnodiging, zou buitengewoon kritisch zijn bij de keuze van de genodigden.

Flappy hoopte dat de telefoon zou gaan zodat Persephone kon opnemen, maar ze had geen tijd om daarop te wachten. Dus ze gaf haar PA een lange lijst opdrachten plus instructies omtrent de rommelmarkt-voor-het-goede-doel die ze in september altijd organiseerde, en daarna stapte ze in haar glimmend groene Range Rover. Terwijl ze naar het dorp reed, met op haar neus een reusachtige zonnebril en met een slappe vilthoed op haar hoofd, dacht ze na over Hedda's uitnodiging en of ze die moest aannemen. Door af te zeggen stond ze met een-nul voor, want dan zou iedereen denken dat ze een andere uitnodiging had ontvangen die nog aantrekkelijker was. En vervolgens zou er over niets anders worden gepraat, omdat iedereen zich afvroeg van wie die uitnodiging zou kunnen zijn. Het nadeel was dat ze zich afhankelijk maakte van Mabel voor het verslag van Hedda's feestje. Bovendien was ze razend nieuwsgierig hoe Compton Court er vanbinnen uitzag. Want de eerlijkheid gebood haar te bekennen dat ze nooit bij de Micklethwaites op bezoek was geweest.

Badley Compton was een aantrekkelijk dorp met witte huizen waarvan de daken waren bedekt met grijze leistenen pannen, genesteld in de kromming van een uitgestrekte baai. Achter de huizen verhieven zich de glooiende groene hellingen waarop schapen en koeien graasden. Op het kalme water in de baai dobberden vissersboten. Witte wolken, pluizig als wattenbollen, dreven langs een stralend blauwe hemel. Het dorp koesterde zich in de zon, betoverend als een ansichtkaart. Flappy parkeerde voor Café Délice, de bruisende ontmoetingsplek in Badley Compton waar Big Mary de scepter zwaaide, en stapte uit. Door het raam kon ze al zien dat het binnen druk was.

In de deuropening kwam de zoete geur van gebak haar tegemoet. Big Mary Timpson was beroemd om al het lekkers dat ze maakte, maar het gebeurde niet vaak dat Flappy zichzelf toestond daarvan te genieten. Het zou snel gedaan zijn met haar ranke, slanke figuur als ze zich uitbundig tegoed deed aan suiker en koolhydraten. 'Goedemorgen,' kwinkeleerde ze terwijl ze haar blik over de vertrouwde gezichten liet gaan die zich zonder uitzondering naar haar toe keerden. Big Mary stond zoals altijd achter de toonbank, met een rood-wit gestreepte schort om haar weelderige boezem gespannen. Haar platinablonde haar viel in strak gepermanente krullen tot over haar schouders.

'Goedemorgen, Mrs. Scott-Booth.' Haar accent verried dat ze oorspronkelijk niet uit Badley Compton kwam, maar uit het zuidwesten van het land. 'Wat mag het zijn?' vroeg ze, ook al wist ze het antwoord al.

'Eerlijk gezegd kom ik niet om iets te bestellen...' Terwijl

Flappy haar blik over de kleverige koffiebroodjes liet gaan, had ze te doen met alle zwakkelingen die de verleiding niet konden weerstaan. Ze deed nog een stap dichter naar de toonbank en dempte haar stem. 'Ik wilde je iets vragen over je...' Ze aarzelde. Wat wás Hedda ook alweer van Big Mary? Ach natuurlijk. Haar tante. In het archief in Flappy's hoofd lag alles zorgvuldig opgeslagen. 'Over je tante.'

Hedda was de tante van Big Mary die plotseling, vanuit het niets, in april van dat jaar haar entree in Badley Compton had gemaakt. De aanleiding was het overlijden van Harry Pratt, die zestig jaar een onopvallend bestaan had geleid in het dorp. Na zijn dood had zijn testament uitgewezen dat Big Mary Timpson zijn buitenechtelijke dochter was – tot verbijstering van iedereen, niet in de laatste plaats van Big Mary zelf – en dat hij haar, opnieuw tot verbijstering van iedereen, een fortuin had nagelaten. Om de verbijstering nog groter te maken was zijn zus, Hedda Harvey-Smith, op zijn begrafenis verschenen. En dat terwijl niemand ooit had geweten dat Harry een zus hád. Volgens Hedda was Harry niet in geld geïnteresseerd geweest. Hij had zich op het platteland teruggetrokken, op zoek naar een eenvoudig bestaan, en genoeg gehad aan zijn herinneringen aan de oorlog, waarin hij met zijn Spitfire boven de witte kalkrotsen van Dover strijd had geleverd met de Duitsers. Niemand in Badley Compton had geweten dat Harry zo rijk was geweest. En Flappy vond het in Big Mary te prijzen dat ze het café gewoon voortzette, ook al had ze dankzij de erfenis van haar vader kunnen gaan rentenieren.

'Ja, die is hier net komen wonen,' zei Big Mary.

'Precies. In dat prachtige huis van de Micklethwaites! Phyllida was een goede vriendin van me. Ik vind het zo jammer dat ze naar Spanje zijn vertrokken.' Flappy zuchtte spijtig. 'Daarentegen is het natuurlijk heerlijk voor ze dat er zulke aardige mensen in hun dierbare huis zijn komen te wonen.'

'En voor mij om familie in de buurt te hebben,' zei Big Mary. 'Ik wist tot voor kort niet beter of ik had geen familie, en nu heb ik Hedda en Charles. Daar ben ik erg blij mee.'

Flappy keek om zich heen om zeker te weten dat er niemand meeluisterde. 'Ik heb hun uitnodiging vanochtend ontvangen,' zei ze zo zacht dat Big Mary zich moest inspannen om haar te verstaan.

'Mooi zo!' verklaarde ze opgewekt. 'Het wordt vast een geweldig feest.'

Flappy zou willen dat ze wat zachter praatte. Tenslotte was niet iedereen zo gelukkig om een uitnodiging te hebben ontvangen. 'Ik had zelf een cocktailparty willen organiseren om Hedda en Charles welkom te heten, maar ze waren me vóór. Hoe dan ook, Hedda heeft ongetwijfeld advies ingewonnen wie ze moest uitnodigen. En wie niét,' voegde ze er grinnikend aan toe. 'Je wilt tenslotte niet iedereen over de vloer hebben.'

Big Mary schonk Flappy een stralende glimlach. 'Ik heb de gastenlijst voor haar gemaakt.'

'Jíj?' Flappy slaagde er meesterlijk in haar verbazing te verbergen, want dat kon ze als geen ander.

'Ja, Hedda wist niet waar ze moest beginnen.'

'O. Ach, wat gepast om dat aan jou te vragen.'

'Ja, dat vond zij ook. Tenslotte ken ik iedereen die op Harry gesteld was, en hier in het café komen de aardigste mensen van Badley Compton.'

'Precies. Zo is het maar net.'

'Dus u hoeft niet te fluisteren. Iedereen heeft een uitnodiging gekregen.'

'O?' Flappy had ineens het gevoel dat ze niet genoeg lucht kreeg. 'Ach, wat enig. Dus het wordt echt een feestje voor de hele gemeenschap?'

'Ja, dat wil Hedda graag.'

'Kan ik iets doen om te helpen?' Flappy voerde een innerlijke worsteling om haar houding terug te vinden. 'Ik heb tegenwoordig een geweldige PA. Die zou ik aan haar kunnen uitlenen.'

'Dank u wel, Mrs. Scott-Booth. Dat is lief aangeboden, maar volgens mij heeft Hedda alles onder controle.'

'Ja, dat zal ook wel.' Flappy liet haar blikken over het verleidelijke gebak in de vitrine gaan. 'Weet je wat, ik neem iets lekkers mee voor Persephone. Dat is mijn PA.'

'Wat een leuk idee.' Big Mary pakte een doos in roze pasteltinten. 'Wat mag het zijn?'

Het water liep Flappy in de mond. 'Die met glazuur.'

'Een Zoete Verleiding. Ja, daar ben ik zelf ook dol op.' Met een tang pakte ze het gebakje en deed het in de doos. 'Ik zal tegen Hedda zeggen dat u langs bent geweest.' Ze stopte de doos in een zak en gaf die aan Flappy.

'Ja, doe dat. Zeg maar dat ik ernaar uitkijk haar weer te zien. En doe haar vast de groetjes.'

Flappy schoof achter het stuur en startte de motor. Dus Hedda had wel degelijk iedereen uitgenodigd, dacht ze nijdig. Als ze háár om advies had gevraagd, in plaats van Big Mary, zou de gastenlijst er aanzienlijk chiquer hebben uitgezien. Maar dat kon Hedda natuurlijk niet weten, dacht Flappy mild. Want diep in haar hart was ze de mildheid zelve. Maar dat van die chiquere gastenlijst, daar kwam Hedda nog wel achter. Daar ging ze voor zorgen, nam Flappy zich voor.

Ze pakte de roze doos van de bijrijdersstoel, zette hem op haar schoot en haalde het gebakje eruit. Een paar minuten later was het in haar maag verdwenen.

Die avond zat Flappy op het terras. In haar gebloemde zonnejurk tot op haar enkels, met een lichtgekleurde kasjmieren sjaal nonchalant om haar schouders gedrapeerd, bood ze een elegante, serene aanblik terwijl ze keek hoe de schaduwen steeds verder over het onberispelijk gemaaide gazon kropen. Ondertussen zochten de vogels in de bomen een plekje voor de nacht. Toen de bel ging, stond ze niet op zoals ze dat vroeger zou hebben gedaan. Ze had Persephone gevraagd de leden van de Badley Compton Ladies' Book Club voor te gaan naar het terras, waar Flappy op hen wachtte met kristallen flûtes en een dure fles prosecco in de emmer met ijs.

De eerste die op het terras verscheen, was Mabel Hitchens. Mabel kwam altijd vijf minuten te vroeg. Niemand anders zou het wagen om zich niet aan de opgegeven tijd te houden, maar Mabel beschouwde zichzelf als Flappy's beste vriendin en vond dat ze daardoor een bijzondere status genoot. Hun vriendschap was echter bepaald niet gelijkwaardig.

Mabel bewonderde Flappy en imiteerde haar stijl. Niet dat ze daarin slaagde. Met haar dunne bruine haar en onopvallende verschijning kon ze niet in Flappy's schaduw staan. Op haar beurt koesterde Flappy niet de geringste bewondering voor Mabel, die in haar ogen geen enkel gevoel voor stijl bezat. Dat nam niet weg dat ze bijzonder op haar gesteld was. Een koningin moest zich tenslotte omringen met vrouwen die naar haar opkeken. Het zou ongepast zijn wanneer haar hofdames een uitdaging vormden.

Mabel had zich door Persephone laten voorgaan, ook al kwam ze al dertig jaar in Darnley Manor en kende ze het huis als haar broekzak. Toen ze Flappy zag zitten, in haar lichte, voorname uitmonstering, nam ze zich voor om in de toekomst ook te kiezen voor gedempte kleuren wanneer ze zich mooi aankleedde. Voor Flappy kleedde iedereen zich altijd mooi aan, ook al stond er 'informeel' op de uitnodiging. 'Informeel' bestond niet in Flappy's wereld. Voor haar lag de lat altijd hoog, ongeacht de gelegenheid. Wanneer je geen eisen meer aan je verschijning stelde, belandde je op een hellend vlak, en dan duurde het niet lang of je liep erbij zoals iedereen erbij liep. En dat was iets waar Flappy van gruwde.

'Hallo!' jubelde Mabel. Door haar dikke brillenglazen, waarachter haar waterige grijze ogen onnatuurlijk groot leken, nam ze haar gastvrouw bewonderend op. 'Wat zie je er prachtig uit. Je lijkt wel een schilderij. Ja, echt. Je kunt zó in een lijst.'

'Meen je dat nou? Ik heb zomaar wat uit de kast getrokken. Die jurk heb ik al zo lang,' zei Flappy nonchalant, maar heimelijk genoot ze.

'Volgens mij is alles mooi wat er bij jou in de kast hangt.' Mabel stelde zich vol afgunst Flappy's garderobe voor.

'Schenk jezelf een glas prosecco in.'

'Heerlijk!'

'*Bellissimo!*' Wat had het voor zin om je talen te beheersen als je ze nooit sprak? 'Is het niet *divertente*?'

'Nou en of!' viel Mabel haar bij, zoals altijd onder de indruk van Flappy's kennis van het Italiaans.

'Ik heb vanochtend zo'n charmante uitnodiging ontvangen. Heb jij die ook al gekregen?'

'Van Hedda Harvey-Smith? Ja, die heb ik ook gekregen. Enig hè?'

'Iedereen is uitgenodigd,' vertelde Flappy. 'Heel Badley Compton. Wat een royaal gebaar, vind je niet? Om iedereen uit te nodigen.'

'Zeg dat wel.'

'Ze heeft Big Mary gevraagd de gastenlijst op te stellen. Dat begrijp ik wel. Tenslotte is Big Mary haar nicht. Maar als ik in Hedda's schoenen had gestaan zou ik denk ik iets... selectiever te werk zijn gegaan. Maar ja.' Flappy snoof. 'Ze heeft er natuurlijk niet aan gedacht om mij te bellen voor advies. Tenslotte kent ze me amper. Voorlopig kent ze alleen Big Mary. En dat is jammer. Nou ja, het wordt vast leuk.'

'Tegen de tijd dat ze je wat beter kent, doet ze vast en zeker een beroep op jou. En natuurlijk wordt het leuk. Als jij er bent wordt elk feestje een succes.'

De volgenden die op het terras verschenen, waren Sally Hancock en Esther Tennant. In de ogen van Flappy was Sally te vrijmoedig, te weinig ingetogen. Ze had rood haar en een voorkeur voor truien met glitters. Esther gaf op haar beurt niets om kleren, al was het maar omdat ze bijna niets anders deed dan paardrijden. 'We zijn toch niet te laat?' vroeg Sally. Haar stilettohakken tikten op de flagstones.

'Nee hoor, jullie zijn keurig op tijd,' antwoordde Flappy met een misprijzende blik op Sally's schoenen. Ze pakte de fles prosecco en schonk twee glazen in.

'Verrukkelijk!' jubelde Sally. 'Precies wat ik nodig heb na een dag achter mijn bureau.' Sally schreef onder het pseudoniem Charity Chance schaamteloos luchtige, vrijmoedige romannetjes.

'Hoe gaat het met je nieuwe boek?' Flappy trok haar neus op om duidelijk te maken dat zij dat soort romannetjes weliswaar niet las, maar dat ze wel begreep waarom Charity Chance zich mocht verheugen in een groot lezerspubliek. De ongeletterde massa moest tenslotte ook worden vermaakt.

'Ik ben ongeveer op de helft.' Sally liet zich in de weelderige kussens van de teakhouten tuinbank zakken en nipte van haar prosecco.

'Ik begrijp niet waar je het allemaal vandaan haalt,' zei Flappy. 'Je hebt zo'n rijke fantasie.'

Esther en Mabel wisselden een gegeneerde blik. Ze zouden voor geen prijs toegeven dat ze de boeken van Charity Chance verslonden.

'Sorry dat ik zo laat ben!' Madge Armitage kwam haastig het terras op lopen, gehuld in een *tie-dye*-kaftan. Haar voeten staken in slippers versierd met strass-steentjes, haar grijzende haar viel warrig en onverzorgd over haar smalle schouders.

Flappy schonk haar een heel klein glaasje prosecco in. 'Niet achter elkaar opdrinken.' Ze glimlachte, maar ze maakte geen grapje.

Madge ging naast Esther zitten en nipte bescheiden van haar glas, want de ogen van de gastvrouw waren nog steeds op haar gericht.

Ten slotte pakte Flappy haar in leer gebonden notitieblok van de tafel en zette haar bril op. 'We zijn compleet, dus ik stel voor dat we beginnen. Ik heb een lijstje gemaakt van boeken waaruit jullie mogen kiezen voor onze volgende bijeenkomst. Het was een heel gepuzzel, want ik probeer altijd titels te vinden waar iedereen plezier aan beleeft. En dat valt bepaald niet mee. Maar volgens mij is het ook nu weer goed gelukt. De eerste titel –'

'Hebben jullie ook allemaal een uitnodiging gekregen van Hedda Harvey-Smith?' vroeg Madge, plotseling moedig, want ze had haar prosecco in één teug achterovergeslagen zodra Flappy's aandacht was afgeleid. En zelfs toen Flappy haar over de rand van haar bril aankeek, liet Madge zich niet intimideren. 'Maar ik ken die hele Hedda niet. Ik heb haar nog nooit ontmoet. Dus ik was erg verrast dat ze me uitnodigde. Hoe zit dat? Waar heb ik die uitnodiging aan te danken?'

Flappy zette haar bril af. 'Hedda heeft gewoon iedereen uitgenodigd,' zei ze op een toon die het midden hield tussen verveeld en vermoeid.

'Briljant!' oordeelde Esther.

'Compton Court moet wel enorm zijn!' veronderstelde Sally.

‘Inderdaad,’ viel Madge haar bij.

Daarop keerden ze zich alle vier naar hun gastvrouw. ‘Jij komt toch ook, Flappy?’ vroeg Mabel.

Die ademde diep in door haar neus. ‘Dat weet ik nog niet,’ zei ze toen met een vluchtige, geheimzinnige glimlach. ‘Ik heb op die dag ook een andere uitnodiging.’

Mabel keek haar vol ontzag aan. Het verbaasde haar niets dat Flappy ook ergens anders was uitgenodigd. ‘O? En nu? Jij wordt ook overal gevraagd. Weet je al wat je gaat doen?’

‘Nee, nog niet. De keuze zal niet gemakkelijk zijn.’ Flappy trok een gezicht waaruit moest blijken hoe moeilijk de keuze haar zou vallen. ‘Ik wil die arme Hedda niet in de steek laten, maar die andere uitnodiging is ook erg verleidelijk.’

‘Waar is die andere uitnodiging voor?’ vroeg Esther.

‘Daar kan ik helaas niets over zeggen.’ Flappy tuitte gewichtig haar lippen.

‘Het moet wel iets heel belangrijks zijn,’ vermoedde Mabel.

‘Nogmaals, ik kan er niets over zeggen.’ Flappy glimlachte opnieuw mysterieus.

‘Ik hoop echt dat je voor Hedda kiest.’ Mabel zuchtte. ‘Het feest is pas compleet als jij er ook bent.’

3

Die zondagochtend had Flappy haast om naar de kerk te gaan. Anders dan Kenneth, die graag uitvoerig de tijd nam om te ontbijten en de zondagskrant te lezen. 'Waarom wil je er met alle geweld op tijd zijn?' vroeg hij toen ze naast hem in de Jaguar stapte, een kwartier voordat de dienst zou beginnen. Normaliter waren ze altijd de laatsten en kwamen ze om één minuut voor tien binnenlopen. Iedereen in de kerk wist dat.

'Omdat onze plaatsen op de eerste rij officieel niet gereserveerd zijn, lieverd,' antwoordde ze terwijl hij zijn veiligheidsriem zo lang mogelijk maakte zodat die om zijn dikke buik paste. 'Dus het zou zomaar kunnen gebeuren dat Hedda en Charles daar gaan zitten. Dat mag niet, maar dat staat nergens. Als wij zorgen dat we al zitten voordat zij binnenkomen, begrijpen ze dat het onze plaatsen zijn.'

Kenneth draaide het sleuteltje om, de motor van de Jaguar snorde tevreden. 'Waarom denk je dat ze helemaal vooraan willen zitten?'

'Omdat ze het grootste huis in heel Badley Compton hebben gekocht. Want het is een ietsepietsje groter dan het onze. Dat valt niet te ontkennen.'

'Misschien willen ze wel halverwege zitten, ergens in het midden. Of helemaal achterin. Misschien zijn ze niet zo competitief als jij denkt.'

Flappy glimlachte toegeeflijk. 'Lieverd,' zei ze geduldig, alsof ze een simpele ziel iets simpels ging uitleggen. 'Jij kon je Hedda Harvey-Smith niet eens meer herinneren, laat staan dat je weet hoe ze is. Ik heb destijds ook maar kort met haar gesproken, maar je kunt één ding van me aannemen: ze is buitengewoon ambitieus. En zich bewust van de concurrentie.' Ze snoof. 'Niet dat ze beseft hoe doorzichtig ze is.' Flappy lachte schamper. 'Hoe voorspelbaar. Al die ambitie, dat competitieve, dat is allemaal onzekerheid. In plaats van zulke mensen te veroordelen zouden we medelijden met ze moeten hebben. Maar dat wil niet zeggen dat ze op onze plaatsen mogen gaan zitten. Ik gun iedereen altijd alles, maar er zijn grenzen, of niet soms?'

'Natuurlijk, lieverd,' viel Kenneth haar bij, want alles verliep een stuk soepeler als hij zijn vrouw gelijk gaf.

'Vandaar dat we er vroeg moeten zijn. Niet te vroeg. Hoogstens vijf minuten. Misschien tien. Hedda komt op het laatste nippertje binnenwandelen. Dat weet ik zeker. Leer mij dat soort vrouwen kennen. Die zijn tot alles bereid om opvallend hun entree te maken.'

Terwijl Kenneth de Jaguar langs de stoep parkeerde, ontdekte Flappy tot haar ontsteltenis een zwarte Bentley langs de stoep, pal voor de kerk. Het was een auto die ze niet kende, en dat kon maar één ding betekenen: de Bentley was van het echtpaar Harvey-Smith. Haar huid begon te prikken van verontwaardiging. Want als de auto inderdaad van Hedda en Charles was, dan waren de eigenaren blijkbaar al binnen en gingen ze, misschien wel op ditzelfde moment, op de plaatsen van haar en Kenneth zitten! Het beeld van Hedda's indrukwekkende derrière bezorgde haar een moment van respijt, want dankzij haar dagelijkse yoga-uurtje was haar bilpartij slank en gespierd. Maar ze was te gejaagd om van dat triomfantelijke besef te genieten. Ze moest onmiddellijk naar binnen! Misschien was ze nog op tijd!

Dus ze beende vóór Kenneth uit naar de ingang. 'Heb je die Bentley gezien?' vroeg ze toen hij haar had ingehaald.

'Ja, schitterend!'

'Nou, al kreeg ik hem cadeau, ik zou mijn Range Rover niet voor een Bentley willen ruilen.' Ze stak haar kin naar voren. 'Maar ja, ik ben nu eenmaal de discretie zelve. Iets wat volgens mij niet kan worden gezegd van Hedda Harvey-Smith.'

Toen ze binnenkwamen zat de kerk al stampvol en zweefde het geroezemoes van de parochianen hun tegemoet. Flappy's alziende blik had Hedda onmiddellijk gevonden. Ze was in gesprek met de dominee, helemaal voor in de kerk. Zonder ook maar één moment te aarzelen marcheerde Flappy het middenpad door. Ze keek niet naar links en niet naar rechts, ze knikte niet naar haar vriendinnen die zich naar haar toekeerden als zonnebloemen naar de zon. Daar had ze allemaal geen tijd voor. Ze had een belangrijke missie! Een missie die geen enkel uitstel verdroeg.

Toen de dominee haar zag aankomen schonk hij haar een glimlach, want behalve de plaatselijke voorganger was hij tevens een goede vriend. Tenslotte was ook voor de koningin van Badley Compton een goede verstandhouding met de Almachtige van het grootste belang.

Hedda, die zag dat zijn blik afdwaalde, draaide zich om. Zodra ze Flappy herkende, verscheen er een stralende glimlach op haar gezicht. Het soort glimlach waarmee mensen een dierbare vriend of vriendin begroeten die ze al heel lang niet hebben gezien. 'Flappy, kindje!' Ze strekte haar handen naar haar uit.

Flappy beantwoordde haar glimlach, maar haar ogen lachten niet mee terwijl ze haar handen in die van Hedda legde. Het ontging haar niet hoe sterk en gespierd die waren, zonder een spoortje lak op de nagels. 'Hedda, wat enig om je te zien!'

'Wat zie je er goed uit! Kom je net terug van vakantie?'

'We gaan in juli altijd een paar weken naar ons huis in de Algarve. Ik zit eigenlijk nooit met mijn gezicht in de zon, maar misschien ben ik toch een beetje verkleurd.'

'Dus daarom zie je er zo jong uit!' En met die woorden ging ze tot Flappy's verbijstering op de voorste rij zitten. Op Flappy's plaats! Zonder aarzelen, zonder zich te verontschuldigen. Uit niets bleek dat ze zich bewust was van haar faux pas. En voordat Flappy dat had kunnen voorkomen, ging er een man met grijs haar naast haar zitten, op de plaats van Kenneth. Dat moest Charles zijn, besefte Flappy met een steek van jaloezie, want Hedda's man was adembenemend knap. Het gebeurde niet vaak, maar Flappy was met stomheid geslagen. Met haar lippen licht geweken en haar ogen opengesperd van afschuw wist ze geen woord uit te brengen.

'Flappy!' Kenneth schoot haar te hulp. 'Kom. Op de derde rij aan de andere kant van het gangpad zijn nog twee plaatsen vrij.'

Maar Flappy gaf zich niet zomaar gewonnen. Ze ademde diep in door haar neus, hervond haar houding en keek beleefd glimlachend op Hedda en Charles neer. Want als íémand in tijden van crisis beleefd wist te blijven, dan was het Flappy. 'Hedda, kindje. Charles en jij zitten op onze plaatsen.' Ze stak haar hand uit om te voorkomen dat ze opstonden. 'Nee, je hoeft je niet te verontschuldigen. Ik vind het juist fijn dat jullie zulke mooie plaatsen hebben. Wij hebben daar meer dan twintig jaar mogen zitten. Het minste wat we kunnen doen, is jullie dat voorrecht gunnen bij jullie eerste kennismaking met onze kerkgemeenschap.' Ze keerde zich naar Charles en keek in de mooiste groene ogen die ze ooit had gezien. Ze hadden de kleur van zeeglas en waren net zo hypnotiserend als de ogen van Kaa in de verhalen van Rudyard Kipling. Flappy hield haar adem in, het was alsof ze reddeloos wegzonk in dat prachtige groen.

'Dus jij bent Flappy Scott-Booth.'

'Dat klopt,' wist ze ademloos uit te brengen. Zijn verrukkelijke aristocratische stem voelde als een streling op haar huid.

'Wat leuk om je te leren kennen. Ik heb al zo veel over je gehoord.'

'O?' En alwéér was Flappy met stomheid geslagen.

'Je bent in het echt net zo charmant als in de verhalen.' Hij glimlachte, en Flappy's maag maakte een salto. Dat was haar nog nooit gebeurd, zelfs niet op het terras van het Palace Hotel in St. Moritz, toen Kenneth het doosje met de diamanten verlovingsring van Cartier naar haar toe had geschoven. Haar knieën leken plotseling van rubber, de woorden bleven steken in haar keel, en het duizelde haar. Slechts met inspanning van al haar wilskracht slaagde ze erin zich van zijn blik los te rukken en Kenneth te volgen naar de andere kant van het middenpad.

Toen ze eenmaal zat – op de derde rij, wat een gruwelijke aantasting van haar waardigheid! – kon ze haar aandacht niet bij de preek houden. Haar blik dwaalde voortdurend af naar Charles, ook al zag ze alleen zijn achterhoofd en een deel van zijn profiel. Maar dat was genoeg. Hoe had Hedda in 's hemelsnaam zo'n aantrekkelijke man weten te strikken? Niet dat ze zelf onaantrekkelijk was. Ze had een prettig gezicht met een heldere blik in haar warme bruine ogen, maar uitgedrukt in termen van de voedselketen, behoorden Charles en zij tot volstrekt verschillende niveaus. Charles was een witte tijger. Of een zilvervos. En Hedda... Flappy tuurde naar Hedda's gezette postuur, naar haar dikke bruine haar en haar lange wimpers. Hedda was een Ayrshire-koe, constateerde ze voldaan.

De dominee hield een bevlogen preek waar Flappy onder andere omstandigheden aandachtig naar zou hebben geluisterd, al was het maar om er later commentaar op te kunnen leveren. Maar die zondag drong geen woord van wat hij zei tot haar door. Haar bezige geest was beziger dan ooit, haar koortsachtige gedachten draaiden om heel andere dingen dan waar ze doorgaans om draaiden. Het was haar nog nooit overkomen dat ze halsoverkop smoorverliefd was geworden. Het was haar nog nooit gebeurd dat ze machteloos stond tegenover de gevoelens die haar bestormden, dat ze een bijna dierlijke lust voelde die gepaard ging met een diepe gêne, om niet te zeggen schaamte. Charles Harvey-Smith. Hij had niet veel gezegd, maar haar wel diep in de ogen gekeken, en daarmee had hij het beest in haar gewekt, met als gevolg dat Flappy zichzelf nauwelijks meer herkende.

Aan het eind van de dienst liep ze samen met Kenneth naar buiten, waar de zon stralend scheen. De dominee stond in de deuropening, geflankeerd door kinderen met zilveren collecteschalen, om zijn parochianen te bedanken voor hun komst. 'Wat een gebaar van naastenliefde om het echtpaar Harvey-Smith jullie plaatsen aan te bieden.' Zijn dankbare glimlach zou Flappy normaliter een huivering van vrome verrukking hebben bezorgd. Maar nu hoorde ze nauwelijks wat hij zei, want ze werd nog volledig in beslag genomen door haar gedachten aan Charles.

'Het zijn niet ónze plaatsen.' Kenneth schudde hem de hand en legde een briefje van vijftig pond in de collecteschaal.

'Officieel niet, nee.' De dominee kromp licht ineen terwijl

hij zijn hand terugtrok. 'Maar officieus natuurlijk wel. Dus nogmaals, erg aardig om ze af te staan.'

'Het maakt ons niet uit waar we zitten, hè Kenneth?' zei Flappy in het besef dat Charles en Hedda achter hen stonden en konden horen wat er werd gezegd. 'Zolang we maar van je bevlogen preken kunnen genieten, Graham.'

Eenmaal buiten werd Flappy onmiddellijk aangeklampt door een van haar vriendinnen. 'Heb je Hedda's man gezien?' vroeg Mabel fluisterend, bijna bevend van opwinding.

'Hoezo?' vroeg Flappy onverschillig.

'Wat een mooie man!' Mabel kon zich nauwelijks beheersen.

'Vind je?'

'Nou en of. Vind jij dat dan niet?'

'Het is me eerlijk gezegd niet zo opgevallen.'

'Meen je dat nou?'

'Ja. Ik vond hem wel charmant. Maar of hij knap is... Je kent me. Ik geef niet om uiterlijkheden. Het gaat om het innerlijk. De buitenkant kan erg misleidend zijn. Iemands karakter is zo veel belangrijker.'

'Ja, daar heb je natuurlijk gelijk in. O, kijk! Daar is hij. Ze komen net naar buiten.'

Flappy draaide zich om. Haar blik ging naar de adonis die ook Mabels hoofd op hol had gebracht. Hij stak met kop en schouders boven iedereen uit, het zonlicht deed zijn grijze haar glanzen als zilver terwijl hij op zijn gemak haar kant uit kwam, met zijn mollige vrouw naast zich. Flappy glimlachte. 'Hij is inderdaad erg knap,' fluisterde ze tegen Mabel. 'Dat had je goed gezien.'

Met een twinkeling in haar ogen schonk ze hem een flirterige blik. Ze wist dat ze mooi was. En dat niet alleen, ze wist ook hoe ze daar gebruik van moest maken.

'Heel erg bedankt, Flappy. Dat we op jullie plaatsen mochten zitten.' Zijn doordringende blik wekte gevoelens in haar die ze in geen tientallen jaren meer had ervaren. Of misschien wel nooit. 'Als we het hadden geweten waren we ergens anders gaan zitten.'

Flappy wuifde onverschillig. 'O, dat spreekt toch vanzelf. Nogmaals, ik vind het alleen maar fijn dat jullie zulke mooie plaatsen hadden.' Ze schonk hem haar charmantste glimlach.

'Ik vind het echt zo aardig van jullie,' droeg Hedda haar steentje bij. Haar blik, en die van Charles, ging naar Mabel.

'Mag ik jullie even voorstellen? Dit is Mabel Hitchens.' Het ontging Flappy niet hoe verrukt haar vriendin keek terwijl ze Charles de hand schudde.

'Ik verheug me zo op jullie feest,' jubelde Mabel. 'En wat geweldig dat jullie iedereen hebben uitgenodigd!'

Hedda glimlachte. 'We willen zo veel mogelijk mensen in Badley Compton leren kennen en een heleboel nieuwe vrienden maken. Charles en ik hadden ineens zo genoeg van Londen. Van de stad en het slopende sociale leven daar. Ik stel me voor dat het hier allemaal wat rustiger is, wat minder hectisch, en dat lijkt me heerlijk. Het is verrukkelijk om een nieuwe start te kunnen maken.'

'Kom jij ook?' vroeg Charles, en Flappy kon in zijn prachtige groene ogen lezen dat hij oprecht wilde dat ze kwam.

'Flappy heeft ook een andere uitnodiging op die dag,' zei

Mabel spijtig. 'Echt jammer. Want zonder haar zijn we niet compleet.'

'O.' Charles keek teleurgesteld. 'Dat is inderdaad jammer.'

'Ja, dat is het zeker.' Hedda keek nog teleurgestelder dan haar man.

'Ik kom naar jullie feest,' verklaarde Flappy. 'Die andere uitnodiging heb ik net vanochtend afgezegd. Ik zou jullie feest voor geen goud willen missen.'

Mabel klapte in haar handen. 'Wat heerlijk!'

'Zeg dat wel. Daar ben ik erg blij om,' viel Hedda haar bij. 'Want het zal wel een jaar duren voordat we weer een feest geven.'

'Wat enig! Elk jaar een feestje!' jubelde Mabel. 'Het laatste feest van de zomer. Wat een geweldige manier om het seizoen af te sluiten.'

Flappy zou zich geërgerd hebben, ware het niet dat de blik van Charles haar vanbinnen een warm gevoel bezorgde, als de eerste slok van een margarita. 'Hou je van golfen?' vroeg ze.

Toen Kenneth haar kwam halen om naar huis te gaan, was ze nog altijd met Hedda en Charles in gesprek. 'Lieverd, laat me je voorstellen aan onze nieuwe vrienden,' zei ze stralend. 'Charles speelt golf. Is het niet enig?'

Kenneth was enthousiast een medegolfer te ontmoeten, en hij schudde Charles krachtig de hand. Anders dan de dominee kromp Charles niet ineen, maar beantwoordde hij de handdruk net zo krachtig. De twee mannen keken elkaar lachend aan, golfers onder elkaar. 'Flappy vindt golfen saai, en mijn golfmakkers zo mogelijk nog saaier.' Kenneth rolde quasi-dramatisch met zijn ogen.

'Nu moet je niet overdrijven, lieverd,' mopperde Flappy. 'Sterker nog, ik overweeg het ook eens te proberen. In mijn jonge jaren was ik best sportief, ook al had ik vaak meer last dan gemak van mijn lange benen.'

'Hedda is een geweldige golfer,' vertelde Charles.

'Echt waar?' vroeg Flappy ongelovig. Hedda zag eruit alsof ze de hele dag op de bank lag met een zak marshmallows.

Hedda klopte Flappy met een beringde hand op de arm en knipoogde. 'Ik kan je wel een paar lessen geven als je dat wilt,' stelde ze voor, en Flappy kon niet anders dan glimlachen.

'Ik wil niets liever,' stamelde ze.

Zodra Flappy thuiskwam haastte ze zich naar boven om zich te verkleden. Dat deed ze altijd na de kerk. Dan verruilde ze haar nette kleren voor iets gemakkelijks. Het was warm, dus ze koos een wijde hemelsblauwe broek met een witte overhemdblouse die ze over de broek heen liet vallen, en daarbij een blauwe sjaal en grote gouden oorringen. Na een goedkeurende blik in de spiegel liep ze naar het raam. Maar terwijl ze uitkeek over de tuin zag ze niet de keurige banen die de grasmaaier in het gazon had getrokken, noch de schoonheid van het zonlicht dat de bladeren deed glanzen. Het enige wat ze zag, was Charles Harvey-Smith die met zijn hypnotiserende groene ogen op haar neerkeek. Haar gedachten gingen weer naar Hedda, en het verbaasde haar opnieuw dat een vrouw als zij een man als Charles had weten te strikken. Opmerkelijk. Om niet te zeggen onbegrijpelijk.

Maar hij had naar háár gekeken. Met een indringende

blik, alsof hij probeerde haar te peilen. De blik van een roofdier. Niet de blik waarmee een man naar zijn vrouw keek. Ze huiverde van begeerte. Met een hand op haar hals ademde ze diep in. Ze móést zorgen dat ze zichzelf weer onder controle kreeg, dacht ze vastberaden terwijl er een huivering door haar heen ging en zich verspreidde naar delen van haar lichaam waaraan ze in geen jaren aandacht had geschonken. Ze was de zestig gepasseerd, hield ze zichzelf voor. En ze mocht er dan fantastisch uitzien voor haar leeftijd, ze mocht dan een onwaarschijnlijk slank en strak lijf hebben, ze was geen jonge vrouw meer die voor het eerst door verliefdheid werd overvallen. Bovendien was ze getrouwd. En dat gold ook voor Charles.

Maar wat was het heerlijk om te flirten!

Ze liet zich op de rand van haar bed zakken. Op haar nachtkastje, onder de stapel boeken van V.S. Naipaul en Salman Rushdie waarin ze nog nooit een letter had gelezen, lag *Zinderende hartstocht*, de nieuwste roman van Charity Chance. Ze haalde het boek, ontsierd door ezelsoren, onder de stapel vandaan en bekeek de cover met daarop een mooie vrouw in de armen van een waanzinnig aantrekkelijke exotische man met ontbloot bovenlijf. Ze stelde zichzelf voor in de armen van Charles, maar dan wel met zijn overhemd aan. Voor bloot was het nog te vroeg. Maar dagdromen kon geen kwaad. Kenneth hoefde er niets van te weten. Trouwens, helemaal niemand. Het was haar geheimpje. Terwijl ze zich in de kussens nestelde, zette ze haar bril op. Ze had nog een paar uur tot de lunch, en die tijd zou ze goed besteden aan wat onschuldig erotisch genot, dacht ze ondeugend.

4

Flappy wist wat haar te doen stond. Ze had er de hele nacht over liggen piekeren, en inmiddels, in het stralende licht van de nieuwe dag, koesterde ze geen enkele twijfel meer over de koers die ze moest volgen. Het was de enige optie, zei ze tegen zichzelf terwijl ze de Neerwaartse Hond vasthield om haar hamstrings en de spieren van haar kuiten te strekken. Het zou offers vergen, maar ze móést Charles zo snel mogelijk weerzien. En de enige manier om dat te bewerkstelligen was vriendschap sluiten met Hedda. Sterker nog, Hedda zou niet zomaar een vriendin moeten worden, maar haar béste vriendin. En daar zou ze onmiddellijk mee aan de slag gaan!

Aan het ontbijt met Kenneth zette ze Fase 1 van haar plan in werking. 'Zeg lieverd, waarom vraag je Charles Harvey-Smith niet om met je te gaan golfen? Dat zou zo'n aardige geste zijn. Ze kennen hier tenslotte nog niemand.'

Kenneth keek op. In zijn ogen stond ontzag te lezen. 'Je denkt ook altijd aan anderen, Flappy! Dat is een van de dingen die ik in je bewonder. Dat je altijd zo gul bent, zo ruimhartig. Ik ken niemand die zo attent is als jij.'

'Ach, het zou natuurlijk heel gemakkelijk zijn om hier in ons heerlijke huis te blijven zitten, met onze heerlijke tuinen en ons heerlijke leven. Om alleen aan mezelf te denken. Maar dat kan ik gewoon niet. Die arme Hedda en Charles hebben alles achtergelaten, hun huis, hun vrienden, om hier een nieuwe start te maken. Het minste wat ik kan doen, is hun het gevoel te geven dat ze welkom zijn door ze bij onze activiteiten te betrekken.'

'Ik zal hem zo bellen.'

'Fijn. Dat vindt hij vast leuk. Ik ga ze uitnodigen voor een etentje.' Dat was Fase 2.

'Goed idee.'

'En dan vraag ik Graham en Joan er ook bij. Dat is een leuk groepje. Gewoon een informeel etentje aan de keukentafel. Niets bijzonders. Ik zal eens zien of ik die aardige jongeman nog kan boeken voor een klein recital na het eten. Je weet wel, die zo verrukkelijk harp speelt. Dat zou leuk zijn, denk je ook niet?' Flappy slaakte een zucht. 'Ik vind het niet snel goed genoeg als het om mijn gasten gaat. En we hebben in het verleden al zulke geweldige optredens gehad. Het zal niet meevallen om dat nog te verbeteren. Maar ik ga het wel proberen. Want ik wil een goede indruk maken op Hedda en Charles. We mogen hier op Darnley dan niet zulke wereldburgers zijn als in Londen, maar we weten cultuur en verfijning wel degelijk te waarderen. Iedereen zegt altijd hoe bijzonder onze etentjes zijn, dus we mogen Hedda en Charles niet teleurstellen.'

Kenneth legde zijn hand op die van zijn vrouw. 'Overdrijf het nu maar niet, lieverd. Ik weet hoe je ervan geniet om je gasten iets bijzonders te bieden, maar daar zit een hoop werk aan vast, en je hebt al zo veel op je bordje. Er is niks mis met een simpel dinertje, toch?'

'Nee, natuurlijk niet. Als die harpspeler niet lukt, of die verrukkelijke ex-ballerina van het Royal Ballet, je weet wel, die zo prachtig de Stervende Zwaan danste, dan laat ik het rusten. Het gaat tenslotte om een goed gesprek aan tafel, en die kunst beheers ik als geen ander.'

Persephone kwam stipt om negen uur. Toen Flappy haar opgewekt begroette, ontging het haar PA niet dat ze een blos op haar wangen had alsof ze had hardgelopen, en dat haar ogen straalden. Nog meer dan anders.

'Kom maar mee.' Flappy stak de hal over. 'Ik heb een heleboel voor je te doen.' Eenmaal in de bibliotheek gaf ze Persephone Hedda's nummer. 'Zou je haar voor me willen bellen?'

Nadat de telefoon een paar keer was overgegaan, klonk de stem van Johnson aan de andere kant van de lijn. 'Goedemorgen, u spreekt met Persephone Finley. Ik bel namens Mrs. Scott-Booth, van Darnley Manor. Mrs. Scott-Booth zou graag Mrs. Harvey-Smith willen spreken. Schikt dat?'

Flappy glimlachte goedkeurend.

Persephone knikte. 'Hij gaat even informeren,' fluisterde ze met haar hand op de hoorn. Enkele ogenblikken later stak ze Flappy de telefoon toe. 'Mrs. Harvey-Smith is aan de lijn.'

'Hedda!' Flappy ging op de rand van het bureau zitten en sloeg haar benen over elkaar. 'Goedemorgen.'

'Flappy! Wat leuk om van je te horen. Ik liep net het huis door met de aannemer. Er is nog zo veel te doen en ik wil het allemaal klaar hebben voor ons feest.'

'Ik kan me er alles bij voorstellen. Zo'n groot huis als Compton Court. Laten jullie een hoop doen?'

'Nou, het is allemaal puur voor het mooie. Aan het huis zelf mankeert gelukkig niets. We hoeven geen muren weg te breken, zoals destijds in Londen. Dat was werkelijk een ramp. Dit is alleen maar leuk. Ik vind het heerlijk om alles mooi en gezellig te maken. Wat dat betreft ben ik een echte kloek. Ik hou van nestelen. Afijn, wat kan ik voor je doen?'

'Ik zou jou en Charles willen uitnodigen voor een etentje. Heel informeel. Alleen jullie en de dominee en zijn vrouw. Graham en Joan zijn goede vrienden van ons. Jullie vinden het vast ook leuk om nader kennis te maken met de dominee. Hij heeft tenslotte ook de begrafenis gedaan van je lieve broer Harry. Wat een prachtige dienst was dat, vond je ook niet?'

'We komen graag!' zei Hedda enthousiast. 'Ik herinner me nog hoe mooi ik je tuin vond. Dat die er zo prachtig bij lag in april. Ik wed dat hij nu nog veel mooier is.'

'De boel is wel een beetje verwilderd.' Flappy zuchtte spijtig. 'Je weet hoe dat gaat, aan het eind van de zomer. Het mooiste is geweest, maar het ziet er nog altijd prachtig uit.

We prijzen ons zó gelukkig met onze mooie tuinen, hier op Darnley.' Hedda zag het niet, maar Flappy sloot even theatraal haar ogen. 'Wanneer schikt het jullie om te komen eten? Dan stel ik die dag ook aan de dominee voor.'

'Zullen we zeggen donderdag? Iedereen is zo aardig. We zijn deze week elke avond ergens uitgenodigd. Alleen de donderdag is nog vrij.'

'Ja, de mensen hier zijn erg hartelijk,' zei Flappy, maar ondertussen vroeg ze zich af wie het echtpaar Harvey-Smith allemaal had uitgenodigd. En waarvóór. Ze had zich voorgesteld dat Hedda en Charles helemaal alleen aan tafel zaten in hun prachtige eetkamer, omringd door dozen die nog moesten worden uitgepakt, en dat ze zich afvroegen of ze er wel goed aan hadden gedaan Londen te verruilen voor Badley Compton. Maar blijkbaar had ze zich vergist. Hedda en Charles waren zo in trek dat ze blij mocht zijn dat het echtpaar nog een gaatje voor haar had weten te vinden.

'Charles vertrekt nu naar de golfbaan. Daar heeft hij met Kenneth afgesproken,' vertelde Hedda. 'Ik neem aan dat de baan naar jullie is vernoemd?'

'Naar Kenneth. Hij heeft hem laten aanleggen.'

'Wat een royale geste om het dorp zoiets prachtigs cadeau te doen.'

'Ach, weet je, daar heeft hij zelf ook plezier van. Hij doet niets liever dan golfen. Je zou het een obsessie kunnen noemen.'

Hedda schoot in de lach. 'Charles is ermee begonnen toen hij met pensioen ging. Maar het is bij hem nog geen obsessie. Geef mij maar bridgen. Trouwens, bridge jij?'

‘Of ik bridge? Ik ben er dól op.’

‘Mooi zo. Want ik zoek nog een vierde speler. Kun je vanavond?’

‘Vanavond? O, dat moet ik even nakijken...’ Flappy wilde niet de indruk wekken dat ze een lege agenda had.

‘Ik heb al twee dames. Dus ik heb er nog een nodig.’

‘Tja, als je me echt nódig hebt,’ zei Flappy op een toon die suggereerde dat ze bereid was reeds gemaakte afspraken af te zeggen om Hedda uit de brand te helpen. ‘Ik denk dat ik me wel vrij kan maken.’

‘Mooi zo. Dan verwacht ik je om zes uur.’

Geen zweem van dankbaarheid, kon Flappy niet nalaten te denken.

Toen Kenneth thuiskwam voor de lunch, was Flappy net toe aan de afronding van de vergadering over de rommelmarkt in september. Ze zat in de salon met de vijf dames van het organiserend comité en met Persephone, die haar notitieblok dichtklapte en haar pen neerlegde. De dames zaten op de rand van de roomwitte banken. Ze durfde amper tegen de keurig geschikte kussens te leunen uit angst de onberispelijke schikking te verstoren. Wat voor de kussens gold, gold voor de hele salon. Alles was even onberispelijk. Het rook er naar de dure geurkaarsen die Flappy altijd aanstak wanneer ze gasten kreeg, en voor de enorme vergulde spiegel boven de schoorsteenmantel stond een glazen vaas met welriekende lelies. Flappy zelf troonde, gestoken in lichtgekleurd linnen, comfortabel in een grote leunstoel, uitgelicht door de zon die door het raam achter naar binnen scheen. Ze keek de kring rond, richtte haar scherpe, onderzoekende blik op ieder commissielid afzonderlijk. 'Goed, jullie weten wat er van jullie wordt verwacht,' zei ze toen langzaam, doelbewust. 'Ik ben bang dat ik het hierbij moet laten, in het vertrouwen dat het allemaal in orde komt. Ik heb een hectische middag voor de boeg. Dus ik moet verder. Als jullie nog vragen hebben dan kun je mijn PA bellen.' Flappy glimlachte naar Persephone. 'Ze is net begonnen, maar ik heb haar meteen in het diepe gegooid, vrees ik. Waar of niet, kindje? Hoe dan ook, ze is erg goed in haar werk. Ik mag me zó gelukkig prijzen met haar.'

Toen de vrouwen waren vertrokken en Persephone naar buiten was gelopen om haar boterham op te eten op een van de vele bankjes, die op de mooiste plekjes waren neergezet zodat het publiek van de tuinen kon genieten wanneer die in juni werden opengesteld, gebruikten Flappy en Kenneth een lichte lunch in de keuken, waar Karen een salade met nieuwe aardappeltjes en ham voor hen had klaargezet. 'Hoe ging het golfen?' vroeg Flappy.

'Goed. Heel goed.'

'Vertel!' Flappy boog zich over de tafel heen naar hem toe.

'Ach, eh...'

'Toe, nou! Vertel. Ik ben zo benieuwd.'

'Nou, eh...'

'Vanaf het begin, lieverd. Ik ben een en al oor.'

'Nou, we hadden allebei een goede *approach*.'

'O, dat is mooi.' Flappy klonk enthousiast. Ze keek hem recht aan en was inderdaad een en al oor.

'Bij de laatste hole lag zijn bal ruim een meter van de pin, en die van mij drie meter. Ik wil niet opscheppen, maar ik wist heel zuiver te richten, en hij ging erin! Erg bevredigend. De bal van Charles lag veel dichterbij, maar hij draaide langs de rand van de cup en sprong er toen weer uit.'

'Geweldig!' Flappy schoot in de lach. 'Wat knap van je, lieverd. Is Charles een goede speler?' Ze wendde haar blik af om te voorkomen dat Kenneth de geïnteresseerde schittering in haar ogen zou zien. Normaliter gaf ze niets om zijn verslagen, en voor zijn golfvrienden had ze al helemaal geen belangstelling. Maar Kenneth had niets in de gaten. Hij vond het heerlijk dat ze – misschien wel voor het eerst – zo veel interesse toonde voor iets wat voor hem zo belangrijk was.

'Hij heeft handicap zeven,' vertelde Kenneth. 'Maar volgens mij was hij vandaag niet in topvorm.'

'En jij wel. Toch?'

'Ja, dat geloof ik wel.'

Flappy schonk zichzelf nog een glas bruisend mineraalwater in met een schijfje citroen. 'Wat is het voor iemand? Is hij OSM?'

Kenneth schoffelde wat slablaadjes naar binnen. 'Het is een goed mens.'

Flappy glimlachte geduldig. 'Een goed mens.'

Kenneth knikte.

'Wat deed hij eigenlijk voor de kost? Waar heeft hij zijn geld mee verdiend?'

Kenneth haalde zijn schouders op. 'Dat heb ik hem niet gevraagd.'

'Hoezo, dat heb je hem niet gevraagd? Waarom niet?'

'We hebben het over golf gehad.'

'De hele tijd? Alle negen holes?'

Kenneth knikte weer. 'Ja, ik geloof het wel.'

'Ik heb zo'n idee dat hij razendslim is. Wat denk jij? Hij heeft een intelligent gezicht. Vind je ook niet? Intelligent, levendig. Mensen met zo'n saai, levenloos gezicht, daar kan ik niks mee. Dat weet je. Je moet het karakter van iemands gezicht kunnen aflezen. Je moet kunnen zien dat iemand een gevuld en druk bestaan leidt. En volgens mij is dat bij Charles het geval. Wat denk jij?'

Kenneth schepte nog wat aardappels op. 'Deze zijn heerlijk,' zei hij genietend. 'Wat heeft ze erop gedaan?'

'Olijfolie.' Flappy begreep dat het onderwerp voor hem had afgedaan. 'En een beetje zout.'

Een groot deel van de middag bracht ze door voor haar kledingkast. Wat moest ze aan wanneer ze die avond ging bridgen? Ze wilde niet de indruk wekken dat ze heel erg haar best had gedaan, maar ze vond het wel belangrijk om er goed uit te zien. Elegant maar ongedwongen. Ze had geen idee wie er nog meer zouden zijn, maar het kon niet anders of het waren vrouwen die ze kende. Ze kende tenslotte iedereen in Badley Compton. Stiekem vond ze het opwindend om Hedda's huis te zien, ook al kon ze een zekere mate van jaloezie niet ontkennen. Bij de gedachte aan de reusachtige, voorname verhuiswagen vol schatten waarover Mabel het had gehad, voelde ze diep in haar hart de vertrouwde steek van rivaliteit. Ze had een hekel aan mensen die overal een wedstrijd van maakten. En volgens haar gold dat bij uitstek voor Hedda. Daar stond tegenover dat ze Flappy nodig had om haar bridgeviertal compleet te krijgen. Dus het zou van kleinzieligheid getuigen om niet mee te werken, alleen maar omdat Hedda graag haantje-de-voorste was. Want als íémand in staat was boven mensen zoals Hedda Harvey-Smith uit te stijgen en zich niet tot hun niveau te verlagen, dan was het Flappy. Zij stond hoger op de ladder. Een witte tijgerin tegenover Hedda's Ayrshire-koe.

De kans was natuurlijk groot dat ze Charles ook zou zien. Ze stelde zich voor dat hij met zijn zeegroene ogen glimlachend op haar neerkeek. Op slag begon ze zich nog meer op de avond te verheugen. Hedda was aardig, ondanks haar tekortkomingen. En Flappy beheerste het bridgespel tot in de finesses. Dus het werd vast leuk.

Zo kwam het dat ze om tien voor zes vol vertrouwen in haar glimmend groene Range Rover stapte. Ze had gekozen voor een witte broek in maritieme stijl met daarop een gestreepte matrozentrui. Om haar hals glinsterde een gouden ketting, een gouden bedelarmband rinkelde om haar pols. Terwijl ze de motor startte vulde ze de auto met de geur van haar parfum – nachthyacint van Jo Malone – en klonk Céline Dion uit de cd-speler. Toen ze Compton Court naderde schakelde ze over naar Classic FM. Ze wilde er niet op betrapt worden dat ze naar popmuziek luisterde. Dat zou niet de juiste indruk wekken.

Compton Court was net zo prestigieus als de naam deed vermoeden. Flappy was nooit binnen geweest, maar ze had wel foto's van het interieur gezien. Er had ooit een groot artikel over het huis in *Tatler* gestaan, met een foto van Lady Micklethwaite in amazonezit op de cover. Het huis was de perfecte zeventiende-eeuwse villa, gebouwd in de harmonieuze stijl van Christopher Wren, en in het echt zelfs nog indrukwekkender dan op de foto's. De verbleekte rode baksteen en het hoge dak met zijn grijze pannen en fraaie dakkapellen verleenden het een warme, gastvrije aanblik. Tegelijkertijd deed het charmante ontwerp geen enkele afbreuk aan het gewicht, de importantie van het huis. Compton Court was indrukwekkend, het had een majestueuze uitstraling. Maar terwijl Flappy op het grindplein aan de voorkant parkeerde, besefte ze dat ze niet zou willen ruilen. Al kreeg ze geld toe! Darnley Manor was mooier. Daar kon geen enkele twijfel over bestaan.

Johnson was precies zoals ze zich hem had voorgesteld. Een al wat oudere man, formeel in zowel zijn houding als zijn uitmonstering, maar met pretlichtjes in zijn ogen, alsof hij zich ten volle bewust was van de absurditeit van zijn positie in een slaperig plattelandsplaatsje als Badley Compton. Hij ontving Flappy hoffelijk en ging haar voor, het huis door naar de tuin. Ondertussen nam Flappy gretig alle details in zich op, diep onder de indruk van wat ze zag. Hedda zat met twee andere vrouwen aan de wijn, op zo te zien gloednieuwe teakhouten stoelen. Zodra ze Flappy zag sprong ze overeind. 'Flappy, kindje! Wat fijn dat je er bent.' Ze nam Flappy's handen in de hare en drukte een kus op haar koude wang.

Die van Hedda was zacht en warm, voelde Flappy. 'Het huis is echt schitterend!' Ze wilde net benadrukken hoeveel mooier het eruitzag dan ten tijde van de Micklethwaites, toen een van de twee andere vrouwen zich omdraaide en glimlachend naar haar opkeek. Het was Lady Micklethwaite!

Flappy voelde zich volledig op het verkeerde been gezet. De vorige bewoonster van Compton Court was gehuld in een lange roomwitte rok met een gebloemde blouse, haar gezicht was gebronsd met kleine sproetjes, ondanks haar onberispelijke Engelse teint.

'Phyllida!' zei Flappy stralend. Want als íémand haar schrik wist te verbergen op momenten zoals dit, dan was zij het. Daarbij had ze de tegenwoordigheid van geest om Lady Micklethwaite niet met haar titel aan te spreken, want ze wilde voor geen prijs laten merken dat ze haar eigenlijk nauwelijks kende.

'Flappy!' zei Lady Micklethwaite.

'Ik dacht dat je in Spanje zat.'

'Dat zat ik ook, maar ik ben weer even terug om de laatste spullen op te halen. Ze staan in de schuur. Eddie was zo lief om ze voor ons op te slaan.'

'O.' Flappy besefte tot haar afschuw dat de twee vrouwen elkaar kenden.

'Eddie en ik hebben samen op school gezeten,' vertelde Lady Micklethwaite.

'En wat Teddy niet allemaal uithaalde...' Hedda keek grijnzend naar Lady Micklethwaite, die er in de ogen van Flappy helemaal niet uitzag als een Teddy. 'Middernachtelijke schranspartijen, nou ja, je kon het zo gek niet bedenken. Ze durfde alles.'

'Eddie en ik hadden gewed dat ik niet in mijn blootje door de buxustuin durfde te rennen. Nou, die weddenschap heb ik gewonnen!'

'Volgens mij heb je er een grote zak snoep voor gekregen!'

De twee vrouwen schaterden het uit, zoals alleen boezemvriendinnen dat konden.

'Hallo!' Big Mary wuifde naar Flappy van de andere kant van de teakhouten tafel.

'Ach, Mary! Wat leuk dat jij er ook bent!' Flappy was nog nooit zo blij geweest om haar te zien. Ze ging haastig naast haar zitten.

'Ik vind het zo jammer dat ik er met Eddies feestje niet bij kan zijn.' Lady Micklethwaite trok een spijtig gezicht.

'Anders ik wel.' Hedda liet zich in de stoel naast haar vallen. 'Maar je komt vast wel vaker terug, en je weet hoe heerlijk ik het vind om feestjes te geven.'

Johnson bracht Flappy een glas wijn, dat ze dankbaar aanpakte. De ontdekking dat Hedda en Phyllida elkaar kenden, had haar uit haar evenwicht gebracht. Terwijl ze van haar wijn dronk probeerde ze haar houding terug te vinden. Want als Flappy érgens niet van hield, dan was het om zich buitengesloten te voelen.

'Jullie vertrek is zo'n verlies voor Badley Compton,' zei ze tegen Lady Micklethwaite. 'Wie moet ik nu vragen om mijn *fêtes* te openen? En wie moet er nu eregast zijn bij onze lunches-voor-het-goede-doel?'

Lady Micklethwaite voelde zich zichtbaar gevleid. 'O, je vindt vast wel iemand. Daar ben ik van overtuigd. Als iemand dat kan, dan ben jij het.'

Flappy voelde zich groeien, maar Phyllida had natuurlijk volkomen gelijk. Want als íémand de geschikte persoon kon vinden om haar fêtes te openen en eregast te zijn bij haar lunches-voor-het-goede-doel, dan was zij het.

‘Ik bied me aan,’ zei Hedda. ‘Tenminste, als je me hebben wilt.’

‘Nou, wat zei ik?’ reageerde Lady Micklethwaite enthousiast, voordat Flappy kon zeggen dat het iemand moest zijn met een titel. ‘Je hebt al iemand gevonden. Eddie is er geknipt voor. Al was het maar omdat ze veel deftiger is dan ik.’

Flappy lachte een beetje ongemakkelijk. ‘Dat zal toch haast niet?’ zei ze aarzelend.

‘Natuurlijk wel! Eddies oom was een markies.’

Lady Micklethwaite zei het luchtig, bijna onverschillig, maar Flappy had het gevoel dat de adem stokte in haar keel. Het was al erg genoeg dat Hedda blijkbaar van adel was, maar dat zij daar niets van wist, dat ze dat nu voor het eerst hoorde, benam haar niet alleen de adem maar ook haar spraakvermogen. Net op dat moment, toen ze hunkerde naar redding, of op zijn minst de kans om zich te herpakken, verscheen Charles ten tonele. De ridder die de jonkvrouw in nood te hulp schoot.

Hij keek neer op de vier gezichten die zich naar hem toekeerden. ‘Goedenavond dames. Dag Mary,’ zei hij met een glimlach tegen Hedda’s nicht. Toen bleven zijn groene ogen op Flappy rusten. ‘Nee maar, Flappy. Wat leuk dat je er bent. Ik heb zo lekker gespeeld vanochtend. Met Kenneth.’

‘Dat hoorde ik.’ Flappy had zichzelf weer enigszins in de hand. ‘Volgens Kenneth weet je de bal goed te raken.’

‘Te veel eer. Maar dat is sympathiek van hem. Hij was geweldig in vorm. Speelde de sterren van de hemel.’

‘Wat grappig. Dat zei hij ook over jou.’

Charles keerde zich naar Lady Micklethwaite. ‘Misschien

heeft Algie morgen ook wel zin om mee te gaan?'

'Want dan gaan jullie weer golfen?' vroeg Hedda.

Charles schoot in de lach. 'Tja, Kenneth is niet te stuiten.'

'Het is bijna een obsessie voor hem,' viel Flappy hem bij.

'Ach, het is uiteindelijk zijn eigen baan,' zei Big Mary. 'Als ik een zwembad had dat naar mij was vernoemd, zou ik er volgens mij elke dag naartoe gaan.'

Met háár gewicht zou ze daar alleen maar goed aan doen, kon Flappy niet nalaten te denken.

'De Scott-Booth Golf Club,' zei Charles. 'En het is een verduiveld mooie baan.'

'Ik weet zeker dat Algie graag met jullie meegaat,' zei Lady Micklethwaite namens haar man, die Flappy nooit anders had gekend dan als Sir Algernon. 'In Spanje wonen we letterlijk óp een golfbaan.'

Flappy was geschokt. Ze had de Micklethwaites voornamer ingeschat. Maar dat liet ze niet merken. 'Wat heerlijk!'

'Helemaal niet. Het is afschuwelijk,' zei Lady Micklethwaite. 'Maar Algie vindt het geweldig.' Ze keek glimlachend naar Hedda. 'Als hij maar gelukkig is, waar of niet, Eddie? Dan zijn wij het ook.'

'Precies, Teddy,' viel Hedda haar bij. 'Zo, en volgens mij is het nu tijd om te gaan bridgen.'

De zitting werd verplaatst naar de blauwe salon, een van de vijf salons die Compton Court rijk was. Voordat ze begonnen ging Flappy nog even 'haar neus poederen'. Niet dat ze naar de wc hoefde, ze wilde gewoon graag nog wat meer van het huis zien. Een bezoekje aan de wc bood daarvoor de perfecte gelegenheid zonder dat ze de indruk wekte haar ogen ongepast de kost te geven. Nu ze wist dat Hedda's oom een markies was, zou ze alles op alles zetten om diens naam te achterhalen. En of Hedda's vader een lord was. En natuurlijk of Hedda zelf ook een titel droeg. Zou Hedda 'hooggeboren' zijn? Terwijl ze Johnson volgde, die opdracht had gekregen haar de wc te wijzen, vielen alle stukjes van de puzzel ineens op hun plaats. De grandeur die uit alles sprak, van het huis tot de meubels, de schilderijen, de verschoten Perzische tapijten, de familieportretten, de snuisterijen, verried een aristocratische smaak. Flappy vermoedde dat de inrichting voornamelijk bestond uit erfstukken, afkomstig van diverse generaties adellijke voorouders. De zelfverzekerdheid waarmee Hedda op de voorste rij in de kerk was gaan zitten, alsof ze daar recht op had, de manier waarop ze gunsten in ontvangst nam, zonder ervoor te bedanken en alsof ze haar toekwamen, verrieden dat ze in een aristocratisch milieu was grootgebracht. Het soort milieu dat er personeel op na hield. Vandaar Johnson, de butler. Het ergerde Flappy, maar ze kon niet ontkennen dat ze onder de indruk was. Hedda had met geen woord over haar voorname afkomst gesproken, en dat was bewonderenswaardig. Flappy had een hekel aan mensen die 'hun eigen loftrompet staken'. Dat kon je beter aan anderen overlaten.

Ze was alweer op de terugweg toen ze de stem van Charles hoorde in een van de kamers langs de gang. Hij riep haar. Ze bleef staan. 'Charles? Ben jij dat?'

'Ja. Kom eens hier. Ik wil je wat laten zien.'

Flappy stapte een studeerkamer binnen. De inrichting

en de stoffering – deels zwart, deels in warme, mannelijke groentinten – verrieden dat dit zíjn studeerkamer was. Hij stond voor de haard, omringd door kartonnen dozen met op de zijkant de letters CS in zwarte viltstift. 'Ik ben nog niet aan uitpakken toegekomen. Eerlijk gezegd vind ik het nogal ontmoedigend allemaal. Verhuizen valt niet mee. Een heidens karwei, dat is het.'

'Ze zeggen dat een verhuizing net zo traumatiserend is als een echtscheiding,' zei Flappy.

'O ja? Nou, dat zou ik niet weten.' Charles keek haar aan met zijn prachtige ogen, en op slag trok er een verrukkelijke huivering door haar heen. 'Kijk. Dit wilde ik je laten zien.' Hij hield een glazen stolp omhoog met daarin een vlinder. 'Het is een heel zeldzame soort. Uit Brazilië. Is hij niet prachtig?'

'Schitterend.' Flappy deed een stap naar hem toe om de vlinder te bewonderen. 'Ik heb er nog nooit zo een gezien. Kenneth en ik zijn een paar jaar geleden in Brazilië geweest, maar ik kan me niet herinneren dat daar zulke vlinders waren.'

'Er zijn er nog maar een paar op de hele wereld. Ik vond dat jij hem moest zien, want ik weet dat je schoonheid weet te waarderen. Net als ik.'

'O ja?' Ze fluisterde bijna.

'Nou en of. Bloemen, alles wat leeft, kunst, muziek. Er schuilt zo veel schoonheid in. En volgens mij ben jij daar ook gevoelig voor.'

'O, ja. Dat ben ik zeker.'

'En mooie vrouwen.' Hij keek haar diep in de ogen. 'Vrouwelijk schoon is waar ik het meest gevoelig voor ben.'

Flappy had een gevoel alsof zich een hand om haar hals sloot. 'Echt waar?' Haar stem klonk plotseling hees, haar keel was ineens kurkdroog.

'Je bent een erg mooie vrouw, Flappy.' Hij lachte verlegen. 'Maar dat weet je ook wel. Dat is je ongetwijfeld al duizenden keren verteld.'

'Nou, zo vaak nou ook weer niet.' Flappy hield het eerder op honderden keren. En nooit door zo'n aantrekkelijke man als jij, zou ze eraan willen toevoegen.

'Neem me niet kwalijk dat ik zo openhartig ben. Maar ik moet het zeggen! Sinds ik je gisteren in de kerk heb gezien, kan ik je niet meer uit mijn hoofd zetten.'

'O.' Flappy keek naar zijn zinnelijke mond, naar zijn lippen die bewogen terwijl hij al dat verrukkelijks tegen haar zei.

'Ik besef dat we allebei getrouwd zijn. Dat ik dit niet zou moeten zeggen. Maar ik ben machteloos. Ik kan er niets aan doen.'

Flappy kon geen woord uitbrengen. Ze keek hem alleen maar aan. Verbaasd. Blij. Maar ook een beetje bang. Ze voelde zich ook machteloos tegenover de gevoelens die bezit van haar namen.

'Ik mag je niet langer ophouden. Er wordt op je gewacht.' Hij zette de stolp met de vlinder weer neer.

'Ja, ik kan maar beter naar ze toe gaan.' Maar ze zou veel liever bij hem zijn gebleven.

'Hedda zal zich afvragen waar je blijft.'

'Dan zeg ik dat ik verdwaald was.'

Hij schonk haar een oogverblindende glimlach, en Flappy kreeg bijna een flauwte. 'En dan zeg ik dat ik je heb gevonden. Kom, dan breng ik je naar ze toe.'

Flappy volgde hem. Toen ze bijna bij de blauwe salon waren draaide hij zich naar haar om. 'Ik ben zo blij dat ik hier ben komen wonen.'

5

Flappy was volledig van de kook. Zo wilde ze Kenneth niet onder ogen komen, bang als ze was dat hij argwaan kreeg. Niet dat er ook maar iets was gebeurd. Charles en zij hadden alleen maar een beetje geflirt. Daar school toch geen kwaad in? Maar om zichzelf de tijd te geven weer rustig te worden, reed ze een landweggetje in en zette de auto stil. Ze kon zich de laatste keer niet heugen dat ze zó uit haar doen was geweest. In de hoop haar zenuwen te kalmeren concentreerde ze zich op haar ademhaling.

Wat een geweldige avond, dacht ze terwijl ze door de voorruit staarde. Ze had geweldig gespeeld. Volgens Big Mary, haar partner, leek het alsof ze in vuur en vlam stond. En dat was ook zo. Flappy's hele lichaam gloeide op een manier die ze nooit eerder had ervaren, net zoals ze zich ook nog nooit zo bruisend, zo vol leven had gevoeld. Hedda was diep onder de indruk geweest van haar spel en had haar gevraagd lid te worden van haar bridgeclubje. En Lady Micklethwaite had Kenneth en haar uitgenodigd om in Spanje bij hen te komen logeren. Gedragen op een golf van waardering, sympathie en bewondering was Flappy aan het eind van de avond in haar auto gestapt en had ze zich naar haar gastvrouw gekeerd. Met precies de juiste dosis respect had ze gezegd dat ze het enig zou vinden als Hedda inderdaad de rol van Lady Micklethwaite wilde overnemen om haar fêtes te openen en om als eregast op te treden bij haar lunches-voor-het-goede-doel. 'Ik voel me vereerd,' had Hedda daarop gezegd. Met haar meest innemende glimlach had Flappy haar toegeknikt, waarop ze vorstelijk wuivend de oprijlaan uit was gereden. Ja, de avond was een doorslaand succes geweest.

Maar haar ontmoeting met Charles had de meeste indruk op haar gemaakt. Het moment waarop hij haar diep in de ogen had gekeken en heel zachtjes, zodat alleen zij het kon horen, had gezegd hoe blij hij was dat hij hier was komen wonen. Een aantrekkelijke man als Charles! Flappy kon het bijna niet bevatten.

Ze was verliefd. Tenminste, dat geloofde ze. Want ze wist eigenlijk niet zeker of ze ooit eerder verliefd was geweest. Natuurlijk had ze vroeger in haar jonge jaren wel eens een man leuk gevonden. En toen ze Kenneth leerde kennen – bij de handschoenenafdeling van Harrods, haar eerste baan – had ze wel een lichte opwinding gevoeld. Maar dat was niets vergeleken bij het gevoel dat Charles in haar wekte. Dat was anders. Heel anders. Dit gevoel had iets onstuitbaars, bijna iets wanhopigs. Alsof het bevredigd móést worden. Een wild verlangen. Ongeremd. Onbeheersbaar. Lust. Ja, dat was het. Ze durfde het tegenover zichzelf wel toe te geven. Dit was pure begeerte die gepaard ging met een gevoel alsof haar huid in brand stond, en met een snakkend hunkeren in haar onderbuik. Het was allemaal volkomen nieuw voor haar. Heftiger dan alles wat ze ooit had gevoeld. Ze had erover gelezen in de boeken van Charity Chance. Ze had anderen erover horen praten – Madge kon na een paar glazen wijn verrassend vulgair zijn. En in films had ze gezien hoe acteurs hartstochtelijk de liefde bedreven. Maar zelf had ze zoiets nooit ervaren. Nooit echt. Tot die avond. En nu herkende ze het, want ze kon aan niets anders denken dan dat ze naakt in de armen van Charles lag terwijl hij haar streelde, terwijl hij zijn vingers traag en liefkozend over elk stukje van haar verrukkelijke lichaam liet gaan.

Tegen de tijd dat ze de oprijlaan van Darnley Manor in reed, was ze weer enigszins gekalmeerd. Kenneth zat in de televisiekamer naar een herhaling van *Poirot* te kijken. 'Hoe was het? Lekker gebridget?' Hij drukte op de pauzeknop en maakte zich met tegenzin los van de buis.

'Heerlijk!' zei Flappy luchtig. 'Echt heerlijk. Lady Micklethwaite was er ook. Ze heeft ons uitgenodigd om bij ze langs te komen in Spanje. Aardig hè?'

'Ja, erg aardig.'

'Ze wonen op een golfbaan. Echt letterlijk op een golfbaan. Dat kun je je van de Micklethwaites toch niet voorstellen? Dat ze op een golfbaan wonen?'

Maar Kenneth was meteen enthousiast. 'Op een golfbaan? In Spanje? Geweldig!'

'O, en Charles heeft Sir Algernon uitgenodigd om morgen met jullie mee te gaan naar de baan.'

'Uitstekend.' Zijn kleine ogen begonnen te schitteren. 'Volgens mij is Sir Algernon een geweldige golfer.'

'Wist je dat Hedda en Phyllida vriendinnen zijn? Ze hebben bij elkaar op school gezeten. En Hedda's oom was een markies. Wat zou dan haar titel zijn? Dat vroeg ik me af terwijl ik naar huis reed. Als haar oom een markies was, dan moet zijn broer, Hedda's vader, een lord zijn geweest. Denk je ook niet? In dat geval is Hedda "hooggeboren". En dan moet Harry dat ook zijn geweest. Hij was tenslotte haar broer. Wie had dat kunnen denken? Maar volgens mij hebben Harry en Hedda niet dezelfde moeder. Harry was in de tachtig toen hij stierf, en Hedda kan niet veel ouder zijn dan ik. Nou ja, daar kom ik nog wel achter. Ik heb Hedda gevraagd de rol van Lady Micklethwaite over te nemen bij alles wat we organiseren. Vind je dat geen goed idee? Ik zou het natuurlijk niet hebben overwogen als ze niet van adel was geweest. Maar als nicht van een markies is het haar plicht tegenover de gemeenschap om iets terug te doen. Een titel is mooi, maar die brengt ook een zekere verantwoordelijkheid met zich mee, waar of niet?' Flappy moest even op adem komen. De opwinding dreigde haar te veel te worden. 'En wist je dat Hedda personeel heeft?' vervolgde ze, ook al luisterde Kenneth nog maar half nu het niet langer over golfen ging. 'Ze heeft een butler. Johnson. En een kok. Mrs. Ellis. Die had een verrukkelijk dinertje gemaakt. Ik weet niet wat

Charles vanavond heeft gedaan. Die at niet mee. Dus hij was blijkbaar niet thuis. We waren met vrouwen onder elkaar.' Ze zuchtte, want dat laatste vond ze spijtig. 'Voor het diner heb ik hem trouwens nog wel even gesproken. Hij had een geweldige ochtend gehad, met jou op de baan. Wat aardig dat hij dat zei, hè?'

'Erg aardig.'

'Volgens mij gaan we nog veel plezier beleven aan de Harvey-Smiths.'

Kenneth knikte, toen drukte hij op 'play' op de afstandsbediening. *Poirot* eiste opnieuw al zijn aandacht op.

Flappy ging naar de keuken, waar ze zichzelf een groot glas witte wijn inschonk. Ze nam het mee naar boven en liet het bad vollopen. Toen ze even later in het warme, geurige sop lag, nippend aan haar chardonnay, gingen haar gedachten weer naar Charles.

De volgende morgen werd er vergaderd over het Oogstfestival, waarbij een uitgebreide thee zou worden geserveerd. Het organiserend comité kwam bij elkaar in Flappy's smaakvolle salon. Ze was zelf ook telkens weer aangenaam getroffen door de uitgelezen tinten taupe en roomwit. Zo stijlvol en elegant. Trouwens, dat gold voor alles in Darnley Manor.

Esther, Madge, Mabel en Sally vormden de kern van alle commissies en comités waarvan Flappy voorzitter was. Zelfs al hadden ze dat gewild, dan nog zouden ze niet hebben durven weigeren, uit angst om bij Flappy in ongenade te vallen. Ter bevordering van de levendigheid nodigde die ook regelmatig een paar mannen uit om deel te nemen aan hun activiteiten. In geval van het comité dat het Oogstfestival organiseerde waren dat dominee Willis en Gerald Pott. De dominee was een bedachtzaam mens met een praktische instelling, terwijl Gerald – single, in de zestig, rossig haar, zachte bruine ogen – in alle opzichten diens tegenpool kon worden genoemd. Gerald was Flappy's binnenhuisarchitect; flamboyant, gevoelig op een bijna vrouwelijke manier en helemaal verrukt van Flappy, wat in haar ogen zijn belangrijkste aanbeveling was. Die dag viel het hem op dat ze een beetje verstrooid was.

'Wat is er, schat? Hebben die scherpe ogen van je een imperfectie ontdekt die verbetering behoeft?' Het was het proberen waard. Flappy zwom in het geld en ze liet zich maar al te graag overhalen om de boel een make-over te geven.

'Hoe bedoel je?'

'Je lijkt zo afwezig.'

'*Móí*?' Flappy fronste haar wenkbrauwen, heel voorzichtig om geen rimpels in haar gladde voorhoofd te krijgen.

'Ach kindje, je hebt het gewoon veel te druk,' zei Mabel. 'Maar gelukkig kan Persephone tegenwoordig wat werk van je overnemen. Je zou echt een stapje terug moeten doen. Het is zoals je zelf zegt: je kunt het niet iedereen naar de zin maken.'

'Maar dat moeten we wel proberen,' verklaarde Flappy met een ernstig gezicht. 'Badley Compton rekent op me. Ik heb een heel sterk plichtsgevoel. Altijd al gehad. "Van iedereen aan wie veel gegeven is, zal veel worden geëist." *N'est-ce pas*?'

Dominee Willis, die het maar al te graag aan Flappy overliet om het woord te doen en die zijn recht op het houden van lange monologen bewaarde voor de kansel, schonk haar een pastorale glimlach. 'Lucas twaalf, vers achtenveertig. Inderdaad, een wijze uitspraak. Als inwoners van Badley Compton waarderen we het enorm dat je zo veel voor ons doet, Flappy. Gemeenschapszin is een groot goed. En ik ben erg blij dat je een jong iemand in dienst hebt genomen, iemand met een helder verstand, die althans iets van de werklast van je kan overnemen.' Hij keerde zich naar Persephone en schonk ook haar een pastorale glimlach.

Flappy's PA had gezorgd voor thee en koffie en een schaal volkorenbiscuitjes, en ze had tijdens de hele bijeenkomst aantekeningen gemaakt. De avond tevoren had ze wat ideeën geopperd om de tent te versieren waarin Flappy op de zondagmiddag van het Oogstfestival een high tea zou serveren. Persephone had bedacht om kaarsenhouders te maken van kleine pompoenen en om kringen van hooibalen te maken waar de bezoekers op konden zitten. Schoven tarwe zouden er leuk uitzien en voor een nostalgisch tintje zorgen. Voor de kleinste bezoekers zouden appels op een stokje, overgoten met karamel, een gewilde traktatie zijn. Vóór de bijeenkomst had ze de lijst aan Flappy gegeven, die enthousiast had gereageerd. Persephone was echter nogal verrast geweest toen Flappy dat lijstje met ideeën als haar eigen vondsten presenteerde. Ze had er niets van durven zeggen en machteloos toegekeken hoe haar werkgeefster met de eer voor haar inspanningen ging strijken. 'Dus,' zei Flappy afrondend, 'ik heb de ideeën bedacht, wie gaat ze uitvoeren?'

'De kaarsen kan ik wel doen,' bood Madge aan. 'Ik heb jaren geleden een cursus kaarsen maken gedaan. Misschien kan ik ze wel naar kaneel laten ruiken. Wat vinden jullie? Zou dat leuk zijn?'

Flappy vond van niet. 'Kaneel is meer iets voor Kerstmis, Madge. Een houtachtige geur lijkt me gepaster. Of iets wat met de oogsttijd te maken heeft. Appels. Bramen.'

Madge knikte. 'Daar heb je gelijk in. De mensen mochten eens denken dat Kerstmis dit jaar wel erg vroeg valt. Dat zouden we niet willen.' Ze lachte nerveus.

'Verder nog iemand?' Flappy keek van de een naar de ander in de hoop op vrijwilligers. Want ze was niet van plan ook maar iets zelf te doen.

'Ik zorg voor de hooibalen,' zei Esther. 'De hele schuur ligt ermee vol.'

'Mooi zo. Misschien kun je ook een van de paarden meenemen. Dan kunnen de kinderen een ritje maken.'

'Ik neem de ezel wel mee.'

'Hebben jullie een ezel?' vroeg Sally.

'Wel twee. Via de dierenbescherming. Schatten van beesten zolang je ze maar af en toe een wortel geeft.' Esther lachte vrolijk.

'En ik zorg voor de thee,' bood Mabel aan. 'Ik zal Big Mary vragen om cakejes te maken.'

'Misschien kan ze er een herfstachtige versiering op doen,' stelde Persephone voor. 'Kleine cupcakes met een pompoentje erop.'

'Dat is meer iets voor Halloween, kindje,' zei Flappy. 'Korenaren! Dat lijkt me gepaster. Want nogmaals, we vieren het Oogstfestival, geen Halloween. Hier en daar een pompoen vind ik prima. Maar niet te veel. Dan raken mensen in de war en denken ze dat het al Halloween is.'

Persephone glimlachte. 'Dat kan ik me niet voorstellen.'

Flappy bleef volkomen serieus. 'Het zou je verbazen hoe onnozel mensen kunnen zijn.'

'Wat de aankleding betreft, die neem ik natuurlijk voor mijn rekening,' zei Gerald. 'Misschien wil Persephone me assisteren. Ik kan wel wat hulp gebruiken. Kun je haar dan een paar uurtjes missen?' vroeg hij aan Flappy.

'Natuurlijk. Dat lijkt me een uitstekend idee.' Flappy keerde zich naar Persephone. 'Om succes te hebben moet je je kansen grijpen wanneer ze zich aandienen. Gerald is een van de beste binnenhuisarchitecten in het land. Darnley Manor bewijst dat. Het is geweldig wat hij allemaal voor me heeft gedaan. We zijn een goed team, waar of niet, Gerald?'

Gerald kende Flappy al meer dan twintig jaar, en dus kende hij ook haar neiging om met andermans veren te pronken. 'Nou en of. En volgens mij wordt het weer eens tijd voor een nieuw project.'

Dat zette Flappy aan het denken. In huis zag alles er perfect uit, maar de cottage kon wel een make-over gebruiken. Het schilderachtige huisje helemaal aan het eind van de tuin had tijdens haar schilderfase als atelier gediend. Het had haar niet verrast dat ze over een geweldig talent bleek te beschikken, maar uiteindelijk had ze het schilderen toch moeten opgeven, simpelweg omdat ze het te druk had. De charmante cottage had op de bovenverdieping twee slaapkamers, de benedenverdieping bestond uit één grote kamer met een open keuken. Dankzij de grote schuiframen viel er veel licht naar binnen. Flappy verwachtte niet dat ze het schilderen ooit weer zou oppakken – er was tenslotte slechts ruimte voor één Hockney – maar misschien kon ze de cottage voor een ander doel gebruiken. En zoals altijd wanneer ze naar ideeën zocht, schoot haar vrijwel meteen iets te binnen. De cottage zou een perfecte meditatieruimte zijn!

'Dat ben ik helemaal met je eens, Gerald. En ik weet ook al wat dat project zou moeten zijn.'

Kenneth verkeerde in een uitgelaten stemming toen hij terugkwam van de baan. Tijdens zijn partij met Sir Algernon en Charles had hij zichzelf overtroffen en een hole-in-one geslagen. Puur geluk, maar toch. Hij schoof aan voor de lunch op het terras, waar Karen in de schaduw had gedekt, en trakteerde zichzelf op een glas wijn. Flappy dronk overdag doorgaans niet. Alcohol maakte haar slaperig, en ze had het te druk om tijd te verspillen aan een siësta. Het weerhield hem er niet van om voor haar ook een wijntje in te schenken.

'Ik heb een vraag,' zei hij een beetje aarzelend. Ondertussen viel hij gretig aan op de quiche die Karen had gebakken, met daarbij een salade en nieuwe aardappeltjes in botersaus.

'O?' Flappy kwam op slag in verzet. Ze herinnerde zich de laatste keer dat hij haar iets had gevraagd nog maar al te goed. Destijds ging het om een etentje voor een van zijn golfvrienden en diens kersverse, schandalig jonge vrouw. Flappy had ermee ingestemd, maar daar later spijt van gekregen. Het juffertje had Flappy niet alleen met haar moeder vergeleken maar was bovendien zo onbeschaamd geweest om te vertellen hoeveel jonger die eruitzag sinds haar facelift. Vandaar dat Flappy al bij voorbaat haar hakken in het zand zette.

'Charles vroeg of hij misschien gebruik zou kunnen maken van ons zwembad.'

O. Dat was natuurlijk een heel ander verhaal. 'Echt waar?' Ze hield haar gezicht zorgvuldig in de plooi. Uit niets bleek hoe opwindend ze het verzoek vond. Want als íémand erin slaagde emoties te verbergen die maar beter verborgen konden blijven, dan was het Flappy.

'Ja, Compton Court heeft geen zwembad.'

'Tsss. Terwijl je dat toch wel zou hebben verwacht,' zei Flappy verbaasd, maar tegelijkertijd dolgelukkig dat Darnley wél een zwembad had.

'Charles heeft slechte knieën. Daar moet hij oefeningen voor doen, maar hij mag niets forceren. Zwemmen is voor zijn knieën de beste beweging.'

'Dat geloof ik onmiddellijk!' Flappy's wangen begonnen te gloeien bij de gedachte aan Charles in zwembroek.

'In Londen was hij lid van de Harbour Club –'

'Ja, dat verbaast me niets!' viel Flappy hem voldaan in de rede, want de chique Harbour Club was de natuurlijke habitat voor een man als Charles Harvey-Smith.

'Ik weet dat je het niet prettig vindt als anderen gebruikmaken van onze faciliteiten. Daarom vind ik het ook zo bewonderenswaardig van je dat je de tuinen in juni openstelt voor het publiek. Maar Charles is een goede vriend, en –'

'Ik vind het prima als hij het zwembad wil gebruiken.'

Kenneth trok zijn wenkbrauwen op. 'Echt waar?' vroeg hij met een verraste glimlach.

'Natuurlijk! Hij moet tenslotte in beweging blijven.'

'Fijn. Daar zal hij erg blij mee zijn. Ik zal het hem zeggen.'

'Doe dat. Ach, weet je, we mogen ons zó gelukkig prijzen met een eigen zwembad. Het zou niet goed zijn als we dat helemaal voor onszelf alleen hielden.'

Kenneth legde zijn hand op die van zijn vrouw, oprecht dankbaar dat ze akkoord was gegaan. 'Wat heb je toch een groot hart, lieverd. Je denkt altijd aan anderen. Volgens mij is er in de wijde omtrek geen tweede te vinden zoals jij.'

Flappy was buiten zinnen van opwinding bij de gedachte aan Charles in hun zwembad! Ze ging onmiddellijk controleren of alles er netjes uitzag, of er schone handdoeken lagen en of er zeep en shampoo was in de douche. Want stel je voor dat hij bij thuiskomst tegen Hedda zou zeggen dat het bij Flappy 'niet echt schoon' was. Het zwembad was schitterend, maar Flappy maakte er nooit gebruik van. Ze had er een hekel aan om nat te worden, behalve in bad, of in de Cariben, als het ondraaglijk heet was. Bovendien was het een hele opgave om haar dikke, weelderige haar droog te föhnen. Vandaar dat ze twee keer in de week een afspraak had bij de kapper zodat ze het niet zelf hoefde te doen. Dat zou haar veel te veel tijd kosten, en daar had ze het te druk voor. Ook al was ze natuurlijk de eerste om toe te geven hoe gelukkig ze zich mocht prijzen met het haar waarmee God haar had gezegend.

'Vanmiddag,' luidde het antwoord toen ze aan Kenneth vroeg wanneer Charles kwam zwemmen. 'Tenminste, als jij dat goedvindt, lieverd.'

Flappy reageerde nonchalant om zichzelf niet te verraden. Maar zodra de lunch erop zat haastte ze zich naar boven om haar make-up bij te werken en wat parfum achter haar oren te doen. Ondertussen besefte ze drommels goed hoe dwaas ze zich gedroeg. Want als íémand in staat was haar eigen dwaasheid te erkennen, dan was het Flappy. Maar ze kon er niets aan doen. Het was sterker dan zij. Duizelig van de spanning liep ze de tuin in om bloemen te plukken. Ze voelde zich weer een tiener, of misschien wel voor het eerst, want toen ze een tiener was had ze zich al volwassen gevoeld. Op het moment dat de glimmend zwarte Bentley voor het huis stilhield kwam Flappy ogenschijnlijk volmaakt ontspannen aanslenteren over het croquetgazon. Haar ogen gingen verborgen achter een reusachtige zonnebril, de rand van haar slappe strooien deukhoed viel tot diep over haar voorhoofd. In haar hand hield ze een charmant boeketje late-zomerbloemen. 'Charles! Ik was net in de tuin aan het werk.' De nachthyacinten van haar parfum overstemden de subtielere geuren van anjers en lelies. 'Wat leuk dat je langskomt!'

'Bedankt dat ik gebruik mag maken van jullie zwembad.' Zijn stralende glimlach was genoeg om haar nog verder uit haar evenwicht te brengen. 'Echt sympathiek. Een zwembad was eigenlijk mijn enige voorwaarde toen we op zoek gingen naar een huis. Maar ja, we waren meteen verliefd op het huis toen we Compton Court zagen. Ook al had het geen zwembad.'

'Kom gerust zo vaak als je wilt. Kenneth maakt er zelden gebruik van, en ik trek mijn baantjes 's ochtends in alle vroegte.'

'Je bent altijd al erg vroeg op, hè?'

'Ik moet wel. Anders krijg ik niet alles gedaan. De dag is altijd te kort voor wat er allemaal moet gebeuren.'

Hij liep naar de kofferbak van de Bentley en haalde er een chique leren weekendtas uit. Ralph Lauren, vermoedde Flappy. Echt iets voor Charles om een weekendtas van Ralph Lauren te hebben. Ze ging hem voor naar het huis. 'Welkom in onze nederige stulp,' zei ze toen hij haar naar binnen volgde. Ondertussen hoopte ze vurig dat hij de portretten van Jonathan Yeo zou opmerken. Ze bleef even staan om hem de tijd te geven, en precies zoals ze had verwacht ging zijn blik naar de schilderijen aan weerskanten van de schouw.

'Allemachtig, wat een schitterende portretten!' Terwijl hij het zei keek hij niet naar dat van Kenneth. Vol verwondering schudde hij zijn hoofd. 'Je bent prachtig, Flappy.'

'Ach, het was maar een dolletje.' Ze gebaarde onverschillig met de snoeischaar. 'Omdat Jonathan zo aandrong. Ik wilde eigenlijk dat hij alleen Kenneth zou schilderen, maar hij stond erop om mij ook te portretteren. En Kenneth wilde van geen weigering weten. Dus voilà. *C'est moi!*' Ze schoot in de lach. 'Het is best aardig geworden, vind ik.'

'Nou doe je jezelf tekort. Het is prachtig! Echt prachtig. Een meesterwerk.'

Ze glimlachte stralend, gevleid door zijn woorden. 'Het is voor het eerst dat iemand me een meesterwerk noemt.'

'Daar geloof ik niets van. Het kan niet anders of een vrouw zoals jij wordt doodmoe van alle complimenten die ze krijgt.'

'Nou, ik denk niet dat ik daar ooit doodmoe van zou worden.'

Ze loodste hem het huis door in het vaste voornemen om indruk op hem te maken. Precies zoals ze had gehoopt herkende hij in alles haar goede smaak. 'Wat ziet het er allemaal mooi uit, Flappy. Zo smaakvol.'

'Dank je. Wat leuk dat het je bevalt, want ik kan niet zeggen dat ik er echt over heb nagedacht. Ik heb eigenlijk zomaar wat bij elkaar gezocht.'

'Het resultaat is indrukwekkend.'

'Ja, het heeft inderdaad goed uitgepakt. Maar dat is puur een kwestie van geluk.'

Ze ging hem voor naar de keuken om de bloemen in een vaas te zetten. 'Wil je misschien een kop thee? Of iets anders?'

'Een glas water graag. Wat is het warm, hè?'

'Ja, het is echt verrukkelijk. Meestal heb ik het veel te druk om van dit soort mooie dagen te genieten. Maar vanmiddag had ik een paar uurtjes vrij. Dus toen kon ik de tuin in. Het is een hoop werk, maar ik vind het heerlijk om buiten te zijn.' Ze zuchtte. 'Ik geniet altijd zo van de natuur.'

Charles kreeg een dromerige blik in zijn ogen, maar net op dat moment kwam Kenneth de keuken binnen. 'Charles! Leuk je te zien.'

'Kenneth, kerel!' Charles rukte zich los uit zijn overpeinzingen. 'Je lieftallige vrouw zorgt zo goed voor me.'

'Ja, laat dat maar aan haar over.' Kenneth schonk zijn vrouw een waarderende glimlach.

Flappy zette de vaas met bloemen op de tafel. 'Wat zijn ze prachtig, hè? De zomer is nog niet voorbij.' Ze keerde zich naar Charles. 'Jullie feest wordt het laatste van dit seizoen.'

'Ja, dat zal wel. Hedda is druk bezig met de voorbereidingen.'

'We zien ernaar uit,' zei Kenneth opgewekt.

'Nou en of!' viel Flappy hem bij. 'Kom, dan zal ik je het zwembad wijzen.'

'Dat wil ik ook wel doen, hoor,' bood Kenneth aan.

'Nee hoor, lieverd. Doe geen moeite,' zei Flappy nonchalant. 'Ik moet er toch naartoe.'

Flappy ging Charles voor naar het zwembad dat Kenneth en zij hadden laten aanleggen toen ze het huis kochten, inmiddels dertig jaar geleden. De aanbouw bestond uit een lichte ruimte met veel glas en openslaande deuren naar de rozentuin en naar een terras waar Flappy af en toe gasten ontving voor de lunch. Charles was vol bewondering voor het bad, vooral voor het mozaïek van een nijlpaard op de bodem. Het reusachtige dier keek grijnzend door het turkooisblauwe water omhoog. 'Flappy...' De ernst in zijn stem maakte dat ze zich verschrikt naar hem omdraaide.

'Ja?'

'Ik moet je wat bekennen.'

'O?'

'Ja.' Nu klonk hij verlegen.

Het liefst zou ze haar handen langs zijn gezicht leggen en hem kussen. 'Wat dan? Wat is er?'

Hij keek haar recht aan, plotseling met een schaapachtige blik in zijn zeegroene ogen. 'Ik heb helemaal geen slechte knieën.'

'O nee?' Flappy's hart begon sneller te slaan.

'Nee. Ik hoef helemaal geen oefeningen te doen.' Hij haalde zijn schouders op. 'Dus ik hoef ook helemaal niet te zwemmen.'

‘O?’

‘Het was gewoon een smoesje om jou te zien.’

‘O,’ zei Flappy voor de zoveelste keer, maar inmiddels was het nauwelijks meer dan een fluistering.

‘Het spijt me dat ik je in verlegenheid breng. Maar ik kan er niets aan doen. Ik ben verliefd op je.’

Flappy dacht dat ze een flauwte zou krijgen. Maar als íémand onder alle omstandigheden overeind wist te blijven, dan was zij het. Ze keek hem recht in de ogen en zuchtte. ‘O Charles.’

6

Het was niets voor Flappy om zich onbekookt in zoiets dramatisch als een buitenechtelijke verhouding te storten. Want als er íémand was die altijd goed nadacht voordat ze iets deed, dan was zij het. Bovendien had ze, op een paar onbeduidende tekortkomingen na, niets te klagen over haar echtgenoot. Vandaar dat ze zelf nog het meest verrast was toen ze zich door Charles liet kussen.

De kus op zich was al gedurfd, maar dat hij haar kuste bij het zwembad, waar ze met al dat glas zo zichtbaar waren als goudvissen in een kom en waar iedere tuinman die toevallig kwam langslopen hen kon zien, was ronduit onnozel. En trouwens, het was ook bepaald niet ondenkbaar dat Kenneth hen zag. Tenslotte maakte hij graag een ommetje door de tuinen, voldaan mijmerend over zijn succesvolle bestaan. Het was roekeloos en verregaand onnozel, maar zowel Flappy als Charles had elke rationaliteit laten varen. Wilde passie had hun verstand buitenspel gezet, waardoor ze aan niets anders konden denken dan aan zichzelf en elkaar.

Flappy was nog nooit zo gekust. In zijn jonge jaren was Kenneth beslist geen slechte kusser geweest, en vóór Kenneth was ze op feestjes wel eens gezoend, maar voor Flappy had het nooit zo gehoeven. Kussen, dat was vooral een natte bedoening. Rommelig, vond ze het. Bijna dierlijk. Daar was dat woord weer. Seks met alles wat daarbij hoorde, bracht de mens terug tot het niveau van een dier, en dat was iets wat Flappy altijd beneden haar waardigheid had gevonden en wat ze zo veel mogelijk had gemeden.

Maar de kus van Charles... dat was een heel ander verhaal. De kus van Charles had iets verrukkelijk erotisch en bezorgde haar gevoelens op al die plekken waarvan ze wist dat ze er iets zou moeten voelen, maar waar ze nog nooit iets had gevoeld. Ondeugende plekken. Plekken waar het beest in haar loerde dat ze tot dusverre altijd had genegeerd en zorgvuldig in toom gehouden. Maar nu was het bevrijd, ontketend door hartstocht. Flappy en Charles wisten niet hoe snel ze in de kleedkamer moesten komen. Daar begonnen ze ongeduldig, in wilde haast aan elkaars kleren te trekken. Charles schoof zijn hand onder haar blouse om haar borsten te strelen, en Flappy maakte zijn riem los. Met vaardige vingers verkenden ze elkaar, als tieners op een schoolbal. Toen drong hij in haar, en Flappy was zich alleen nog bewust van een verrukkelijk bedwelmend gevoel dat bezit nam van haar hele lichaam.

Buiten zinnen van genot vergat ze alles – haar huwelijk, haar ambities, haar onbeduidende noden en verlangens – en bestond er voor haar niets en niemand anders dan Charles en wat hij allemaal met haar deed.

Flappy was zichzelf niet meer. De zelfbeheersing die voor haar een tweede natuur was geworden en die haar zo alom gerespecteerd had gemaakt in de gemeenschap, was gesmolten als sneeuw voor de zon. 'Dit hadden we niet moeten doen,' zei ze toen ze haar blouse dichtknoopte en haar broek weer aantrok.

'Nee, daar heb je gelijk in,' zei Charles terwijl hij in zijn zwembroek stapte. 'Maar we konden het niet helpen. Het was sterker dan wij.'

'Ik denk dat je maar snel het water in moet duiken.'

'Precies. Dat heb ik hard nodig. Om weer af te koelen.'

'We moeten het niet meer doen.'

Charles keek haar aan met die prachtige ogen. 'Nee, we zouden het niet meer moeten doen.' Hij grijnsde. 'Maar de weg naar de hel is geplaveid met goede voornemens.'

Flappy stak haar kin naar voren. 'Eén moment van verstandsverbijstering valt nog te verontschuldigen. Maar twee... dat is pure roekeloosheid.'

Hij legde zijn hand om haar nek en drukte zijn lippen op de hare. 'Dan vrees ik dat ik erg roekeloos ben.'

Flappy vertrok zodat hij zijn baantjes kon trekken en haastte zich naar boven, in de vurige hoop dat ze niemand tegenkwam. Gelukkig zat Kenneth voor de televisie golf te kijken en was Persephone de stad in. Flappy had haar op pad gestuurd om de wijn te kopen die ze tijdens haar diner annex wijnproeverij wilde serveren, op donderdagavond wanneer ze de Harvey-Smiths en de Willises had uitgenodigd. Persephone moest van elk van de wijnen een rapport opstellen, zodat Flappy met die kennis kon pronken. Net als met haar talenkennis. Ze had gevraagd om een Spaanse, een Franse en een Italiaanse wijn. '*Bueno, bon, buono!*'

Eenmaal boven sloot ze zich op in haar badkamer. Nadat ze zich over haar hele lichaam had geparfumeerd keek ze in de spiegel. Zag ze er anders uit? Had ze een wilde blik in haar ogen die haar zou kunnen verraden? Was het beest dat in haar loerde te zíén? Tevreden, maar ook een beetje teleurgesteld dat ze er net zo uitzag als anders, liep ze weer naar haar slaapkamer en ging ze achter haar kaptafel zitten. Ze borstelde haar haar, werkte haar make-up bij – die was altijd uiterst bescheiden, want ze hoefde haar natuurlijke schoonheid alleen maar te accentueren – en bestudeerde haar gezicht opnieuw aandachtig. Oud worden was verschrikkelijk, daar ontkwam zelfs zij niet aan. Ze wist dat ze er goed uitzag voor haar leeftijd, maar ze was wel een vrouw van in de zestig en ze werd er niet jonger op. Natuurlijk was er de optie plastische chirurgie, maar het idee om onder het mes te gaan voor zoiets banaals stond haar tegen. Het risico om te sterven op de operatietafel, alleen vanwege de wens er jonger uit te zien, was onacceptabel. Bovendien zágen de vrouwen die zich lieten opereren er helemaal niet jonger uit. Het was ze maar al te duidelijk aan te zien dat ze een facelift hadden ondergaan. Niemand zei ooit: Wat ziet ze er goed uit! Het commentaar luidde steevast: Volgens mij heeft zij zich behoorlijk laten verbouwen. *Non*, Flappy zou zich nooit laten liften. Ze zou waardig oud worden. Dat nam niet weg dat ze ouder worden verschrikkelijk vond.

Flappy nestelde zich in de kussens op haar bed en sloot haar ogen. Wat ze had gedaan was onvergeeflijk. Kenneth was altijd zo goed en zo lief voor haar. Hij verdiende het niet te worden bedrogen. Een ander zou misschien zeggen dat hij er een minnares op na hield. Maar Flappy was niet jaloers op de golfbaan. Integendeel, ze was er blij mee. Daardoor had ze hem niet de hele dag om zich heen. Het schuldgevoel dat bezit van haar had genomen, werd steeds sterker. Even wentelde ze zich erin, terwijl ze zich de blos van gekwetstheid op het gezicht van Kenneth voorstelde. Tegelijkertijd viel het niet mee zich blijvend onder te dompelen in gevoelens van schuld wanneer de herinnering aan het overweldigende genot dat ze had ervaren nog zo vers was. Het schuldgevoel raakte al snel op de achtergrond terwijl ze elk verrukkelijk moment van het samenzijn met Charles opnieuw beleefde.

Ze wilde Charles niet met Kenneth vergelijken. Dat zou liefdeloos zijn, en ook niet eerlijk. Dus ze vocht tegen de aandrang om het toch te doen. Dat viel echter niet mee, en ze gaf de strijd al snel op. Haar geest was tenslotte zo alert, zo bezig dat die zich onmogelijk liet beteugelen. Zo kwam het dat ze zichzelf de vrijheid gunde de twee mannen tegenover elkaar te zetten. Behalve dat Charles knap was en Kenneth niet, waren er nog meer verschillen die de weegschaal naar de kant van Charles deden doorslaan. Hij was lang van postuur, Kenneth niet. Charles was slank en atletisch, Kenneth te dik en behoorlijk stijf. Charles had een weelderige bos grijs haar, Kenneth was kaal met een glimmende schedel. Charles had werkelijk schitterende ogen, die van Kenneth waren maar heel gewoon. Uitgedrukt in termen van de voedselketen was Charles een witte tijger en Kenneth een mopshond. En Mop was toevallig ook de bijnaam die ze hem al vroeg in hun huwelijk had gegeven.

Flappy hield van Kenneth. Althans, daar ging ze van uit. Ze was tenslotte al veertig jaar met hem getrouwd en nog altijd volmaakt tevreden. In al die tijd had Flappy nooit naar een ander gekeken en Kenneth alleen maar naar zijn golfclubs. Hij had Flappy altijd alles gegeven wat haar hartje begeerde, en dat was soms best veel. Hij had haar nooit iets geweigerd, besefte ze. In hun hele huwelijk had hij nog nooit 'nee' tegen haar gezegd. Dat hij schatrijk was, maakte het allemaal natuurlijk een stuk gemakkelijker. Een nieuwe auto, het huis in de Algarve, een make-over voor kamers die dat helemaal niet nodig hadden, voor Kenneth was het een kleine moeite. Maar dat deed niets af aan zijn ruimhartigheid. En hij was altijd zó ruimhartig. Flappy wist niet of dat ook voor Charles gold, en of Charles net zo inschikkelijk was als Kenneth. In dat opzicht kon ze de twee mannen niet met elkaar vergelijken. Kenneth was gemakkelijk in de omgang. Ongecompliceerd. Joviaal. Hij vond iedereen aardig, en iedereen vond hém aardig. Terecht. Want Kenneth wás ook aardig.

Maar hij had Flappy nooit in vuur en vlam gezet. Tot die zondag in de kerk, toen ze Charles voor het eerst in de ogen keek, had Flappy niet eens geweten wat het betekende om in vuur en vlam te staan. Wanneer ze in de boeken van Charity Chance las over vrouwen in de greep van een verzengende hartstocht, was ze ervan uitgegaan dat zij nu eenmaal anders was. Ze had altijd gedacht, en eigenlijk was ze daar ook wel trots op geweest, dat zij spiritueler was dan de meeste vrouwen. Dat ze geestelijk verlicht was en daardoor ver verheven boven aardsere vrouwen met hun primitieve begeertes. Jaren geleden had een priester in Ierland haar verteld dat het celibaat niet bedoeld was als de worsteling die het voor veel geestelijken bleek te zijn; dat een mens die waarlijk spiritueel was, werd bezield door een hoger bewustzijn en geen seksuele behoeftes had; dat hij daar simpelweg boven stond. En dus had Flappy haar gebrek aan seksuele gedrevenheid niet beschouwd als een falen maar als iets om dankbaar voor te zijn. Als een bewijs dat ze dichter bij God stond dan de meeste andere mensen.

Dat nu was gebleken dat ze wel degelijk seksuele behoeftes had, dat ze net als de heldinnen in de avonturen van Charity Chance wel degelijk in vuur en vlam kon staan, misschien zelfs nog wel meer dan de vrouwen in die romannetjes, was wel een beetje verontrustend. Ze was nogal prat gegaan op haar verheven spirituele status. Maar nu moest ze erkennen dat ze geen verlichte ziel was, dat ze geen hoger bewustzijn had, dat ze een zinnelijk wezen was met zinnelijke behoeftes, net als iedereen. Dat maakte haar ineens erg gewoon, en als Flappy érgens een hekel aan had, dan was dat het. Ze wilde niet 'gewoon' zijn.

Dus ze nam zich plechtig voor om het niet nog eens te doen, om weerstand te bieden aan de avances van Charles. Want ze twijfelde er niet aan of hij zou haar blijven belagen. Hij had tenslotte gezegd dat hij verliefd op haar was. En dat kon ze hem niet kwalijk nemen. Gevoelens lieten zich niet dwingen, maar een mens kon zichzelf wel dwingen om er niet aan toe te geven. Ze had er nooit aan moeten beginnen, dacht ze spijtig, maar het was nog niet te laat om haar fout te herstellen. Niemand wist ervan. Ze waren niet betrapt. Het kon hun geheimpje blijven. Een verrukkelijk geheim dat bij de herinnering een glimlach op haar gezicht zou toveren. En misschien zou ze zichzelf af en toe de opwinding van een veelbetekenende blik toestaan. Maar 'het' mocht niet nog eens gebeuren. God had deze verleiding op haar pad gebracht om haar een lesje in wilskracht te leren. De eerste keer dat ze op de proef was gesteld, was ze tekortgeschoten. Maar er zou zich spoedig een volgende gelegenheid voordoen waarbij ze kon laten zien dat ze in staat was het voorbeeld van Jezus te volgen en niet voor verleiding te zwichten.

Voldaan dat ze tijdig tot inkeer was gekomen, en ook een beetje opgewonden door het besef dat ze wel degelijk zinnelijk genot kon ervaren, liet Flappy zich van het bed glijden. Even later liep ze opgewekt de trap af om te zien of Persephone al terug was met de wijn.

Ze vond haar PA in de keuken, in geanimeerd gesprek met Kenneth. De flessen wijn stonden keurig op een rijtje op het kookeiland. Kenneth hield een fles in zijn hand en las wat er op het etiket stond. 'Lieverd! Daar ben je. Ik dacht dat je lag te rusten.'

'Te rusten? Moi? Lieve hemel, daar gun ik me geen tijd voor.' Ze slaakte een zucht. 'Maar ik zou het wel verrukkelijk vinden om even rust te kunnen nemen.'

‘Dit is de wijn voor de proeverij, Mrs. Scott-Booth.’ Persephone wees naar de zes flessen. ‘Volgens de wijnkoper zijn ze stuk voor stuk van een uitstekend jaar.’

‘Geweldig! Goed gedaan.’ Flappy nam Kenneth en haar PA onopvallend op om hun reactie te peilen. Zagen ze iets aan haar wat haarzelf was ontgaan? Maar nee, dat bleek uit niets.

‘Trouwens, wat een geniaal idee! Een wijnproeverij,’ zei Kenneth waarderend.

Flappy kon hem alleen maar gelijk geven. ‘Ja, dat vond ik ook.’

‘En wat lief van je dat Charles gebruik mag maken van het zwembad.’ Hij schonk haar een dankbare glimlach.

‘*Fa niente*, lieverd. Dat is wel het minste wat ik kan doen om Hedda en Charles het gevoel te geven dat ze hier welkom zijn. We mogen ons zó gelukkig prijzen met ons mooie zwembad.’

De volgende ochtend kwam Gerald langs om een kijkje in de cottage te nemen en om met Persephone de aankleding van de tent te bespreken tijdens het Oogstfestival. ‘Je straalt helemaal,’ zei hij tegen Flappy terwijl ze gedrieën het croquetgazon overstaken en door het arboretum liepen. Via het pad langs de lelievijver kwamen ze ten slotte bij de schilderachtige cottage, die deels verborgen ging achter een hoge beukenhaag.

‘Wat ziet het er schattig uit!’ jubelde Persephone bij het zien van het witte huisje met het rieten dak. ‘Als iets uit een sprookje.’

'Ja, het doet mij altijd aan "Hans en Grietje" denken,' zei Flappy.

'Maar dan zonder de heks,' grapte Gerald.

'Die zit in de oven!' Flappy schoot in de lach.

Gerald grijnsde. Hij bezat de gave om Flappy te laten lachen. En diep in de beurs te laten tasten.

Flappy duwde het hekje open. Over het grindpad liepen ze naar de smaakvol blauwgrijs geschilderde voordeur. 'Ik wil de cottage als meditatieruimte gaan gebruiken. Het moet een plek worden waar ik tot rust kan komen. Je weet zelf hoe druk mijn leven altijd is.' Ze deed de deur open. 'En, Gerald? Wat vind je ervan?'

De binnenhuisarchitect ging midden in de kamer staan, zette zijn handen op zijn heupen en keek om zich heen. Het huisje was groter dan het van buitenaf leek. De woonkamer had een fraaie open haard en een laag plafond, ondersteund door oude balken. 'De energie is goed, Flappy. Echt verrukkelijk. Daar kan ik wel wat mee.'

'Mooi zo. Ik had gedacht aan een boeddha, misschien een kleine fontein en een heleboel kaarsen...'

'Een soort altaar,' zei Gerald. 'Als je een boeddha wilt, moet je een altaar hebben.'

'Natuurlijk! Geen meditatieruimte zonder altaar. Persephone, zou jij eens op zoek willen gaan naar geschikte muziek? Iets kalmerends om naar te luisteren tijdens het mediteren. Want daar hoort muziek bij. Toch, Gerald?'

'Ik vind natuurgeluiden altijd heerlijk. Het ruisen van de regen, tjilpende vogels,' antwoordde die.

'Goed. Kijk maar of je muziek kunt vinden met op de achtergrond natuurgeluiden,' zei Flappy tegen haar PA.

Persephone noteerde het braaf. 'Daar ga ik voor zorgen, Mrs. Scott-Booth.'

Vervolgens ging Flappy hun voor naar boven. De slaapkamers zagen er gezellig en geriefelijk uit, de bedden waren zo hoog dat je bijna moest klimmen om erin te komen. Flappy's bezige geest verstilde door het beeld dat bij haar opkwam van haar en Charles, samen in dat bed, terwijl ze de liefde bedreven bij het geluid van koerende duiven en zangvogels die een plekje zochten voor de nacht. De adem stokte in haar keel.

'Het oogt een beetje vermoeid.' Gerald trok zijn neus op. 'Zullen we de boel een beetje opfrissen? Wat vind je?'

De vraag haalde haar abrupt terug naar het hier en nu. 'Sorry, Gerald. Wat zei je?'

Hij schoot in de lach. 'Waar zat je met je gedachten?'

'Ik vroeg me af wat er hier zou moeten gebeuren,' jokte ze.

'Precies. Dat heb ik me ook afgevraagd. En volgens mij zou een kleine facelift wel op zijn plaats zijn.'

'Ja, laten we de boel een beetje opfrissen. Ik heb altijd gedacht dat althans een van mijn dochters de cottage wel als weekendhuisje zou willen. Of voor de vakanties. Maar inmiddels zitten ze met man en kinderen aan de andere kant van de wereld. Het is toch wat! Vier kinderen, en er is er niet één hier gebleven. Ze zijn allemaal naar het buitenland vertrokken.'

'Ja, dat is erg jammer,' viel Gerald haar bij.

'Gelukkig heb ik een geweldig contact met ze. En daar ben ik zó dankbaar voor.' Ze sloot weer even dramatisch haar ogen. 'Kenneth laat ze elk jaar met Kerstmis naar de Cariben komen. Met hun hele gezin. Het is altijd een hele organisatie, om nog maar te zwijgen van de kosten. Ik heb het echt met ze getroffen. Ze zijn dol op me. Ook iets om dankbaar voor te zijn. Ik ken genoeg ouders die hun kroost nooit zien. Of die door hun kinderen bij het oud vuil zijn gezet. Nee, dan de mijne! Die zijn altijd zó attent.'

'Ik zal voor elke kamer een moodboard maken.' Gerald klapte in zijn handen. 'Wat leuk! Een nieuw project. Daar zijn we dol op, waar of niet?'

'Nou en of.' Flappy knikte, maar ondertussen vroeg ze zich af waar dat verdrietige gevoel ineens vandaan kwam.

'Hebt u nooit overwogen om de cottage te verhuren?' vroeg Persephone.

Flappy keek geschokt. Het idee alleen al! 'Lieve hemel, ik moet er niet aan denken!' Het verdrietige gevoel was op slag verdwenen, verdrongen door afschuw. 'Ik zou het vreselijk vinden als er wildvreemden in mijn tuin woonden.' Ze ademde krachtig in en slaakte een diepe, zuiverende zucht. 'Trouwens, je moet ook voor me op zoek naar een goeroe. Een spirituele leermeester die hier aan huis komt. Iemand die me aanwijzingen geeft hoe ik moet mediteren.'

Persephone schreef het op. 'Ik kan vast en zeker wel iemand vinden.'

Flappy stelde zich de kamer voor met al haar vriendinnen in kleermakerszit op de grond. Voor de boeddha. *A-oemmmm!* Vervolgens verscheen Charles voor haar geestesoog. Hij pakte haar bij de hand en nam haar mee naar boven, naar het grote bed onder de balken. Ze zou sterk moeten zijn om hem te kunnen weerstaan. 'Zorg dat je zo snel mogelijk iemand vindt,' zei ze tegen haar PA. 'Er is haast bij.'

Vroeg in de avond ging de telefoon. Flappy zat met een tijdschrift in de tuin. Ze had de telefoon mee naar buiten genomen. Na acht keer overgaan nam ze op. 'Darnley Manor, u spreekt met Flappy Scott-Booth.'

'Flappy, met Mabel! Ik heb nieuws.'

'Vertel! Ik ben een en al oor.' Flappy legde het tijdschrift terzijde.

'Het schijnt dat Hedda degene is die geld heeft in het huwelijk.'

Flappy ging rechtop zitten. 'Hoe bedoel je?' Ze zette haar leesbril af.

'Big Mary heeft aan John verteld dat Hedda en Harry's vader erg rijk was. Echt schathemeltjerijk. Charles was acteur toen Hedda en hij elkaar leerden kennen. En volgens Big Mary zo arm als een kerkrat. Ze hebben Compton Court gekocht met Hedda's geld. Fascinerend, hè? Ik dacht: dat wil je vast wel weten.'

'Nou, om je de waarheid te zeggen had ik die indruk al.' Flappy gaf niet graag toe dat iets nieuw voor haar was. 'Hedda's oom was tenslotte markies. Dat heeft Lady Micklethwaite me zelf verteld. Dus als ik me niet vergis, en ik vergis me zelden, moet Hedda's vader dan een lord zijn. Je kan duidelijk aan Hedda merken – aan haar houding, aan de manier waarop ze zich gedraagt – dat ze van rijke komaf is. Het verrast me wel dat Charles acteur was. Dat had ik niet gedacht,' gaf ze toe om Mabel een goed gevoel te geven. Haar vriendin vond het altijd heerlijk als ze Flappy iets kon vertellen wat die nog niet wist. 'Het is inderdaad fascinerend, Mabel.' Flappy stelde zich Charles voor als Sean Connery, op boevenjacht in een James Bond-film. Het kon niet anders of hij was een geweldige acteur geweest.

'John is er inmiddels ook achter dat Hedda en Harry halfbroer en -zus waren.'

'Ja, dat dacht ik ook al. Het leeftijdsverschil was wel erg groot.'

'Het schijnt dat Hedda's vader al in de zeventig was toen zij werd geboren. Zijn tweede vrouw was veertig jaar jonger dan hij.'

'Walgelijk.'

'Ja, dat ben ik met je eens,' zei Mabel, want ze was het altijd met Flappy eens. 'Echt walgelijk.'

'Wat interessant allemaal.' Flappy vroeg zich af wat John nog meer te weten was gekomen.

'Ach, hij komt er minstens twee keer per dag, dat weet je. Hij drinkt 's ochtends zijn koffie in Café Délice, en 's middags gaat hij erheen voor de thee. Het is dé plek om de laatste nieuwtjes op te pikken.'

'In welke films heeft Charles gespeeld? Heeft Big Mary dat ook verteld?' Opnieuw drong het beeld zich op van Sean Connery, zwaaiend met een pistool.

'Nee, ze had het alleen over een commercial voor Daks, ergens in de jaren zeventig.'

'Daks?'

'Ja, je weet wel, dat modemerk.'

Flappy schoot in de lach. 'Nee, dat kan niet kloppen. Een

man als Charles zou nooit een commercial doen voor een modemerk. Zeg maar tegen John dat hij moet informeren naar zijn filmcarrière. Charles was vast en zeker zo'n acteur als Roger Moore. Of Sean Connery.' Ze zuchtte tevreden. 'Ja, dat is echt wat voor Charles.'

Toen ze het gesprek beëindigde doemde het beeld op van Charles in een beige broek met wijde pijpen en een bruin overhemd. Het was een beeld dat haar niet meer losliet, hoe hardnekkig ze ook probeerde het kwijt te raken.

Er zat maar één ding op. Ze zou hem zelf naar zijn carrière moeten vragen, en of hij ooit een commercial had gedaan voor Daks.

7

Flappy was de hele dag onvermoeibaar in touw geweest om Persephone en Karen te instrueren wat er moest gebeuren. Het was van het grootste belang dat ze Darnley zo aantrekkelijk mogelijk wist te presenteren om indruk te maken op Hedda en Charles. De dominee en zijn vrouw deden er niet toe. Die waren al zo vaak op bezoek geweest. Hun bewondering hoefde ze niet meer af te dwingen.

De ronde tafel in de eetkamer was gedekt met de blauw-met-witte placemats die Flappy ooit in Florence had gekocht. De kristallen glazen werden uit de kast gehaald, net als de porseleinen borden en het zilveren bestek. In het midden van de tafel prijkte een smaakvol bloemstuk met hortensia's, geflankeerd door kaarsen in zilveren bekerglazen. Naast elk bord lag een indigoblauwe linnen servet. Het effect was schitterend. Flappy liet haar kritische blik door de kamer gaan om er zeker van te zijn dat Persephone en Karen haar opdrachten tot in de kleinste details hadden uitgevoerd. Blauw met wit was altijd zo smaakvol. Trouwens, alles in Darnley Manor straalde smaak en klasse uit, constateerde Flappy voldaan terwijl ze hier en daar een mes of een servet recht legde.

Karen was een groot deel van de middag druk geweest met koken. Flappy had om een Spaans voorgerecht, een Frans hoofdgerecht en een Italiaans dessert gevraagd. *Maar alsjeblieft, niente di tiramisu.* Tiramisu was niet bijzonder genoeg, vond ze. Maar de suggesties die Karen had gedaan, hadden haar niet kunnen bekoren. Het probleem was dat Italianen niet zulke toetjeseters waren. Ze mochten dan bogen op de mooiste taal, op een van de oudste culturen van de wereld, op de schitterendste architectuur, het zonnigste klimaat, het fraaiste landschap en het verrukkelijkste eten, maar als het om toetjes ging, dan schoten ze simpelweg tekort. Italiaanse desserts waren schaars, en dus veranderde Flappy de opdracht in een Spaans voorgerecht, een Italiaans hoofdgerecht en een Frans toetje, gevolgd door kaas – ook weer Frans, de Fransen hadden in dat opzicht zó'n verrukkelijke smaak. En het resultaat mocht er zijn.

Flappy had haar gasten om acht uur uitgenodigd, en het verbaasde haar niet dat Graham en Joan om klokslag acht uur voor de deur stonden. Joan wist wat Flappy bedoelde met 'informeel', dus ze zag er gepast netjes uit in een geel gebloemde jurk met een geel jasje. Haar voeten staken in degelijke pumps. Ze had een lief, prettig gezicht, kort bruin haar, heldere groenbruine ogen en de droge, rimpelige huid van een vrouw die alles wat verderging dan een stukje geparfumeerde zeep al nodeloos extravagant vond. Graham was aanzienlijk levendiger dan zijn wat muizige echtgenote. Goedlachs, met een twinkeling in zijn lichtblauwe ogen en een gezonde blos op zijn wangen. Maar hij was dan ook de geestelijk leider van zijn gemeenschap, redeneerde Flappy. Met een saaie dominee zou de kerk leeg blijven.

Ze had erg veel werk gemaakt van haar uiterlijk en voor kleding met een licht Franse uitstraling gekozen. Opgewekt als altijd trad ze haar gasten tegemoet. '*Bonsoir*, Graham,' jubelde ze, terwijl ze hem de hand schudde. Het voelde ongepast om de dominee te zoenen. 'Jullie zijn zoals altijd verrukkelijk stipt.'

'Maar natuurlijk,' zei de dominee kalm en pastoraal als altijd. 'We wonen hier tenslotte maar vijf minuten vandaan.'

'Joan!' Terwijl Flappy haar kuste herkende ze de geur van talkpoeder en viooltjes. 'Wat fijn om je te zien.'

'En wat aardig dat je ons hebt uitgenodigd,' zei Joan, die Flappy nogal intimiderend vond en het bij veilige vrijblijvendheden hield.

'Kom verder naar de salon. We hebben vanavond een wijnproeverij. Het leek me zo leuk om wijnen uit verschillende landen met elkaar te vergelijken.'

'Wat enig,' zei Joan.

'Erg origineel,' luidde het oordeel van Graham, en uit de mond van de dominee was dat een groot compliment.

Kenneth wachtte de gasten op in de salon. 'Hallo!' begroette hij hen joviaal, want hij was dol op bezoek. 'Ik heb hier een buitengewoon lekkere wijn openstaan. Een Italiaan. Mag ik jullie een glas inschenken?'

'Heel graag. Dank je. Heerlijk,' zei Joan, die Kenneth niet intimiderend vond.

'Heel graag,' zei ook de dominee.

Flappy nam niet de moeite om haar wijnkennis al te spuien. Op Graham en Joan hoefde ze geen indruk te maken. Ze wachtte tot Hedda en Charles er ook waren, dan zou ze vertellen wat ze die middag uit het hoofd had geleerd. 'Mogen we nog even een kijkje nemen in de tuin?' vroeg Joan, want ze wist hoe trots Flappy op haar tuin was. Die reageerde echter niet zo enthousiast als Joan had gehoopt. Flappy wilde ook met de tuin liever op Hedda en Charles wachten. Gelukkig klonk net op het moment dat ze naar buiten wilden lopen, het geluid van grind dat knarste onder de banden van een auto. Daar waren de andere gasten! De gasten voor wie Flappy het allemaal deed.

'Ik ga wel!' Kenneth liep al naar de hal.

'Wij zijn buiten!' Flappy liep voortvarend door de openslaande deuren de tuin in.

Een paar minuten later kwamen Charles en Hedda ook naar buiten, voorzien van een glas wijn en met Kenneth in hun kielzog. Hedda droeg een doordeweekse broek met daarop een blouse. Het was duidelijk dat ze geen moeite had gedaan om er leuk uit te zien. Flappy's ergernis verdween echter onmiddellijk bij het zien van Charles. Zijn zachtgroene kasjmieren trui met een v-hals kleurde perfect bij zijn prachtige ogen. 'De wijn is verrukkelijk,' zei Hedda, nadat iedereen elkaar had begroet.

'*Si chiama Bardolino Chiaretto Corte Giardini*,' zei Flappy in wat volgens haar perfect Italiaans was. 'De wijngaard ligt aan de zuidkant van het prachtige Gardameer. De wijn is een beetje fruitig met een bouquet van wilde bloemen en een frisse afdronk. Licht maar buitengewoon smakelijk, *no*?'

'Precies waar ik trek in had.' Kenneth nam een grote slok.

'Inderdaad,' zei Charles met een veelbetekenende blik op Flappy, die dankbaar was voor de aanwezigheid van de dominee. Met Gods afgezant aan haar zijde hoopte ze gesterkt te zijn om weerstand te bieden aan elke verleiding.

'Kijk dan! Wat zijn die prachtig!' Joan wees naar de border.

'*Alcea rosea*,' zei Flappy.

Hedda schoot in de lach. 'Oftewel: gewoon stokrozen.'

Joans mond viel open. Kenneth hield zijn adem in. De dominee trok verrast zijn borstelige wenkbrauwen op. Maar Hedda liep door alsof er niets was gebeurd. 'Die anemonen zijn ook prachtig,' merkte ze op.

Flappy wist geen woord uit te brengen. Ze keek verbijsterd naar Hedda, verbijsterd dat iemand zo onwellevend kon zijn om haar op haar plaats te zetten. Net toen ze haar lippen tuitte – iedereen die haar kende wist wat dat betekende, en dat was niet veel goeds – schonk Charles haar een glimlach. Een veelbetekenende, bewonderende glimlach waarin de herinnering aan hun samenzijn bij het zwembad lag besloten. Op slag was de spanning gebroken. Flappy vergat wat Hedda had gezegd, en glimlachte terug. Ze vergat ook de dominee, Gods afgezant op aarde, en voelde met kwaadaardige verrukking hoe het beest dat Charles in haar had gewekt en dat nog altijd enthousiast van zijn vrijheid genoot, hunkerend reageerde.

Haar bezige geest begon koortsachtig te zoeken naar excuses om met Charles alleen te zijn. Dat zou niet meevallen. Maar door de ergernis die Hedda met haar kleinerende opmerking had gewekt, was ze plotseling vastberaden om voor de verleiding te bezwijken. Waar was verleiding tenslotte anders voor! Misschien was dát wel de les die God haar wilde leren.

Hedda was zo vol lof voor het diner – de eetkamer was zo smaakvol en charmant, de tafel beeldig, en wat een prachtige hortensia's, wat een ongebruikelijke kleur blauw! – dat Flappy niet lang boos kon blijven. Ze presenteerde elke wijn in haar beste Spaans, Italiaans en Frans. Het waren zinnetjes die Persephone voor haar had opgeschreven en die ze zorgvuldig uit het hoofd had geleerd. Hedda toonde zich bevredigend onder de indruk. 'Ik ben jaloers op je dat je zo veel talen spreekt,' zei ze. 'Daar breng ik echt niks van terecht.'

'Nou, je moet me niet vragen om iets in het Duits te zeggen,' zei Flappy met gespeelde bescheidenheid.

'Mijn vrouw bezit vele talenten,' verklaarde Kenneth.

'Zeg dat wel,' viel de dominee hem bij. 'En koken kan ze ook als de beste. Wat een verrukkelijke lasagne!'

'Dank je wel, Graham.' Flappy nam het compliment hoffelijk in ontvangst. 'Het geheim zit 'm in de tomaten. Daar ga ik speciaal voor naar de landwinkel. Want die bij de supermarkt smaken nergens naar. Dat maakt de Italiaanse keuken zo *buono*. Het feit dat het fruit en de groenten zo rijk aan smaak zijn. Dat heeft alles te maken met het klimaat. En dat proberen we hier na te bootsen in onze kassen. Maar dat is natuurlijk niet hetzelfde. *No*?'

Charles, die naast Flappy zat, duwde zijn been tegen het

hare. Haar glimlach haperde geen moment. Want als íémand onder de meest uitdagende omstandigheden een pokerface wist op te zetten, dan was het Flappy. 'Is er iets wat je níét kunt?' vroeg hij.

Ze lachte haar zorgeloze, tinkelende lach terwijl hij zijn been nog nadrukkelijker tegen het hare duwde. 'O, er is vast en zeker een heleboel wat ik niet kan.'

'Ze heeft het alleen nog niet kunnen ontdekken.' Kenneth schoot in de lach, en de dominee en Joan lachten met hem mee, want ook zij hadden nog niets kunnen ontdekken wat Flappy níét kon.

Hedda haalde haar schouders op. 'Golfen,' zei ze laconiek, en daar viel niets tegen in te brengen.

Na het diner, rijkelijk besproeid door wijn, verplaatste de zitting zich naar de salon. 'Ook al zo charmant,' zei Hedda met oprechte waardering. 'Je hebt zo'n goede smaak, Flappy.'

'Uit jouw mond beschouw ik dat als een groot compliment, Hedda.'

'O, maar ik heb thuis weinig gedaan, hoor. We hadden in Londen een geweldige binnenhuisarchitect, en die hebben we hier ook ingeschakeld. In dat soort dingen ben ik echt hopeloos. Of eigenlijk heb ik er gewoon de moeite niet voor over. Ik heb liever dat iemand anders de meubels en de stoffering voor me uitkiest.'

'Nou, als ik heel eerlijk ben moet ik bekennen dat ik ook niet álles zelf heb gedaan. Ik heb een heel klein beetje hulp gehad van Gerald,' vertelde Flappy. 'Mijn binnenhuisarchitect. We zijn een goed team, Gerald en ik.'

'Dat zijn jullie zeker.' Joan knikte instemmend.

'We zijn nu bezig de kleine cottage op te knappen. Helemaal achter in de tuin. Die gebruikte ik als atelier toen ik nog schilderde. Maar daar heb ik inmiddels geen tijd meer voor. Dus ik ga er een meditatieruimte van maken.' Ze keerde zich naar de dominee. 'We leven in zo'n jachtige tijd. En dan vind ik het belangrijk om mijn hoofd leeg te maken en innerlijk tot rust te komen. Dus ik heb besloten om te gaan mediteren.'

'Mediteren?' herhaalde Hedda geïnteresseerd.

Flappy dacht dat haar hart stilstond. Daar zat ze niet op te wachten! Dat Hedda vroeg of ze mee mocht doen. 'Eh... ja, maar ik –'

'Charles is dol op dat soort dingen. Tarotkaarten, goeroes...' Ze keerde zich naar haar man. 'Jij mediteert toch ook zo graag? Misschien kunnen jij en Flappy het wel samen doen?'

Flappy bleef uiterlijk kalm. Want als íémand kalm wist te blijven wanneer de situatie daarom vroeg, dan was zij het. En de situatie vroeg daar nu meer om dan ooit, want het beest in haar richtte zich op en dreigde haar te verraden. Het beeld van Charles die haar in zijn armen hield in dat verrukkelijke bed onder de balken, deed haar hart op hol slaan. 'O ja?' Ze keerde zich naar hem toe, met net genoeg nonchalance om niet te geïnteresseerd te lijken.

'Ik probeer elke ochtend voor het ontbijt te mediteren, maar er komt altijd iets tussen. Erg frustrerend. Blijkbaar is thuis mediteren voor mij niet de manier.'

'Dan moet je mijn cottage gebruiken,' bood Flappy aan. 'Ik

zal je een sleutel geven. Dan kun je komen en gaan wanneer je wilt.'

'Dank je wel. Dat is erg lief aangeboden.'

'Ach, het is een kleine moeite. Je kunt ernaartoe zonder dat je ons hoeft lastig te vallen. Achter de tuin loopt een landweggetje. We mogen ons zó gelukkig prijzen dat we aan alle kanten vrij zitten. De naaste buren zitten zo ver weg dat we elkaar niet eens kunnen zien. Dus als je je auto parkeert op dat landweggetje, kun je vandaar naar de cottage lopen.'

'Dat klinkt inderdaad perfect,' zei Charles.

'Ik heb Persephone – dat is mijn PA – gevraagd om op zoek te gaan naar een goeroe. Iemand die me leert hoe ik moet mediteren. Ik ben altijd zo druk in mijn hoofd, zo bezig, dat ik het erg moeilijk vind om tot rust te komen.'

'Ja, je hebt inderdaad een goeroe nodig. Bij voorkeur iemand uit India. Iemand die weet wat hij doet,' viel Hedda haar bij.

'Dat zou perfect zijn,' zei Flappy.

'Voordat je het weet heb je zelfs levitatie onder de knie.' Kenneth grinnikte. 'Ik zie jullie al opstijgen! En door het dak naar buiten komen!'

Flappy durfde Charles niet aan te kijken. In plaats daarvan keerde ze zich naar Joan. De domineesvrouw was een veilige baai in wat in snel tempo een ruwe oceaan begon te worden. 'Mediteer jij ook, Joan?'

'Nee, maar ik zou het eigenlijk wel moeten doen, hè?'

Voor het geval dat Joan hoopte om, net als Charles, in de cottage te worden uitgenodigd, besloot Flappy die hoop meteen de kop in te drukken. 'Ach, dat weet ik niet. Je moet er toch een bepaalde aanleg voor hebben. En die heeft niet iedereen.'

Flappy kon van pure opwinding niet in slaap komen. Haar gedachten werden volledig beheerst door Charles. Ze stelde zich voor dat ze samen in dat verrukkelijke grote bed lagen en fantaseerde over alle zalige dingen die hij met haar zou doen. Het was het enige waaraan ze kon denken. Ze had de strijd met haar geweten opgegeven en haar schuldgevoelens van zich afgezet. Hedda had tenslotte zelf voorgesteld dat Charles en zij samen gingen mediteren, en Kenneth had er ook geen kwaad in gezien. Dus blijkbaar vond niemand het een probleem. En was ook niemand op het idee gekomen van een buitenechtelijke verhouding. Niemand behalve Charles en zij.

De uren kropen voorbij. Flappy lag te woelen en te draaien. Het beest diep vanbinnen was rusteloos. Ze had zich zó voorgenomen dat ze het niet nog eens zou doen, dat ze de verleiding zou weerstaan, maar inmiddels was ze tot de conclusie gekomen dat ze toch al een gevallen vrouw was. Dus dan kon ze net zo goed blijven liggen. Wat had het voor zin om energie te verspillen aan een strijd die ze toch nooit zou winnen. Charles leek zich geen zorgen te maken dat ze misschien betrapt zouden worden, dus dat zou zij ook niet doen. Buitenechtelijke verhoudingen waren zo oud als de wereld. En de meeste geliefden die zich eraan bezondigden werden nooit betrapt. Degenen die wel tegen de lamp liepen, waren blijkbaar onzorgvuldig geweest, of roekeloos, of domweg onnozel. Dat kon van Flappy allemaal niet gezegd worden. Ze zou voorzichtig zijn. Want als íémand wist hoe ze voorzichtig moest zijn, dan was het Flappy.

De volgende dag begon grijs en bewolkt, maar Flappy werd om vijf uur wakker met een enthousiasme alsof de zon haar stralend, als een reusachtige zonnebloem, toelachte aan een hemel zo blauw als korenbloemen. Ze trok haar yogakleren aan – een lichtgrijze legging met een wit T-shirt – en liep bijna dansend de trap af naar het zwembad. Voor de spiegelwand in haar fitnessruimte deed ze haar stretch- en balansoefeningen begeleid door de tere klanken van een fluit.

Flappy was goed in yoga. Ze deed het al twintig jaar en ze was nog net zo soepel en lenig als toen ze begon. Maar het was lang geleden dat iemand haar naakt had gezien. De afgelopen twintig jaar had ze altijd, onder alle omstandigheden iets aangehad, ook wanneer ze samen was met Kenneth. Ooit had ze een prachtig lichaam gehad, maar als jonge vrouw had ze daar veel te weinig van genoten. Nu pas, op middelbare leeftijd, besefte ze hoe aantrekkelijk ze ooit was geweest en treurde ze om wat ze was kwijtgeraakt. De jeugd is aan de jeugd verspild, dacht ze terwijl ze soepel de Krijger-1-houding aannam. Het vooruitzicht dat Charles haar naakt zou zien, was ronduit verontrustend. Zelfs toen ze nog maar net getrouwd was had ze niet naakt door het huis gelopen. Dat voelde niet chic. Om niet te zeggen dat het ronduit ordinair voelde. En als Flappy érgens een hekel aan had, dan was het aan ordinair gedrag.

Charles zou haar naakt zien. Daar viel niet aan te ontkomen. Als ze in de cottage met elkaar naar bed gingen – en daar rekende ze vast op – dan zou hij haar uitkleden. Maar ze was beter met kleren aan. Sterker nog, met kleren aan was ze prachtig. Ze kon met de hand op het hart verklaren dat ze de best geklede vrouw in heel Badley Compton was. Maar met haar kleren úít was ze gewoon niet op haar best.

Met soepele bewegingen schakelde ze over naar de Nederige-Krijger-houding. Hoe zou ze kunnen voorkomen dat Charles haar naakt zag? Ze kon natuurlijk de gordijnen dichtdoen. Belichting was van het grootste belang. En schemerig was veruit het beste. Te donker leidde tot ongemak, tot een zoekend rondtasten naar iets wat je niet kon vinden. Met te veel licht werd dat iets wanneer het eenmaal was gevonden, veel te duidelijk zichtbaar. Dus een schemerige belichting was het meest flatteus.

Ze schakelde over naar de Krijger-2-houding en ademde diep in. Als Charles ook met Hedda vrijde dan hoefde ze zich geen zorgen te maken, hield ze zichzelf voor. Vergeleken met de Ayrshire-koe was haar witte tijgerin oneindig veel aantrekkelijker.

Na haar yogasessie stapte Flappy onder de douche, ze trok andere kleren aan, deed parfum achter haar oren en ging weer naar beneden voor het ontbijt. Met een kommetje yoghurt met frambozen ging ze aan tafel zitten om de *Daily Mail* te lezen. GEORGE HAD WEINIG ERVARING MET SEKSSCÈNES. *Tegenspeelster vertelt hoe ze Clooney leerde 'los te laten'*. Flappy nam een hap yoghurt en las het artikel met grote interesse. Tegen de tijd dat Kenneth de keuken binnenkwam, lag *The Times* al op hem te wachten, naast zijn kop koffie. De *Daily Mail* was nergens meer te zien.

'Goedemorgen, lieverd.' Flappy zette haar kop thee met citroen op tafel. 'Kan ik een ontbijtje voor je maken?'

'Ja, lekker.' Kenneth ging zitten en pakte de krant. 'Wat toast met gebakken eieren graag.'

'Ga je golfen?' Het was een overbodige vraag, want hij had zijn golfkleding aan.

'Ja, met Charles en Algie.'

'O, dus we zeggen inmiddels Algie?' Flappy was opgetogen dat háár Kenneth zo vriendschappelijk met Sir Algernon omging.

'Ja, na die partij van gisteren hebben we alle formaliteiten maar afgeschaft.'

'Wat denk je? Komt Charles vandaag weer zwemmen?' vroeg ze nonchalant.

'Dat weet ik niet. Ik kan het hem vragen als je dat wilt.'

'Ja, graag. Want dan kan ik hem ook de cottage laten zien. En hem een sleutel geven. De meditatieruimte is nog niet klaar, maar dat duurt vast niet lang meer. Bovendien kan hij er ook nu al terecht.'

'Prima. Goed idee.'

'Ja, dat leek mij ook. Dus vraag maar of hij vanmiddag langskomt. Ik heb het erg druk, maar ik denk dat ik wel even tijd voor hem kan vrijmaken.'

Kenneth keek zijn vrouw aan, in zijn kleine ogen stond bewondering te lezen. 'Hoe doe je dat toch allemaal?'

'Wat, lieverd?'

'Alles. Je weet altijd alles te regelen en voor elkaar te krijgen.'

Flappy legde een hand op zijn arm. 'Het is lief dat je dat ziet.'

'Natuurlijk zie ik dat!'

Nadat hij zijn eieren met toast met smaak had verorberd keek hij op zijn Rolex. 'Dan moest ik maar eens gaan. Ik zie je bij de lunch.'

'Fijne ochtend, lieverd. En vergeet niet om het tegen Charles te zeggen.'

Om elf uur was Flappy bij de kerk om de bloemen te doen, samen met Persephone. Het was een taak die de vrouwen van Badley Compton met elkaar deelden, en deze week was het Flappy's beurt. Ze opende de achterklep van haar Range Rover. De bloemen, die een van haar tuinmannen had geplukt, lagen keurig op een waterbestendig kleed. 'Ik voel me soms een beetje bezwaard,' zei ze terwijl Persephone het kleed met de bloemen uit de auto tilde. 'Mijn boeketten zijn altijd zo veel mooier dan die van de anderen. Daar kan ik ook niks aan doen.' Ze volgde Persephone over het pad naar de deur van de kerk. 'Ik voel me zó bevoorrecht met al die bloemen om uit te kiezen.' In gedachten zag ze de prachtige tuinen van Darnley voor zich.

Persephone legde de bloemen vooraan in de kerk op de grond en liep terug naar de auto om de vazen te halen. Ondertussen keek Flappy met haar handen in haar zij de kerk rond. Het gebouw was zo oud dat het al voorkwam in het Domesday Book uit 1086, waarin destijds in opdracht van Willem de Veroveraar alle landerijen en hun eigenaren waren geregistreerd.

Terwijl ze op haar vaste plaats ging zitten, die Hedda zich de zondag daarvoor had toegeëigend, dacht ze terug aan haar kennismaking met Charles. Ze kon zich nog altijd niet voorstellen hoe Hedda een man als hij had weten te strikken. Misschien was hij met haar getrouwd om haar geld. In elk geval niet om haar uiterlijk, en ook al was Hedda bepaald niet dom, Flappy had niet de indruk dat ze uitzonderlijk briljant was. Hedda was eigenlijk maar heel gewoon. Anders dan Charles. En anders dan zij, dacht Flappy voldaan. Want als ze érgens van gruwde, dan was dat het. God verhoede dat ze ooit gewoon werd. Of erger nog, gewoontjes.

Persephone kwam terug met twee vazen.

'Goed zo.' Flappy stond op. 'Geef me dan nu maar de snoeischaar. Meer heb ik niet nodig. Let goed op. Daar kan je nog wat van leren.' Voortvarend ging ze aan de slag. Ze had smaak en oog voor detail, in heel Badley Compton maakte niemand zulke prachtige bloemstukken en boeketten als zij.

Zelfs Persephone, die ook Flappy's tekortkomingen zag, moest toegeven dat ze een gave bezat. 'Ik begrijp wel waarom de anderen jaloers zijn op uw boeketten,' zei ze. 'Het is niet alleen de keuze van bloemen, maar ook de manier waarop u ze in de vaas zet.'

'Ik heb ooit een cursus bloemschikken gevolgd,' vertelde Flappy. 'Heel lang geleden. Ik was net getrouwd. En ik dacht dat Kenneth het leuk zou vinden als zijn vrouw zoiets kon.'

'Die cursus heeft zijn vruchten afgeworpen.'

'Dat heeft-ie zeker.' Flappy deed een stap naar achteren om haar werk te bewonderen. 'Wat een sfeervolle kerk, hè? Ik vind hem zo schilderachtig, zo lieflijk. Jij bent zeker niet gelovig? Daar doen de meeste jonge mensen niet meer aan.'

'Nee, niet echt,' antwoordde Persephone. 'Maar ik wil wel in de kerk trouwen.'

'Natuurlijk. Het sprookjeshuwelijk. De witte trouwjurk. Volgens mij is dat voor veel meisjes van tegenwoordig nog wel iets waar ze van dromen.'

'Zijn uw dochters hier getrouwd?'

'Nee, Charlotte is in Mauritius getrouwd, ergens op het strand, en Mathilda in Australië. Die huwelijken zijn volledig buiten me om gegaan.' Flappy zuchtte een beetje verdrietig. 'Ik heb er altijd van gedroomd dat mijn meisjes hier in Badley Compton zouden trouwen. Maar ja, zo gaat dat in het leven. Je denkt dat je kinderen min of meer een kopie zullen worden van jou. Maar kinderen hebben hun eigen persoonlijkheid, en vaak zijn ze heel anders dan hun ouders. Zo anders dat je je soms afvraagt hoe jij zulke kinderen hebt kunnen krijgen. Charlotte en Mathilda hebben altijd van heel andere dingen gedroomd dan ik. Ze hadden van meet af aan heel andere verwachtingen van het leven. Ik denk wel eens dat ze alleen al daarom zo'n heel eigen weg zijn ingeslagen. Gewoon om tegendraads te zijn.' Ze glimlachte weemoedig, en voor het eerst ving Persephone een glimp op van de echte Flappy. De waarachtige Flappy, zonder maniertjes of kouwe drukte. De Flappy die zich schuilhield achter de façade van de beeldschone, zelfverklaarde koningin van Badley Compton. 'Ik heb de lat altijd erg hoog gelegd en veel van mijn kinderen geëist. Dat besef ik nu pas. En soms vraag ik me af – niet te vaak, want ik schiet er niets mee op – of ze wél in Engeland zouden zijn gebleven als ik het allemaal anders had gedaan.'

'Dat zult u nooit weten, Mrs. Scott-Booth. Maar kinderen maken zich nu eenmaal los van hun ouders. Ze willen op eigen benen staan. Dus zo vreemd is het niet dat ze naar het buitenland zijn gegaan.'

'Heb jij een goede band met je moeder?'

'Jawel, ook al knettert het soms.' Persephone glimlachte. 'Familie is best ingewikkeld.'

'Zeg dat wel.' Flappy beantwoordde haar glimlach. 'Bedankt voor je hulp. Ik zou niet weten wat ik zonder jou moest beginnen. Dat meen ik echt. Ik mag zó mijn handen dichtknijpen met jou als PA.'

8

Die middag liep Flappy de tuin in om Charles op te wachten. Bij terugkomst van het golfen had Kenneth haar verteld dat Charles inderdaad om vier uur weer kwam zwemmen en dat hij Flappy's aanbod om hem de cottage te laten zien dankbaar aannam. Hoe verrukkelijk dat ook mocht zijn, Flappy raakte er verschrikkelijk van in paniek, mede door het schuldgevoel dat opnieuw de kop opstak. Het was verkeerd om Kenneth als boodschapper te gebruiken. Het was wreed, het getuigde van een totaal gebrek aan respect. Want Flappy mocht dan misschien niet helemáál volmaakt zijn – ze was zich ervan bewust dat ze soms, hier en daar, een ietsepietsje tekortschoot – maar ze was nooit wreed, ze behandelde altijd iedereen met respect. Als ze overeind wilde blijven in deze voor haar nieuwe wereld van buitenechtelijk gevrij, dan mocht ze haar morele kompas niet uit het oog verliezen. Dat besefte ze maar al te goed. Dus ze zou een manier moeten zien te vinden om Kenneth niet in haar verhouding met Charles te betrekken.

Charles was er om vijf voor vier en haalde net zijn chique leren weekendtas uit de kofferbak van de Bentley toen Flappy met zonnebril en strooien hoed lichtvoetig om de hoek van het huis verscheen. Haar wijdvallende witte blouse bolde op in de zachte bries, een wolk van nachthyacint omhulde haar. 'Charles,' begroette ze hem stralend, zwaaiend met *The Spectator*. 'Ik spijbelde net even om mijn lievelingsblad te lezen.'

Charles kuste haar op de wang. 'Je ruikt verrukkelijk.' Hij snoof genietend.

Haar lach was bedoeld om haar opwinding te maskeren. Kenneth kon tenslotte elk moment naar buiten komen, en de tuinmannen waren er ook nog, aan het oog onttrokken door bomen en struiken. 'Hoe ging het golfen?' vroeg ze.

'Geweldig. Nu neem ik even een duik in het zwembad en dan...' Hij keek haar doordringend aan, alsof hij elk detail van haar lieftallige gezicht in zich opnam. 'Dan... duik ik op jóú.'

Flappy deed haar mond al open om te protesteren, maar ze wist niet wat ze moest zeggen. De arrogantie! Hoe durfde hij! Maar... ze kon niet ontkennen dat zijn onbeschaamdheid haar verschrikkelijk opwond.

'Misschien kun je me straks de cottage laten zien.' Hij bleef haar met zijn hypnotiserende blik strak aankijken.

De vlammen sloegen haar uit, dus ze wapperde zichzelf koelte toe met het tijdschrift. Na een korte innerlijke strijd vond ze haar stem terug, zij het dat die wel wat hees klonk. 'Natuurlijk. Laat maar weten als je klaar bent. Ik zit op het terras.' Als ze nu met hem meeging zou hij haar opnieuw zoenen, en dan kwam van het een het ander. Ze wilde het noodlot niet tarten. Het was puur geluk dat ze die eerste keer niet waren betrapt. 'Ga maar lekker je baantjes trekken,' zei ze dan ook.

Charles verdween naar binnen, en Flappy liep naar het terras waar ze zich op een van de ligstoelen liet vallen. Diep zuchtend sloot ze haar ogen. Ze leek wel gek, dacht ze, en ze was zich bewust van een gevaarlijke gebrek aan zelfbeheersing. Dat was niets voor haar. Want als íémand zichzelf onder alle omstandigheden in de hand wist te houden, dan was zij het. Tenminste, zo was het altijd geweest. Maar nu dreigde die beheersing haar te ontglippen, als korrels zand die door haar vingers gleden. Van haar goede voornemens was niets meer over. Het beest had zich definitief uit zijn ketenen bevrijd, met alle verwoestende gevolgen van dien. Haar wilskracht schoot tekort. De verleiding was te groot, de begeerte te sterk. Ze hunkerde naar Charles, ze kon bijna niet langer wachten. Nog nooit had ze zo vurig naar iets gehunkerd. Ze sloeg het tijdschrift open, maar niets van wat ze las drong tot haar door. Opnieuw sloot ze haar ogen. Ongeduldig vroeg ze zich af hoe lang hij in het zwembad zou blijven.

Een kwartier later hoorde ze hem roepen. Ze schoot met een ruk overeind. 'Ik ben hier!'

Charles verscheen om de hoek van het huis, met zijn haar

in de war. Flappy's adem stokte in haar keel. Ze stond op en legde het tijdschrift neer. 'Kom maar mee. Dan zal ik je de cottage laten zien. Mijn toekomstige stilteruimte.' Ze klonk luchtig, onbekommerd. Want als íémand de schijn op wist te houden, als íémand emoties wist te spelen die ze niet voelde, dan was het Flappy.

Terwijl ze samen de tuin in liepen, bleef Flappy niet zoals gebruikelijk hier en daar staan om haar gast de kans te geven de kleurrijke borders te bewonderen, de in vorm gesnoeide bomen en struiken, de sierfonteinen, de bogen van klimranken, de door rozen omzoomde paden. In plaats daarvan zette ze vastberaden koers naar de cottage, slechts beheerst door de hunkering die bezit van haar had genomen; een hunkering die zo snel mogelijk bevredigd moest worden.

Toen ze eindelijk voor het huisje stonden stak Flappy met trillende vingers de sleutel in het slot. De deur zwaaide open, en de warme, muffe geur van een leegstaand huis kwam hun tegemoet. 'Welkom in mijn stilteruimte.' Met die woorden stapte ze over de drempel.

Charles trok de deur achter zich dicht en liet zijn blik door de kamer gaan. Het duurde niet lang of zijn betoverende groene ogen vonden die van Flappy. En voordat ze hem kon vertellen waar de boeddha zou komen te staan, waar de kleine fontein zou worden geplaatst omdat stromend water zo'n kalmerend geluid was bij het mediteren, had hij zijn lippen al op de hare gedrukt en zijn armen om haar heen geslagen. Hij kuste haar vurig, hartstochtelijk, en het beest diep binnen in haar steigerde. Haar knieën lieten haar in de steek, ze leunde tegen hem aan, plotseling machteloos tegenover zijn onweerstaanbare aantrekkingskracht. Ze was verloren, en dat voelde heerlijk. Verrukkelijk! Op dat moment wenste ze niets liever dan dat ze voorgoed verloren was, dat het altijd zo zou blijven.

Bij de gedachte aan het hoge bed onder de dakbalken haalde ze de hand van Charles onder haar blouse vandaan en trok ze hem mee de trap op. Eenmaal boven wierpen ze zich zonder nog een woord te zeggen op de zachte matras. Flappy had liever nog even de kans gekregen om de gordijnen dicht te doen. Nu zou Charles haar naakt zien in het felle daglicht, want de zon scheen uitbundig door de ramen naar binnen. Ze sloot haar ogen. Er was niets meer aan te doen, en terwijl hij zijn gezicht begroef in haar hals en terwijl zijn handen opnieuw onder haar blouse verdwenen, besloot ze dat het haar ook niets meer kon schelen. Hij was tenslotte een Ayrshire-koe gewend. Dus een witte tijgerin zou hoe dan ook een enorme verbetering zijn.

Nadat Charles haar tot een ongekend hoogtepunt had gebracht, lagen ze innig verstrengeld in elkaars armen. Met een blos op hun wangen, een flonkering in hun ogen, en ook een beetje buiten adem, want op hun leeftijd was zo'n hartstochtelijke vrijpartij toch een soort marathon. 'Dat was verrukkelijk,' fluisterde Flappy, in de oprechte overtuiging dat ze haar leven lang nog nooit zoiets verrukkelijks had ervaren.

'Je bent zo'n mooie vrouw, Flappy. Sinds je over je cottage vertelde, je verborgen stilteruimte helemaal achter in de tuin, heb ik aan niets anders kunnen denken. Mijn verwachtingen waren hooggespannen, en ze zijn niet teleurgesteld. Goddelijk, dat ben je! En veel te goed, veel te mooi voor een simpele sterveling zoals ik.'

'O Charles, doe niet zo mal.' Maar Flappy begreep wel waarom hij het zei. Ze was inderdaad te goed, te mooi voor de meeste mannen. 'Jij steekt met kop en schouders boven de rest uit. We zijn voor elkaar geschapen.'

'Ik ben zo blij dat we hier zijn komen wonen.'

'Ach, Badley Compton is een charmant plaatsje. Met meer cultuur dan je zou verwachten –'

'Nee, ik bedoel vanwege jóú, Flappy. Ik ben zo blij dat ik je heb leren kennen.'

Flappy straalde. 'Wat lief dat je dat zegt.'

'Vrijen Kenneth en jij nog?' vroeg hij plotseling, met een ondertoon van jaloezie in zijn stem.

Flappy wist zich niet goed raad met die vraag. Ze wilde niet iets zeggen waardoor ze daalde in zijn achting, maar ze wilde Kenneth ook niet ontrouw zijn. Althans, niet nóg ontrouwer dan ze hem toch al was. 'Laten we het niet over Kenneth en Hedda hebben,' zei ze ten slotte. 'Dit is iets van jou en mij. Onze eigen geheime parallelle wereld. In deze kleine tempel van genot.'

'Natuurlijk. Je hebt gelijk. Ik had het je niet moeten vragen. Het spijt me.'

Ze nestelde zich tegen hem aan. 'Je hoeft nergens spijt van te hebben, liefste. Hoe zou ik jou ook maar iets kwalijk kunnen nemen?'

Flappy en Charles spraken af dat ze discreet zouden zijn, ook al wist zowel Hedda als Kenneth dat Charles gebruik zou maken van de cottage om te mediteren. Ze zouden elkaar daar elke dag rond vijf uur zien, met dien verstande dat ze nooit tegelijk zouden arriveren maar met een marge van tien minuten. Charles zou zijn auto op het landweggetje achter de cottage zetten, en Flappy zou door de tuinen naar hun ontmoetingsplek komen. Het was perfect, discreet en veilig, daar twijfelde ze niet aan. Er kwam nooit iemand in de cottage. Kenneth was er niet meer geweest sinds zij er een bescheiden expositie van haar schilderijen had gehouden om geld in te zamelen voor een aantal dringend noodzakelijke herstelwerkzaamheden aan het gemeentehuis. Talloze rijke en gulle inwoners van Badley Compton hadden een aquarel van haar gekocht, met als gevolg dat het benodigde bedrag ruimschoots was overschreden.

Terwijl ze door de tuin terugliepen naar het huis stelde Flappy de vraag die haar bezighield sinds Mabels telefoontje. 'Ik heb begrepen dat je acteur bent geweest.' Ze bleef even staan bij een roos die nog laat bloeide.

'Ja, dat klopt.'

Zijn antwoord bezorgde Flappy een huivering van genot. Ze stelde zich voor hoe hij op ski's van een steile rotswand sprong en hoog boven de afgrond zijn parachute liet opengaan, vaderlandslievend getooid met de Britse vlag.

'*Fawlty Towers*. Kun je je dat nog herinneren?' vroeg hij.

'Natuurlijk. Met John Cleese!' antwoordde Flappy opgewonden.

'Ik heb auditie gedaan voor de rol van hotelgast.'

'O ja?'

'Ja, maar ik heb de rol helaas niet gekregen. Het scheelde

maar zo weinig.' Met zijn duim en wijsvinger gaf hij aan hoe weinig het had gescheeld.

'Ach, wat een pech, liefste,' koerde ze. 'Vertel! Wat heb je nog meer gedaan?'

'Nou, ik heb onder andere geauditeerd voor *Withnail and I.*'

'Dat was een geweldige film.' Flappy was diep onder de indruk. Maar welke rol kon hij dan hebben gespeeld? Want behalve Withnail, Marwood, Uncle Monty en Danny waren dat er niet veel. Ja, de norse oude boer. Maar dat was natuurlijk geen rol voor Charles.

'Ik zou de boer spelen, Isaac Parkin. Maar toen kreeg ik de ziekte van Pfeiffer, dus dat ging ook niet door.'

'Wat zonde.' Flappy klonk teleurgesteld.

'En als ik geen andere verplichtingen had, heb ik af en toe ook wel eens een commercial gedaan.'

Flappy's teleurstelling steeg. *Toch niet voor Daks?*

'Onder andere voor Daz-waspoeder.' Hij schoot in de lach. 'Ach, wat je niet allemaal doet als je jong bent en naïef.'

Flappy besloot het niet verder over zijn acteercarrière te hebben. Tenminste, als het die naam verdiende. 'En daarna? Na je werk als acteur, wat heb je daarna gedaan?' vroeg ze in de hoop op iets met een beetje meer glamour.

'Daarna ben ik met pensioen gegaan.'

'O?'

'Ja, ik ben al heel lang met pensioen.'

Blijkbaar al veertig jaar.

'Maar net als jij besteed ik mijn tijd aan dingen die me interesseren. Mijn favoriete hobby is het verzamelen van kunst.'

'Ach ja, natuurlijk!' zei Flappy opgelucht. Dat was echt iets voor een gentleman als Charles Harvey-Smith. Het verzamelen van schitterende kunstwerken. 'Dat is ook zo veel chiquer dan acteren.'

'Precies. Hou je van Hockney?'

'Natuurlijk! Wie houdt er nu niet van Hockney?'

'Ik heb op dit moment een van zijn schilderijen op het oog.'

De volgende ochtend kwam de regen met bakken uit de lucht en roffelde met dikke druppels tegen de ramen. Flappy rekte zich tevreden uit onder de dekens en dacht genietend terug aan de vorige middag. Bij de herinnering voelde ze zich opnieuw overspoeld door golven van erotische extase. Ze had zich nog nooit zo vrij gevoeld, zo los, zo bruisend van leven. Zij, Flappy Scott-Booth, de koningin van Badley Compton, leidde een dubbelleven! Wie had dat kunnen denken?

Het was zaterdag, dus geen Persephone, geen tuinmannen, geen Karen en ook geen Tatiana, die elke ochtend een paar uurtjes schoonmaakte. Vanwege de regen zou Kenneth zijn golfafspraken moeten afzeggen. Dat was jammer, want anders zou ze het huis die ochtend voor zich alleen hebben gehad. Ze keek op de wekker. Zeven uur! En dat terwijl ze altijd om vijf uur wakker werd. Met een ruk schoot ze overeind.

Ze trok haastig haar yogakleren aan en liep de trap af, naar haar fitnessruimte. Bij het zwembad bleef ze even staan en stelde ze zich Charles voor in het glinsterende water. Charles in zwembroek die soepel zijn baantjes trok. Er ging een huivering van begeerte door haar heen die haar roekeloos maakte. En als íéts haar vreemd was, dan was het roekeloosheid. Impulsief trok ze al haar kleren uit en dook ze het water in. Met een perfecte duik. Want Flappy was een uitstekend zwemmer. Ze zwom in borstcrawl naar het eind van het bad, gevolgd door een baantje in sierlijke schoolslag en een in rugslag. Het koele water dat strelend langs haar naakte huid streek, bezorgde haar ondeugende zinnelijke gevoelens. Ineens was ze geen zestig plus meer, maar een jonge vrouw, in de bloei van haar leven, overweldigd door haar eerste verliefdheid. Prachtig. Met een lichaam dat nog niet was getekend door het leven. Bezield door een tomeloze energie. En door lust, pure lust. Wie zou dat hebben gedacht?

Flappy voelde zich herboren. In plaats van haar yogaoefeningen te doen zette ze popmuziek op – stiekem was ze een fan van Kylie Minogue – en begon ze spiernaakt voor de spiegel te dansen. Een onbeheerste vreugde borrelde in haar op. Ze wiebelde en zwaaide met haar heupen, ze huppelde, stuiterde, en tegen het eind van het nummer was ze buiten adem. Maar ze grijnsde, ze lachte luid, ongeremd. Haar haar was opgedroogd tot een bos kroes, haar ogen schitterden, de passie spatte ervan af. Passie voor het leven, voor Charles, passie voor de nieuwe Flappy die haar vanuit de spiegel lachend – en ook een beetje manisch, dat kon ze niet ontkennen – aankeek.

Toen Kenneth wakker werd hoorde hij popmuziek. En dat niet alleen, hij hoorde zingen. Hij draaide zich op zijn rug in het grote bed in zijn kleedkamer en vroeg zich af of Flappy de radio in haar slaapkamer had aangezet. Maar die stond altijd op Classic FM. Want als Flappy érgens een hekel aan had, dan was het aan popmuziek. Hij ging rechtop zitten, gehinderd door zijn buik, waardoor hij bijna weer terugviel in de kussens. Tot zijn verbijstering besefte hij dat het inderdaad popmuziek was wat hij hoorde. Dat het wel degelijk Flappy was die zong.

'I just can't get you out of my head!' In haar slaapkamer, die grensde aan de kleedkamer van Kenneth, zat Flappy achter haar kaptafel vrolijk met de radio mee te zingen. 'La la la la la...'

Kenneth knipperde met zijn ogen. Misschien droomde hij. Flappy zong nooit, alleen in de kerk, en geheel volgens verwachting had ze de stem van een engel. Nee, besloot Kenneth. Hij droomde niet. Kreunend liet hij zich uit bed glijden. Hij gunde zich een moment om zijn evenwicht te hervinden, want hij voelde zich plotseling een beetje duizelig. Toen hij weer stevig op zijn benen stond, slofte hij naar de badkamer om te plassen en zijn tanden te poetsen. Al die tijd ging het zingen in de aangrenzende kamer door. Het klonk luid en opgewekt, totdat Flappy's stem werd overstemd door het geblaas van haar föhn. Kenneth had een hekel aan harde geluiden, dus hij ging terug naar zijn kleedkamer en schoof de gordijnen open. Teleurstelling overviel hem toen hij zag dat het regende. Dat werd niks met golfen. Zuchtend keek hij naar de lucht, in de hoop een stukje blauw tussen de wolken te ontdekken. Maar helaas, hoe ingespannen hij ook tuurde, al het blauw ging schuil achter sombere, laaghangende bewolking. Uiteindelijk liep hij naar de kast en koos voor een rode chino, een wit poloshirt en een gele kasjmieren trui met een v-hals. Het soort kleren dat hij droeg wanneer hij niet naar de golfbaan kon. Teleurgestelde kleren.

Toen het geluid van de föhn zweeg liep hij naar de kamer van zijn vrouw.

'Goedemorgen, lieverd!' jubelde Flappy.

Kenneth nam haar onderzoekend op. Ze zag er anders uit dan anders, ook al zou hij niet hebben kunnen zeggen waar het verschil in zat. Haar haar zat net als altijd, haar gezicht was net als anders, en ook aan haar kleding kon hij niets afwijkends ontdekken. Die was even smaakvol en verzorgd als altijd. *O, ik heb zomaar wat uit de kast gepakt.* Hij hóórde het haar zeggen. Toch klopte er iets niet. En dat voelde verontrustend. Maar omdat hij het niet kon benoemen, kon hij er ook niets over zeggen. 'Wat ben je vrolijk vandaag!' was alles wat hij zei.

'Het is zaterdag. En ik ben dol op de zaterdag. Want dan hebben we het rijk alleen.'

'Ja, dat is zo. Maar ik dacht dat je het juist fijn vond, de tuinmannen, de werkster. En tegenwoordig ook Persephone. Die maken het allemaal mooi en netjes, en die nemen een deel van het werk van je over.'

'O, maar dat vind ik ook fijn. Daar ben ik elke dag opnieuw dankbaar voor. Ik besef hoe gelukkig ik me mag prijzen met al die hulp. Maar ik vind het ook fijn om op zaterdag samen te zijn, alleen met jou.'

'O, juist ja. Zullen we dan maar gaan ontbijten?'

'Ja, lekker. Ik rammel.' Flappy ging hem voor naar beneden.

Kenneth voelde zich hoogst ongemakkelijk. Zijn Flappy

die zong? Die alleen wilde zijn, samen met hem? En alsof het allemaal nog niet erg genoeg was, zag hij dat ze een dikke laag boter op haar toast smeerde en 'soldaatjes' in haar zachtgekookte eitje doopte.

'Dat heb ik niet meer gedaan sinds ik een kind was,' zei ze lachend. 'Is het niet enig?'

Kenneth keek haar over de rand van zijn koffiemok fronsend aan. 'Volgens mij heb je in ons hele huwelijk zelfs nog nooit brood gegeten.' Hij glimlachte om zijn ongerustheid te verbergen.

'Ik neem een scheutje melk in mijn thee!' Flappy liep naar de koelkast, haalde de fles eruit en liep ermee naar de tafel. Ze schonk de melk niet eerst in een kannetje, zoals ze dat anders altijd deed, maar rechtstreeks uit de fles in haar mok. 'Kijk maar niet zo verbaasd, Kenneth. Ik werd vanmorgen wakker, en toen voelde ik me ineens zo anders.'

Kenneth ontspande. Dus ze had het zelf ook gemerkt. Wat een opluchting. 'Ik wilde er al iets over zeggen, maar ik kon er niet goed de vinger op leggen.'

'Ik voelde me zo gelukkig, lieverd. Zo vreselijk gelukkig. Om te beginnen werd ik pas om zeven uur wakker.'

'Om zeven uur?'

'Ja, raar hè? Heel raar. En toen ik naar beneden ging, voor mijn yogaoefeningen, toen besloot ik ineens te gaan zwemmen.'

'Te gaan zwemmen?' herhaalde Kenneth verbijsterd. Hij zette zijn koffiemok neer, uit angst dat hij die uit zijn handen zou laten vallen. Want ook deze nieuwe, andere Flappy zou vast niet blij zijn als hij een mok brak van haar pastelkleurige ontbijtservies van Fortnum & Mason.

'Ja, ik ben gaan zwemmen! Dat had ik in geen veertig jaar gedaan. En toen –'

'Wat? Is dat nog niet alles?'

'Nee. Toen heb ik gedanst.'

'Gedanst?'

'Ja, ik heb staan dansen in plaats van mijn yogaoefeningen te doen.' Ze vertelde er niet bij dat ze nááკt had gedanst. Dat kon ze de arme Kenneth niet aandoen. Hij zag nu al doodsbleek, met een angstige blik in zijn ogen. 'Lieverd, kijk maar niet zo bezorgd. Ik ben niet ziek. Ik ben gewoon gelukkig!'

'Maar waarom dan? Hoe komt dat zo ineens?'

Flappy moest haar woorden zorgvuldig kiezen. Uiterst zorgvuldig. Ze wilde Kenneth geen reden geven om te vermoeden dat er iets niet in de haak was. 'Ik ben gewoon zo vreselijk gelukkig, lieverd.' Ze schonk hem een liefdevolle blik. 'Ik heb alles wat mijn hartje begeert. Echt alles. Ik zou niets kunnen bedenken wat ik nog graag zou willen. En dat heb ik allemaal aan jou te danken.'

Kenneth fronste opnieuw zijn wenkbrauwen en keek haar nog altijd angstig aan.

'Dat ik me zo gelukkig voelde toen ik wakker werd... dat kwam door een enorm besef van dankbaarheid. Het overviel me, en daar werd ik zó gelukkig van. Sommige mensen vinden het allemaal maar vanzelfsprekend, alles waarmee ze gezegend zijn. Dat is niet goed. Zo mag je niet denken. En al helemaal niet als je zo ríjk bent gezegend als ik. Als wij. Dat ben je toch met me eens, lieverd?'

Kenneth was geroerd. Hij wist niet wat hij moest zeggen,

dus hij nam de handen van zijn vrouw in de zijne en schonk haar een dankbare glimlach.

De volgende dag vertrokken ze op hun gebruikelijke tijdstip naar de kerk. Flappy drong er niet op aan om extra vroeg te gaan. Sterker nog, ze kwamen een paar minuten te laat. Iedereen zat al, en terwijl ze door het middenpad liep, glimlachte Flappy sereen naar alle gezichten die zich naar haar toekeerden. Ondertussen was er maar één voor wie ze oog had. Ze zag direct dat Charles en Hedda aan de andere kant van het middenpad op de voorste rij zaten, en naar hun gezicht te oordelen waren ze volmaakt tevreden met hun plaatsen. Hedda wuifde en Flappy wuifde terug. Charles zocht haar blik, maar Flappy wendde zich af. Het was van het grootste belang dat ze zich in het openbaar, met de ogen van de hele gemeente op zich gericht, wist te beheersen.

Ze nam plaats op haar vaste plek en gunde zichzelf een moment om God in een stil gebed te bedanken voor al haar zegeningen. Want ze had heel veel om Hem dankbaar voor te zijn, al had ze ook alle reden om zich tegenover de Eeuwige te verontschuldigen. Maar God was ruimhartig en vergevingsgezind, hield ze zichzelf voor, terwijl ze haar kerkboek opensloeg. Ze was een schaapje van Zijn kudde dat van het rechte pad was afgedwaald. En als ze het zich goed herinnerde, waren juist die schapen de Heer het dierbaarst.

9

Na de kerk waren Flappy en Kenneth uitgenodigd voor de lunch bij Mabel en John. Het was gezellig, zij het weinig inspirerend. Daarna gingen ze in de gestroomlijnde Jaguar van Kenneth weer op huis aan. 'Ik wil niet wachten tot Gerald klaar is met de make-over van de cottage,' zei Flappy. 'Nu ik eenmaal heb besloten om te gaan mediteren wil ik meteen beginnen. Stel niet uit tot morgen wat je vandaag al kunt doen, zeg ik altijd maar.'

'Zo is 't maar net.' Kenneth nam snelheid terug. Hij zat achter een vrachtwagen en stuurde behoedzaam naar de middenstreep om te zien of hij kon inhalen. Maar er kwamen tegenliggers aan, dus hij bleef waar hij was.

'Als je met iets nieuws aan de slag gaat ben je in het begin altijd extra enthousiast.'

'Maar na een tijdje is het nieuwtje eraf,' merkte Kenneth op.

'Wat wil je daarmee zeggen? Dat ik ben gestopt met schilderen kwam niet doordat het nieuwtje eraf was. Ik had het gewoon te druk. Om te schilderen moet je alleen kunnen zijn. Je hebt rust nodig. En tijd. Heel veel tijd. En die had ik niet. Mediteren is een kwestie van een uurtje. Misschien iets langer als je echt heel diep gaat,' voegde ze er haastig aan toe, want met Charles zou dat ene uurtje vast niet genoeg zijn. 'Het idee is tenslotte dat je je volledig verliest in jezelf. Hoe dan ook, ik ga vanmiddag meteen beginnen en ik wil niet gestoord worden. Als je me nodig hebt moet je me maar bellen. Afgesproken, lieverd? Als je plotseling aan de deur zou staan, en ik zat net helemaal in een flow, zou ik vreselijk kunnen schrikken. Met misschien zelfs fatale gevolgen. Je moet het vergelijken met iemand die droomt. Die mag je ook niet abrupt wakker maken.'

'Dat zijn volgens mij maar bakerpraatjes,' zei Kenneth.

'Misschien. Maar misschien ook niet. En waarom zou je het risico nemen? De cottage is mijn veilige haven van rust, een plek waar ik alleen kan zijn, waar ik contact kan zoeken met mijn Hogere Zelf. Zonder dat ik daarbij word gestoord.'

Kenneth wist niet wat hij zich bij haar Hogere Zelf moest voorstellen. En of Flappy wel een Hoger Zelf hád. Ze wás al zo hoog. Maar hij beloofde dat hij haar niet zou storen. Toen zag hij dat de weg vrij was, en hij haalde de vrachtwagen in. De motor van de Jaguar brulde.

Flappy en Charles hadden een geheime manier van communiceren bedacht. Eén dubbele knipoog betekende: om vijf uur in de cottage. Bij één lange, enkele knipoog kon het rendez-vous geen doorgang vinden. Charles had die ochtend in de kerk twee keer naar haar geknipoogd, dus Flappy was buiten zichzelf van opwinding.

Om vijf voor vijf dartelde ze lichtvoetig naar de cottage. Onderweg bleef ze alleen even staan om een roos te plukken, zodat ze daar bij aankomst verleidelijk aan kon ruiken. Ze wilde niet de indruk wekken dat ze zich naar hun rendez-vous had gehaast zonder oog te hebben voor het verrukkelijke weer en voor de schoonheid van de tuinen. Trouwens, het was ook onmogelijk om daar géén oog voor te hebben wanneer het zonnetje scheen.

Charles had zijn auto op het landweggetje achter de cottage gezet en omdat Flappy hem een sleutel had gegeven, had hij zichzelf al binnengelaten. Toen ze bovenkwam, trof ze hem op het bed aan, slechts gekleed in zijn boxershort. Met een verblindende glimlach klopte hij op de plek naast zich. 'Kom bij me liggen.' En dat deed Flappy. Met het enthousiasme van een jonge minnares vloog ze hem in de armen en hulde hem in een wolk van nachthyacint.

De volgende ochtend schoof ze, nadat ze opnieuw had gezwommen en in haar blootje voor de spiegel had gedanst op de opwindende klanken van Shania Twain, bij Kenneth aan voor het ontbijt. Opnieuw had hij het gevoel dat ze was veranderd, maar opnieuw kon hij er niet de vinger op leggen. 'En? Met wie ga je vandaag golfen?' vroeg ze stralend, want ze voelde zich al de hele ochtend bijna onfatsoenlijk uitbundig.

'Met Charles en Hedda.'

'Met Charles en Hedda?' herhaalde Flappy verrast. Het botermesje haperde op weg naar haar geroosterde boterham. 'Ik dacht dat Hedda eigenlijk nooit speelde. Tenminste, dat zei ze.'

'Dan is dit blijkbaar een van de zeldzame keren dat ze dat wel doet.'

Flappy nam hem onderzoekend op. Ondertussen probeerde haar snelle, bezige geest te achterhalen waaróm Hedda die ochtend bij wijze van uitzondering meeging naar de baan. Vermoedde ze iets? Hedda ging vast niet mee voor het golfen. Nee, ze wilde haar man in de gaten houden. En als Kenneth net zo aantrekkelijk was geweest als Charles, dan zou Flappy dat waarschijnlijk ook hebben gewild!

Ze hoopte vurig dat Hedda niet zou besluiten zich aan te sluiten bij hun meditatiesessies in de cottage.

Als ze niet zo'n drukke dag had gehad, zou Flappy misschien met Kenneth zijn meegegaan. Toen ze pas getrouwd waren had ze dat regelmatig gedaan en dan hadden ze samen gegeten in het clubhuis – zo'n loodzware traditionele Engelse lunch die ze verafschuwde – nadat ze een hele ochtend achter hem aan had gesjouwd en zich gruwelijk had verveeld. Flappy vond het spel onverdraaglijk saai en de golfvrienden van Kenneth simpelweg onverdraaglijk. Maar dankzij Charles had het spel ineens aan aantrekkingskracht gewonnen. Dat Hedda onverwacht meeging prikkelde haar nieuwsgierigheid. Maar ze was druk, druk, druk, en daar viel niets aan te doen. Flappy zegde nooit iets af, alleen in geval van ziekte of dringende andere verplichtingen. Voor een partijtje golf kon ze geen van beide als excuus gebruiken. 'Nou, ik hoop dat jullie een heerlijke ochtend hebben,' zei ze toen Kenneth met een blik op zijn Rolex besloot dat het tijd was om te vertrekken.

Stipt om negen uur liep Flappy naar de hal om open te doen voor Persephone. 'Goedemorgen, kindje,' jubelde ze, en het ontging haar PA niet hoe uitbundig haar werkgeefster glimlachte en hoe veerkrachtig haar tred was. Flappy straalde zoals Persephone nog nooit iemand had zien stralen.

'Had u een fijn weekend, Mrs. Scott-Booth?' vroeg ze terwijl ze achter Flappy aan liep naar de bibliotheek.

'Heerlijk. Echt zalig. En hoe heb jij het gehad?'

'Rustig.'

'Ik hoor het al. Je hebt dringend een vriend nodig. Een man om leuke dingen mee te doen,' zei Flappy, en iets in haar glimlach vertelde Persephone dat ze precies wist waarover ze het had.

'Ja, dat zou leuk zijn.'

'Er is niets zo stimulerend als verliefd zijn. Dat houdt een mens jong. Het zorgt voor een verrukkelijke stoot endorfine, je bloed gaat er sneller van stromen, en je wordt er gewoon heel erg blij van.'

Persephone begreep dat ze namens zichzelf sprak. Want als er iets opwindends in Flappy's leven gebeurde, dan moest iedereen het weten. 'Dat heb ik nog nooit gehad bij een vriendje.' Ze nam Flappy onderzoekend op. 'Bezorgde Mr. Scott-Booth u dat soort gevoelens?'

'Ach ja,' antwoordde Flappy vaag, want ze kon het zich niet meer herinneren. Het was al zo lang geleden dat Kenneth en zij elkaar hadden leren kennen. Maar als hij haar bloed niet sneller had doen stromen zou ze niet met hem zijn getrouwd, hield ze zichzelf voor. Haar gedachten gingen naar Charles. 'Zulke dingen vergeet je nooit meer,' vervolgde ze aanzienlijk enthousiaster. 'Het is bedwelmend. Hemels. Het verrukkelijkste wat ik ooit heb gevoeld.' Ze slaakte een zucht. 'Ach, wat zou ik graag weer jong willen zijn.' Ze schonk Persephone een glimlach. 'Geniet ervan, kindje. Laat je jeugd niet door je vingers glippen. Je bent jong, je bent mooi, wees je daarvan bewust. En nogmaals, geniet ervan zo lang als het duurt.'

'Maar u bent nog steeds mooi,' zei Persephone naar waarheid.

En daar had ze natuurlijk gelijk in, dacht Flappy. Ze was inderdaad nog steeds een mooie vrouw. Maar de tijd stond niet stil, de klok tikte meedogenloos door, niets zou de aftakeling kunnen tegenhouden. 'Dat is zo. Ik mag er nog altijd zijn, maar ik balanceer op het randje.' Ze snoof. 'Nog even, dan is het voorbij.'

'Daar geloof ik niks van.' Persephone schoot in de lach. 'U zou eens moeten horen wat anderen over u zeggen.'

'O? Wat zeggen ze dan?' vroeg Flappy gretig, want ze voelde een compliment aankomen.

'Ze zeggen dat u het geheim bezit van de eeuwige jeugd.'

Dat had Flappy al vaker gehoord. Maar dit leek haar een

goed moment voor de juiste dosis zelfkritiek. Want als íémand aanvoelde wanneer ze zich niet te zelfingenomen mocht tonen, dan was het Flappy. 'Mijn geheim van de eeuwige jeugd is een oud en lelijk portret op zolder,' verwees ze naar *Het portret van Dorian Gray*, het beroemde verhaal van Oscar Wilde. Niet dat ze het ooit had gelezen, maar Flappy bediende zich af en toe graag van een literaire verwijzing.

Flappy liet het aan Persephone over om alle saaie klusjes te doen die ze vroeger zelf altijd had moeten opknappen – of die ze had doorgeschoven naar een van haar hofdames, zoals Mabel – en stapte in haar glimmend groene Range Rover. Ze had een bijeenkomst van de commissie gemeentezaken in het gemeentehuis. Daar moest ze om elf uur zijn, dus ze had nog net even tijd voor een kop koffie bij Café Délice. Ze kwam er zelden, en nooit om er koffie te drinken. Koffiedrinken in een café, dat was iets voor het gewone volk, vond ze. Maar ze was die ochtend zo anders wakker geworden dan anders, en bij de gedachte aan de zoete, kleverige lekkernijen van Big Mary liep het water haar in de mond. Wat had ze laatst ook alweer besteld? Dat gebakje dat ze mee naar huis had willen nemen voor Persephone? O ja, een Zoete Verleiding. Met haar reusachtige zonnebril op haar neus en haar slappe hoed op haar hoofd reed ze door de lommerrijke lanen, en ze zong luidkeels mee met de cd van Céline Dion.

Voor de maandagochtend was het druk in het dorp. Zeemeeuwen kibbelden rond de vuilnisbakken, vissers waren druk met hun boot bezig, en gewone mensen – mensen die niet zo gelukkig waren een PA te hebben – haastten zich naar het postkantoor, de krantenkiosk of de supermarkt. In de buurt van het café was geen plekje meer vrij, dus Flappy parkeerde onder de bomen op de top van de heuvel, in de vurige hoop dat de vogels het niet in hun kop zouden halen allerlei afstotelijks op haar auto te deponeren. Terwijl ze naar het café slenterde viel haar oog op een oude man, hij zat op de bank die Kenneth en zij aan het dorp hadden geschonken ter herinnering aan Harry Pratt, die daar zo graag had gezeten, genietend van de bedrijvigheid in de haven. Wat een beeldig bankje was het toch. Het oogde daar zo charmant. En wat heerlijk dat die oude man er zo van genoot. Zou hij de inscriptie op de plaquette hebben gelezen?

IN LIEFDEVOLLE HERINNERING AAN HARRY PRATT
1919-2010
Geschonken aan Badley Compton
door Kenneth en Flappy Scott-Booth

Daar hadden ze een nobele daad mee verricht, peinsde Flappy terwijl ze de straat overstak en koers zette naar het café. Op de stoep ervoor stonden wat tafeltjes onder de roze met witte luifel.

Ze duwde de deur open. Binnen was het vol, maar ze had niet anders verwacht. Café Délice was het bruisende hart van Badley Compton. En met haar komst zou dat hart nog sneller gaan kloppen, dacht Flappy toen alle gezichten zich nieuwsgierig naar haar omdraaiden. Aan een van de tafeltjes ontdekte ze John Hitchens met zijn kleindochter. Zijn golden retriever lag aan zijn voeten. Toen kreeg ze Esther, Madge en

Sally in het oog. Terwijl ze naar hun tafeltje toe liep, knikte ze glimlachend andere bekenden toe.

'Hallo Flappy,' zeiden haar vriendinnen in koor. Tegen beter weten in nodigden ze haar uit om bij hen te komen zitten. Ze wisten tenslotte maar al te goed dat Flappy alleen maar langskwam als ze Big Mary nodig had om een van haar fêtes te cateren.

'Nou, daar zeg ik geen "nee" tegen,' antwoordde ze nu tot ieders verbijstering. 'Ik kom zo. Goedemorgen, John.' Ze bleef bij zijn tafeltje staan. 'En hoe heet jij?' vroeg ze aan zijn kleindochter.

'Mattie,' antwoordde het kind.

'Ach natuurlijk, Mattie. Ik heb zo veel over je gehoord. Jij maakt toch zulke mooie kettingen van schelpen?'

Mattie giechelde, toen knikte ze.

'Knap hoor! Ze zijn vast veel leuker dan de kettingen die je in de winkel kunt kopen.' Ze glimlachte, en toen het kleine meisje haar glimlach beantwoordde, voelde Flappy tot haar verrassing een steek van pijn, ergens in haar borst. Ze had zelf tenslotte ook kleinkinderen, al zag ze die hoogstens twee keer per jaar. Zuchtend stak ze haar kin naar voren. Jammer, maar niets aan te doen, hield ze zichzelf voor. Ze wilde haar stemming niet laten bederven door negatieve gedachten. Want als íémand onder alle omstandigheden positief wist te blijven, dan was het Flappy. 'Trouwens, hoor jij niet op school te zitten?' vroeg ze.

'Ik ben ziek.'

Flappy schoot in de lach. Het kleine meisje zag er helemaal niet ziek uit. 'Ach, arm kind. Kom, dan gaan we samen een gebakje uitzoeken. Vind je dat goed, John? Dat ik Mattie op een gebakje trakteer?'

John knikte zijn kleindochter liefdevol toe. 'Toe maar, Mattie. Ga maar met Mrs. Scott-Booth mee.'

Het kind pakte stralend Flappy's hand.

'Zeg maar Flappy,' zei die terwijl ze naar de toonbank liepen.

'Waarom heet jij Flappy?'

'Dat is een goede vraag. Kijk eens wat een verrukkelijke gebakjes! Goedemorgen, Mary.'

Big Mary, die zoals altijd achter de toonbank stond, beantwoordde haar vraag een beetje aarzelend. Ze was niet gewend aan deze nieuwe Flappy, die gezellig met deze en gene een praatje maakte. Mattie koos een gebakje met spikkeltjes, Flappy nam een Zoete Verleiding. 'Met een kop koffie. Als ik dan toch zondig, moet ik het maar meteen goed doen, vind je ook niet?' Ze grinnikte.

Big Mary fronste. Ze was het ook niet gewend dat Flappy grinnikte. Erg merkwaardig allemaal. Er was iets met Flappy. Ze leek ineens zo anders. 'Gaat u maar vast zitten. Ik kom het zo brengen.' Ze pakte een mok van de plank.

Flappy bracht het kind terug naar haar opa en schoof aan bij haar vriendinnen.

Die hadden achter haar rug gefluisterd dat ze ineens zo anders leek. En hoe opmerkelijk dat was. Ze herinnerden zich nog maar al te goed hoe Gracie dat voorjaar ook van de ene op de andere dag zo anders had geleken. En dat ze vervolgens naar Italië was vertrokken. Voor een kookcursus nog wel! Dat was niets voor Gracie. Flappy had haar afkeuring destijds niet onder stoelen of banken gestoken. Want als ze íéts verafschuwde, aldus Flappy, dan was dat het: mensen die ineens zichzelf niet meer waren. Dus wat kon er zijn gebeurd waardoor Flappy nu ook, bijna van het ene op het andere moment, zo anders leek?

'Wat gezellig.' Flappy zette haar zonnebril af en haakte die in de v-hals van haar witte linnen blouse. 'We zouden dit vaker moeten doen. Wat een enig café! Zo druk en geanimeerd.'

'Wij komen hier heel vaak,' vertelde Madge.

Sally lachte om haar nervositeit te verbergen. Het gebeurde maar zelden dat ze broodnuchter was als ze Flappy zag. Doorgaans had ze een glas wijn om moed uit te putten. 'Ja, bijna elke dag,' vulde ze aan. 'Schuif gerust aan als je zin hebt.'

'Dank je wel, Sally. Trouwens, wat een beeldige blouse is dat,' zei Flappy met een blik op de blauwe creatie met glittertjes die ze normaliter met afgrijzen zou hebben bekeken. Want als Flappy érgens een hekel aan had, dan was het aan kleding met glitters.

'Meen je dat nou? Ik had niet verwacht –' Dat we elkaar vandaag zouden zien. Want dan had ik voor iets minder opzichtigs gekozen, had ze willen zeggen. Maar Flappy kapte haar af.

'Hij is enig. Zo vrolijk. Heel goed. Er is al genoeg negativiteit in de wereld. Dus waarom zou je met een glittertje niet een glimlach op het gezicht van je medemens toveren?'

Esther nam haar onderzoekend op. 'Wat ben jij goedgemutst vandaag. Hoe komt dat zo?'

'En wat zie je er geweldig uit,' viel Madge haar bij, die vond dat Flappy er stralend uitzag, maar vooral anders. Zo kende ze haar niet. En net als haar vriendinnen vroeg ze zich af wat daarvan de reden kon zijn.

'O ja? Zie ik er zo goed uit?' vroeg Flappy met een geheimzinnige glimlach om haar mond.

'Je ziet eruit als de kat die van de room heeft gesnoept,' zei Esther, de enige die zich niet door Flappy liet intimideren en geen blad voor de mond nam.

'Ik ben begonnen met mediteren.' Flappy bracht het alsof ze het concept zelf had bedacht.

'Met mediteren?' herhaalde Sally. 'Ga je er dan zó uitzien?'

'Ik ben de kleine cottage helemaal achter in mijn tuin aan het restylen. Samen met Gerald. Het wordt een stilteruimte. Een plek om te mediteren.'

'Heb je ook een goeroe?' vroeg Madge, die zich niet kon voorstellen dat mediteren zo'n opmerkelijke verandering teweeg kon brengen.

'Nog niet. Persephone is voor me op zoek. Ondertussen doe ik het gewoon op mijn eigen houtje. Elke middag om vijf uur. Het is zo heerlijk stil in de cottage. Zo kalm en vredig...' Ze slaakte een zucht. 'Gewoon hemels,' zei ze, denkend aan Charles.

Big Mary kwam haar bestelling brengen. Bij de eerste hap van haar gebakje huiverde Flappy van genot. 'Verrukkelijk! Echt heerlijk!' Ze ademde diep in door haar neus en sloot genietend haar ogen.

Big Mary wisselde een blik met de andere vrouwen. Als mediteren dit effect had, dan zouden ze er allemaal mee moeten beginnen.

Nog altijd in een opperbeste stemming arriveerde Flappy bij

het gemeentehuis. Maar tijdens de bijeenkomst van de commissie gemeentezaken dwaalde ze tot twee keer toe af met haar gedachten. 'Ik heb erg veel aan mijn hoofd op het moment,' verontschuldigde ze zich haastig, en ze liet het nemen van beslissingen over aan de andere leden van de commissie. Het was niets voor haar om tweede viool te spelen, maar de andere leden van de commissie – met name de vrouwen – waren behalve verbaasd vooral dankbaar dat zij nu eens de kans kregen de boventoon te voeren.

Tijdens de lunch vertelde Kenneth dat Hedda een uitstekend golfer was. 'Het zou me niet verbazen als ze overal par speelt of zelfs daaronder. Ongelooflijk. Ze was echt veel beter dan wij. En het ging haar moeiteloos af.' Hij begon met smaak aan de kipkerriesalade.

Flappy zou normaliter uit het veld geslagen zijn geweest. Ze zag niet graag dat andere vrouwen ergens beter in waren dan zij. Maar vandaag was ze alleen maar blij voor Hedda. 'Wat geweldig,' zei ze dan ook. 'Mensen met zo'n uitzonderlijk talent, daar kun je alleen maar bewondering voor hebben. Waar of niet?'

'Absoluut.' Kenneth knikte instemmend.

'Wat een opmerkelijke vrouw, hè? Zo getalenteerd en toch zo bescheiden. Ik heb een hekel aan opscheppers. Dat is Hedda zeker niet. Trouwens, zelf schep ik ook nooit op over alles wat ik kan, wat ik heb gepresteerd. Dat kunnen mensen beter van anderen horen. Hoogmoed komt voor de val, zeg ik altijd maar.' Ze ademde diep in door haar neus, voldaan over haar ruimhartige opstelling jegens de vrouw van

Charles. Dat gaf haar een goed gevoel. 'En hoe ging het met Charles?' vroeg ze luchtig. 'Vertel. Van slag naar slag. Van hole naar hole.'

Kenneth veronderstelde dat Flappy's plotselinge interesse meer te maken had met haar nieuwe vriendin dan met het golfen zelf, maar hij bracht braaf verslag uit van de hoogtepunten en genoot ervan dat ze zo aandachtig luisterde. Sterker nog, ze hing aan zijn lippen. Doorgaans werden haar ogen glazig wanneer het over golfen ging en wist ze niet hoe snel ze het gesprek op een ander onderwerp moest brengen.

'Sjonge, wat spannend allemaal,' zei ze toen hij was uitgesproken. 'Soms zou ik willen dat ik vroeger meer tijd had gehad om het ook te leren. Dan hadden we er nu samen van kunnen genieten. Net zoals Hedda en Charles dat doen.'

'Volgens mij had Hedda al heel lang niet gespeeld. Ze was niet echt in vorm, zei ze.'

'Maar dat viel dus reuze mee?'

'Ja, dat kun je wel zeggen.'

'Nou ja...' Flappy legde haar hand op de zijne. 'Ook al golfen we niet, we hebben het toch goed samen, hè lieverd?'

'Nou en of.' Hij keek haar glimlachend aan. 'Mij maakt het niet uit of je nou wel of niet meegaat naar de baan.'

'Ach, wat ben je toch een lieverd!' Bij de gedachte aan haar afspraak met Charles, om vijf uur in de cottage, voelde ze zich wel een ietsepietsje schuldig. Daarom deed ze haar best om extra lief te zijn tegen Kenneth. Dat hielp althans een beetje.

‘Wat ga jij vanmiddag doen?’ Hij legde zijn servet op de tafel. De lunch zat erop.

‘Gerald komt om drie uur met de boeddha. En ik ga om vijf uur mediteren. Je weet toch wat ik heb gezegd, hè?’

‘Ja, maak je geen zorgen. Ik zal je niet storen. Je bent altijd zo druk in de weer voor anderen. Het is goed dat je een uurtje voor jezelf neemt.’

‘Misschien wel iets meer dan een uur.’

‘Wat jij wil. Neem zo veel tijd als je nodig hebt.’

‘En vanavond komt de leesclub.’ Ze bedacht ineens dat ze het boek dat ze hadden gekozen, nog niet eens had ingekeken. Nou ja, geen nood. Ze zou Persephone vragen een korte synopsis te schrijven, compleet met een paar intelligente opmerkingen over de personages en de plot.

Om drie uur kwam Gerald met de boeddha, verpakt in een kartonnen doos. Vanwege de omvang en de zwaarte vroeg Flappy een van de tuinmannen om het beeld in de kruiwagen naar de cottage te brengen. ‘Ik vind het zo spannend!’ jubelde ze terwijl ze samen met Gerald achter de kruiwagen aan liep. ‘En ik ben zo benieuwd hoe hij eruitziet. Hij is vast prachtig.’

‘Ja, dat is-ie,’ zei Gerald. ‘Ik ben er erg blij mee. En ik weet zeker dat jij dat ook bent.’

‘Een mens moet iets hebben om op te focussen tijdens het mediteren.’ Flappy plukte een takje lavendel en wreef het tussen haar vingers. ‘Ach, wat ruikt dat toch verrukkelijk.’ Ze snoof krachtig de geur op. ‘We moeten zorgen dat het in de meditatieruimte ook lekker ruikt, Gerald. Ik heb een erg gevoelige neus, dat weet je.’

‘Ja, dat weet ik. Dus daar heb ik al aan gedacht.’ Gerald was duidelijk met zichzelf ingenomen. ‘Ik heb wierook bij me. Uit Nepal. Wierook zoals ze die daar in de boeddhistische tempels gebruiken. Het moet allemaal zo authentiek mogelijk zijn, vind ik.’

‘Ach, wat ken je me toch goed.’ Ze schoof met een tevreden zucht haar arm door de zijne.

Eenmaal in de cottage pakte Gerald een mes uit de keuken om de doos open te maken. Toen begroef hij zijn armen in het piepschuim en tilde er een boeddha uit, gemaakt van jade. Flappy hield haar adem in. Het beeld was precies zoals ze het zich had voorgesteld. ‘Gerald, lieve schat! Waar heb je die op de kop getikt? Hij is prachtig!’ Ze keek toe terwijl hij de boeddha voorzichtig op de tafel zette.

‘Hij komt helemaal uit Vietnam, deze jongen.’

‘Uit Vietnam!’ Ze streek over de welving van zijn buik, over de plooien van zijn gewaad. ‘Hij is beeldschoon. Om te zoenen. Wat een vondst! En wat knap van je. Van Vietnam naar een cottage in Devon! Wie had dat kunnen denken?’

‘Ik wil hier een altaar maken.’ Gerald liep naar de andere kant van de kamer. ‘Het wordt allemaal erg smaakvol. Ik heb behalve wierook ook kaarsen bij me. En dan stel ik me voor dat we de boeddha in het midden zetten, met varens eromheen. Een heleboel varens. Ter inspiratie heb je groene planten nodig. En voor de muren heb ik ook groen in gedachten. Heel zachtgroen. Dat is een rustgevende kleur.’

‘Het klinkt verrukkelijk!’ Flappy klapte van blijdschap in haar handen. ‘Het wordt perfect. Echt volmaakt.’ Toen keerde ze zich met een brede glimlach naar Gerald. ‘Wat heb ik het toch met je getroffen!’

10

Flappy zuchtte innig tevreden. Ze lag in de armen van Charles, in het grote bed onder de balken. 'Lieve Beastie' – dat was het koosnaampje dat ze hem had gegeven – 'je bent een geweldige minnaar! Bij jou voel ik me weer jong. Nog bijna een tiener!'

'Je bént ook nog een tiener, Beauty. Leeftijd is ook maar een getal en je ziet er nog zó jong uit! Als je me niet had verteld hoe oud je bent, had ik je minstens twintig jaar jonger geschat. Wat is je geheim?'

Ze herhaalde lachend het grapje dat ze al zo vaak had gebruikt, waarin ze verwees naar *Het portret van Dorian Gray*. 'Ik heb op zolder een portret staan dat ondertussen wél oud en lelijk wordt.'

'Daar geloof ik niks van. Natuurlijk word je ouder. Dat worden we allemaal. Maar lelijk? Nee, jij wordt nooit lelijk.'

Flappy was geneigd hem te geloven, ook al bleef ouder worden afschuwelijk. 'Ik ben zo blij met onze *cinq à sept*. Het voelt alsof ik in het achttiende-eeuwse Parijs woon. Iedereen zou een minnaar moeten hebben. Dat is goed voor je humeur. En met een goed humeur word je vanzelf aardiger. Ik ben tegenwoordig veel aardiger tegen Kenneth. Trouwens, tegen iedereen. En dat komt omdat ik zo gelukkig ben. Vandaag, bij de bijeenkomst van de commissie gemeentezaken, dwaalden mijn gedachten tot twee keer toe af. Dus ik moest een smoes verzinnen. Ik kon moeilijk zeggen dat ik aan mijn minnaar dacht, aan alle verrukkelijke dingen die jij om vijf uur met me ging doen.' Ze lachte hees.

Charles rolde voldaan grommend op zijn zij. 'Ik heb erg veel zin om al die verrukkelijk stoute dingen opnieuw met je te doen.' Hij pakte haar polsen en drukte haar handen boven haar hoofd op de matras. 'Wat denk je, Beauty? Ben je klaar voor een tweede ronde?'

Tegen de tijd dat Mabel, Esther, Madge en Sally arriveerden voor de bijeenkomst van de leesclub, had Flappy al twee glazen prosecco gedronken terwijl ze in bad meezong met Cliff Richard. Inmiddels zat ze met haar derde glas op de bank in de salon, gekleed in een parelgrijze kasjmieren trui met daaronder een lange, geplooide rok. Ze oogde losjes, nonchalant, meer ontspannen dan gewoonlijk. En dat kwam niet alleen door haar kleding. Anders dan anders droeg ze geen sieraden en was haar blonde bob bij lange na niet zo zorgvuldig gekapt als haar vriendinnen dat van haar gewend waren. Het bezorgde hun een ongemakkelijk gevoel. Er was iets gaande, maar wat? Zou het echt door de meditatie komen dat Flappy zo anders leek?

'Neem een glas wijn,' instrueerde die vanaf de bank. 'Er is prosecco *molto freddo e delizioso*, en een fles *vino bianco*, mocht iemand dat lekkerder vinden. Ik wil dat jullie het naar je zin hebben. Dat jullie gelukkig zijn. *Tutte molto felici*!'

Verbijsterd, niet goed wetend wat ze moesten zeggen schonken de vriendinnen zichzelf een glas wijn in. 'Gerald is vanmiddag langs geweest,' vertelde Flappy ondertussen, haar kristallen flûte was alweer halfleeg. 'Met de boeddha. De mooiste die ik ooit heb gezien. Gemaakt van jade. Een meditatieplek is toch een soort gewijde ruimte, en daar moet alles kloppen. Anders kun je het net zo goed laten. Gerald weet dat. Hij kent me zo goed. Ik mag echt mijn handjes dichtknijpen met iemand als hij.'

Sally en Madge gingen met hun drankje op de bank zitten, Esther en Mabel namen een fauteuil. Net toen iedereen zat kreeg Flappy een idee. Ze schoot overeind. 'Kom!' zei ze voortvarend. 'Ik wil dat jullie de boeddha zien. Anders kun je je niet voorstellen hoe perfect hij is.'

Haar vriendinnen stonden weer op. 'Neem je drankje maar mee,' zei Flappy uitnodigend terwijl ze naar het blad met de flessen liep om zichzelf nog eens bij te schenken. 'We doen niet aan halfjes. Dat ziet er zo ongezellig uit.' Giechelend vulde ze haar glas tot de rand.

'Is alles goed met je?' vroeg Mabel, plotseling ongerust dat Flappy op het punt stond een zenuwinzinking te krijgen.

Want dat hoorde je wel eens. Dat mensen vlak daarvoor heel merkwaardig deden.

'Ik heb me nog nooit zo goed gevoeld, lieverd. Echt nog nooit. Ik ben *molto felice. Molto, molto felice.*' Flappy marcheerde door de openslaande deuren de tuin in. 'Kom!' Ze wenkte haar vriendinnen. 'Straks is het te donker. En we willen niet in de rozenstruiken terechtkomen.'

Door de schitterende, perfect onderhouden tuinen van Darnley liep het groepje naar de cottage. De zon ging onder en kleurde de hemel heel licht oranjeroze, in de takken van de paardenkastanjes zochten vogels druk kwetterend een plekje voor de nacht. Dauw bedekte het gras, de schaduwen lengden en het begon al aardig fris te worden. De laatste dagen van de zomer maakten plaats voor de herfst, die zich geleidelijk aan steeds sterker liet voelen.

Flappy liep veerkrachtig, bijna huppelend voor haar vriendinnen uit. Af en toe bleef ze staan om aan een bloem te ruiken en er iets over te vertellen. Haar vriendinnen hadden soms moeite haar bij te houden en wisselden onderling nerveuze blikken. Flappy gedroeg zich erg vreemd. Verkeerde ze in een staat van gelukzaligheid? Was dit wat Boeddha had bedoeld met de verlichting waarnaar de mens moest streven? Had Flappy het nirwana bereikt? En kon dat eigenlijk wel, na amper een week mediteren?

Bij de cottage gekomen stak ze de sleutel in het slot en zwaaide de deur open. Binnen rook het nog naar de wierook die ze had aangestoken toen ze Charles die middag de boeddha liet zien. Het aroma vulde de cottage met de geur van een Nepalese tempel. Ze ademde diep in. 'Is het niet hemels? Alsof je wordt opgetild, vinden jullie ook niet? Je wordt er helemaal licht van in je hoofd.'

Sally keek om zich heen. Ze had de cottage nooit vanbinnen gezien. Het was de perfecte plek om te schrijven, verscholen tussen de bomen, helemaal aan het eind van de tuin. 'Wat is het hier verrukkelijk,' zei ze jaloers. 'Zo heerlijk stil en rustig.'

Flappy trippelde naar de boeddha. Gerald had het beeld tegen de muur gezet, met daarvoor de waxinelichtjes en wierookstokjes. 'Hij komt helemaal uit Vietnam,' vertelde Flappy, en ze streelde de boeddha liefkozend.

'Maar wat doe je nou precies?' Esther probeerde zich Flappy voor te stellen in kleermakerszit op de grond, terwijl ze met haar ogen dicht diep inademde en *A-oemmmm* zei.

'Ik zit hier.' Ook Flappy probeerde het zich voor te stellen, want vanwege Charles was ze nog niet aan mediteren toegekomen. 'Met mijn handen zo...' Ze legde de top van haar duimen en haar wijsvingers tegen elkaar. 'En ik concentreer me op mijn ademhaling. In door de neus, uit door de mond. En bij elke uitademing ga ik dieper, verder, steeds dieper, steeds verder weg. Uiteindelijk ben ik niets meer, het ego voorbij, en heb ik alle zorgen, alle trivialiteiten van het leven achter me gelaten. Ik ben een met de Bron.'

'De Bron?' herhaalde Esther sceptisch. Het was in haar ogen allemaal wat te veel new age.

'De Bron is wat je ook God zou kunnen noemen.' Madge nam een grote slok prosecco. 'Het Licht. Datgene waar we allemaal uit zijn voortgekomen.'

'En waar we allemaal weer naar teruggaan,' vulde Flappy aan met een gelukzalige glimlach die suggereerde dat zij in dat opzicht al een ietsepietsje verder was dan haar vriendinnen.

'Kan iedereen het?' vroeg Mabel. Want als Flappy door te mediteren zo volmaakt ontspannen, zo stralend gelukkig werd, dan wilde zij dat ook.

'Natuurlijk kan iedereen het,' antwoordde die. 'Het is gewoon een kwestie van beginnen. Hoe meer je het doet, hoe beter je erin wordt.'

'Misschien kunnen we wel een clubje beginnen,' stelde Mabel voor. Een meditatieclub. We hebben tenslotte ook al een leesclub. Dan kan jij ons leren hoe we het moeten doen.'

Dat laatste zei ze tegen Flappy, maar die reageerde niet zo enthousiast als Mabel had verwacht. 'Nou, eh...' begon ze weifelend.

'Wat een briljant idee!' zei Madge. 'Ik ben ooit op retraite in India geweest. Met yoga en meditatie. Het was geweldig. Echt geweldig.'

'Ik weet niet of mediteren wel iets voor mij is,' merkte Esther op. 'Ik geloof niet dat ik erg lang stil kan zitten. Zonder iets te doen.'

'Daar gaat het nu juist om,' zei Mabel vol vuur. 'Je hebt toch gehoord wat Flappy zei? Je doet niet niks. Je bent op reis. Op zoek naar je diepste zelf.'

'Ik weet niet of ik wel een diepste zelf heb.' Esther was niet overtuigd.

'Dat heeft iedereen,' zei Madge. 'En dat is het geheim van verlicht raken. Het vinden van je diepste zelf.'

‘Ik wou dat ik hier kon werken.’ Sally klonk verlangend. ‘Het is een ideale plek om te schrijven, om je creativiteit alle ruimte te geven.’

‘Misschien levert mediteren je nog meer inspiratie op,’ opperde Mabel. ‘Wat denk je, Flappy? Kunnen we ons aansluiten bij je meditatieclub?’

Flappy wist niet beter of ze hád helemaal geen meditatieclub. Omdat ze niet helemaal stevig meer op haar benen stond zocht ze houvast bij de boeddha. ‘Voorlopig is Gerald hier nog aan het werk. Daarna zullen we wel zien.’

De volgende morgen werd Flappy wakker met knallende koppijn. Kreunend legde ze een hand op haar voorhoofd. Ze kon zich de laatste keer niet heugen – en dat wilde wat zeggen, want ze had een uitstekend geheugen – dat ze een kater had gehad. Katers, dat was iets voor mensen die zich niet konden beheersen. Mensen die geen gevoel voor decorum bezaten. En daar hoorde Flappy niet bij. Tenminste, dat had ze altijd gedacht. Ze keek naar de wekker op het nachtkastje, knipperde verbaasd met haar ogen en keek opnieuw. Kwart over negen. Dat kon niet kloppen. Ze had sinds haar tienertijd niet meer zo lang geslapen. Uitslapen, dat was iets voor mensen zoals Kenneth. Mensen die snurkten, die een dikke buik hadden, mensen die al hun tijd op de golfbaan doorbrachten. Lenige, slanke mensen die aan yoga deden, zoals Flappy, sliepen niet uit.

Ze ging langzaam, heel langzaam rechtop zitten, toen zwaaide ze voorzichtig haar benen over de rand van het bed. Persephone was er al, en Kenneth zou onderhand ook wel naar beneden gaan. Ze zou moeten doen alsof ze al sinds vijf uur op was, maar hoe? Haar anders zo bezige, scherpe geest voelde traag, leeg, en ze kon niets bedenken. Met een gevoel alsof haar benen van lood waren slofte ze naar de badkamer. De geur van tandpasta verried dat Kenneth al op was. Eerder dan zij! Dat was in hun hele huwelijk nog nooit gebeurd. Daar had ze wel voor gezorgd. Een man hoorde zijn vrouw niet te zien wanneer ze net wakker was, met slaapzand in haar ogen en een slechte adem. Nee, als íémand altijd verzorgd en heerlijk geurend aan de ontbijttafel verscheen, dan was het Flappy.

Toen ze in de spiegel boven de wastafel keek hijgde ze van afschuw. De vrouw in de spiegel hijgde ook en sloeg net als zij een hand voor haar mond. In haar ogen stond paniek te lezen. Flappy deed ze dicht en weer open, maar de vrouw was er nog steeds. Ze riep zichzelf tot de orde. Haar vastberadenheid moest van heel ver komen, maar uiteindelijk vermande ze zich en begon ze geconcentreerd de schade te herstellen die een avond zwaar drinken had aangericht. Ze waste zich en poetste haar tanden, toen ging ze achter haar kaptafel zitten voor het serieuze werk. Dit was niet het moment om grappen te maken over het portret op zolder. Want het portret was van de zolder naar beneden gekomen! Het keek haar aan vanuit de spiegel.

Tegen de tijd dat ze naar beneden ging was het al tien uur. Ze had een gemakkelijke broek aangetrokken met daarop een blauwe blouse met een open kraag. Om haar hals, in haar oren en om haar polsen glinsterde goud. Ze had veel zorg besteed aan haar blonde bob, en ook al had ze niet zo'n stralende teint als anders, haar huid was tenminste niet vlekkerig. Aan haar ogen had ze weinig kunnen doen. Zelfs een dikke laag mascara kon niet verhullen dat ze bloeddoorlopen waren. Dus ze had zich genoodzaakt gezien een enorme zonnebril op te zetten. Ontkennen dat ze te veel had gedronken was zinloos. Dus dan kon ze er maar beter rond voor uitkomen.

Persephone zat achter haar bureau in de bibliotheek. Ze keek op van haar werk en ging staan toen Flappy binnenkwam. 'Goedemorgen, Mrs. Scott-Booth.' Het zou onbeleefd zijn te vragen hoe haar werkgeefster zich voelde.

'Goedemorgen, Persephone. Ik heb een ietsepietsje te veel gedronken, gisteravond met de meisjes. En daar betaal ik nu de prijs voor.'

'Het is u niet aan te zien,' zei Persephone diplomatiek.

Flappy glimlachte mat. 'Het is lief dat je dat zegt, kindje, maar ik ben bang dat ik ook binnen een zonnebril zal moeten dragen. Dat doe ik anders nooit. Het is zó niet chic. Tweederangsberoemdheden, die lopen voortdurend met een zonnebril op. Ook als het niet hoeft. En filmsterren met te veel of juist te weinig eigendunk. Maar helaas, het kan even niet anders. Ik heb ogen als een bloedhond.'

'Wilt u dat ik oogdruppels voor u ga halen? Ik ken een middeltje dat echt helpt tegen katerogen.'

'Echt waar?' vroeg Flappy hoopvol.

'Ja, werkt probaat. Ik kan nu meteen wel even gaan?'

'O, dat zou geweldig zijn. Dank je wel!'

'Mrs. Harvey-Smith belde. Of u zin had om vanavond te komen bridgen. Ze had een paar uitstekende spelers uitgenodigd, zei ze. En ze zou het erg fijn vinden als u haar partner wilde zijn. Omdat u zo veel beter speelt dan de rest.'

Flappy's moreel begon weer te stijgen. 'Zei ze dat? Wat aardig van haar. Nou ja, ik heb vorige week inderdaad niet slecht gespeeld. Bel haar maar terug, alsjeblieft. Ik kom graag. Maar pas eind van de middag. Ik heb eerst een vergadering. Zeg dat maar.'

Persephone keek verbaasd in de agenda. 'Eh... welke vergadering zou dat moeten zijn, Mrs. Scott-Booth?'

'Rustig maar, kindje. Ik héb helemaal geen vergadering. Maar je moet altijd doen alsof je het druk hebt. Ook – en vooral – als dat niet zo is. Knoop dat maar in je oren. Des te voller je agenda, des te gewilder je bent.'

'Aha. Ik zal het onthouden.'

'Zo, en nu moet ik even iets eten. Ik ben een beetje misselijk. Laten we hopen dat ik me tegen de avond weer wat beter voel. Ik wil Hedda niet teleurstellen.' Ze liep de bibliotheek uit.

In de keuken was Kenneth verdiept in *The Times*. De *Daily Mail* lag op het kookeiland. 'Goedemorgen, lieverd. Alles goed? Ik dacht al dat je dood was. Maar je ademde nog. Dus ik ging ervan uit dat je een zware avond had gehad en ik heb je maar laten slapen.'

'Hoe laat was je thuis? En waar was je ook alweer naartoe?'

'Naar dat diner op de golfclub. Jij wilde niet mee, weet je nog?'

Flappy legde een hand op haar voorhoofd. 'O.' Ze kon zich er niets van herinneren.

Kenneth grinnikte. 'Je was volledig van de wereld toen ik thuiskwam.'

'Echt waar?'

'Ja. Je lag al op bed, met je kleren nog aan.'

Flappy's mond viel open. 'Met mijn kleren nog aan?' Ze liet zich op een stoel zakken.

'Ja, dus ik heb je maar in je pyjama gehesen en je in bed gestopt.'

Flappy was geschokt. Wat afschuwelijk gênant allemaal! De vlammen sloegen haar uit. 'Je hebt me in bed gestopt?' vroeg ze met een hand op haar keel.

Hij keek haar geamuseerd aan. 'Lieverd, ik ben je man. Wie had het anders moeten doen?'

Ze ademde diep in. 'Ik weet gewoon niet wat ik moet zeggen.' En dat was heel uitzonderlijk. Want als íémand altijd onder alle omstandigheden de juiste woorden wist te vinden, dan was het Flappy.

'Er valt niets te zeggen. Je had het blijkbaar erg laat gemaakt met de meisjes. Ik hoop dat jullie het gezellig hebben gehad. Eerlijk gezegd ben ik blij dat je 'm eens een keertje flink hebt geraakt. Even alle remmen los. Dat heb je af en toe nodig. Je hebt het altijd zo druk.'

'Tja, ik geloof wel dat ik gisteravond alle remmen los heb gegooid.'

'Dat kan je wel zeggen.' Hij schoot in de lach. Het klonk bevrijdend, alsof hij zich al die tijd had ingehouden. 'Je noemde me Beastie.'

Flappy verschoot van kleur. 'Beastie?'

'Ja, Beastie.'

'Lieve hemel.' Flappy dacht dat ze flauw zou vallen.

'Ik kan me niet herinneren dat je me ooit zo hebt genoemd, maar van mij mag je,' zei Kenneth voldaan. 'Het past wel bij me, vind je ook niet?'

Flappy probeerde te glimlachen. 'Wat een mens al niet zegt in zijn slaap...'

'En trouwens, de *Daily Mail* zat bij *The Times*. Dat moet een vergissing zijn. Hij is ook niet voor Persephone. Ik heb het haar gevraagd. Maar die leest dat snertblad niet. Daar is ze veel te intellectueel voor. Precies wat ik dacht.'

'Ik zal het tegen de bezorger zeggen.'

'En doe het rustig aan vandaag.'

'Dat zal ik doen.'

Hij schonk haar een brede grijns terwijl hij van tafel opstond. 'Beastie gaat naar de golfbaan.'

Persephone vertrok om oogdruppels te kopen. Het was een verrukkelijke vroege-herfstdag. De wind voelde wat fris, maar de zon scheen stralend op de braamstruiken langs de bochtige lanen naar het dorp. Voor Café Délice was een plaatsje om de auto te parkeren. Toen Persephone uitstapte kwam Mabel Hitchens het café uit rennen. 'Persephone!' Ze keek naar weerskanten de straat uit. 'Kan ik je even spreken?'

'Natuurlijk.' Persephone was verbaasd te zien hoe nerveus ze oogde. 'Ik moet alleen een boodschap doen voor Mrs. Scott-Booth.'

'Dat kan vast wel even wachten. Kom. Dan krijg je een kop koffie van me.' Het scheelde niet veel of ze sleurde Persephone mee naar binnen.

Esther, Madge en Sally zaten aan een hoektafeltje. Toen ze Persephone zagen aankomen trokken ze glimlachend een stoel bij.

'Wat wil je drinken?' vroeg Mabel.

'Een caffè latte graag.'

Mabel liep naar de toonbank om te bestellen. Een caffè latte en nog een rondje koffie voor haar en haar vriendinnen.

'Wat een verrukkelijke dag,' zei Sally terwijl ze wachtten tot Mabel terugkwam.

'Ja, het is inderdaad heerlijk weer,' viel Persephone haar bij.

'Ik vind de lente en de herfst de fijnste seizoenen,' verklaarde Madge.

'Ik ook.' Esther was het met haar eens. 'Januari en februari zijn een straf. Vooral als je elke dag buiten bent met de paarden. Maar ja, het moet nu eenmaal gebeuren.'

Mabel kwam terug en schoof aan. 'Persephone,' begon ze gewichtig, 'we moeten het over Flappy hebben.'

'O.' Persephone voelde zich op slag slecht op haar gemak. En niet loyaal.

'Flappy is zichzelf niet,' zei Esther. 'Ze gedraagt zich vreemd, ze doet rare dingen... Zoals gisteravond. Toen was ze dronken! Dat is allemaal niets voor haar.'

'Ja, ze zei vanochtend inderdaad dat ze wat te diep in het glaasje had gekeken,' moest Persephone toegeven.

'Jij ziet haar elke dag. Dus we dachten dat jij misschien wist wat er aan de hand is,' zei Sally.

Persephone haalde haar schouders op. Ze wilde niet uit de school klappen, maar dit waren Flappy's beste vriendinnen. Misschien was het terecht dat ze zich zorgen maakten. Want ze hadden gelijk. Flappy deed inderdaad vreemd.

'Ik werk nog maar net voor Mrs. Scott-Booth,' begon ze aarzelend. 'Dus ik weet niet zo goed wat normaal is en wat niet. Maar ik kan u wel vertellen dat ze tegenwoordig elke middag om vijf uur mediteert.'

'Ja, maar doet ze dat alleen?' vroeg Mabel.

'Ik ben op zoek naar een goeroe. Maar die heb ik nog niet gevonden. Goeroes zijn niet dik gezaaid in Badley Compton.'

'Je moet er een uit India hebben,' verklaarde Madge met grote stelligheid. 'Flappy wil altijd alles zo authentiek mogelijk.'

'Hoe lang mediteert ze?' vroeg Sally.

'Dat weet ik niet precies. Ik ga om zes uur naar huis, en dan is ze nog niet terug. Dus ik denk anderhalf uur. Misschien twee.'

De vriendinnen keken elkaar peinzend aan terwijl Big Mary hun bestelling op tafel zette.

'Is alles in orde tussen Kenneth en haar?' vroeg Madge toen Big Mary weer weg was.

'Ik geloof het wel,' antwoordde Persephone. 'Mr. Scott-Booth gaat elke ochtend golfen, maar hij komt tussen de middag naar huis. Ze ontbijten samen, ze lunchen samen, en zo te zien zijn ze heel gelukkig.'

'Dus ze heeft geen verhouding?' vroeg Esther grinnikend.

'Esther!' zei Mabel misprijzend. 'Hoe durf je? Als er íémand in Badley Compton geen verhouding heeft, dan is het Flappy.' Ze keerde zich weer naar Persephone. 'Flappy is een vrouw van principes, van normen en waarden. Ze houdt er de hoogste morele maatstaven op na,' verklaarde ze ernstig.

'Ze is verstrooid,' zei Sally.

'En vaag,' vulde Madge aan.

'En idioot gelukkig,' voegde Esther eraan toe.

'Is ze dat anders dan niet?' vroeg Persephone.

'Niet op die manier. Dit is niet normaal,' antwoordde Esther.

'Pure gelukzaligheid. Dat is het.' Madge knikte nadenkend om duidelijk te maken dat zij, dankzij haar retraite in India, wist hoe een staat van pure gelukzaligheid eruitzag. 'En als dat door het mediteren komt, dan zit ze op een niveau waar de meeste gewone stervelingen alleen maar van kunnen dromen.'

Mabel zuchtte. 'Vroeger had ik haar bijna elke dag aan de telefoon, maar ze belt de laatste tijd nooit meer.'

'Ze gaat vrij veel om met Mrs. Harvey-Smith,' vertelde Persephone. 'Dat is ook een soort vriendin van haar geworden.'

'Flappy zou haar oude vriendinnen nooit laten vallen omdat ze iemand anders belangrijker vindt. Zo is Flappy niet.' Terwijl ze het zei begon Mabel heimelijk te twijfelen. Misschien was Flappy in dat opzicht ook veranderd. Misschien hoorde dat ook bij de nieuwe Flappy die zich zo merkwaardig gedroeg.

Toen Persephone haar koffie ophad liet ze het groepje in het café achter. Buiten scheen nog altijd de zon. Ze zette koers naar de drogist, en ondertussen dacht ze na over Flappy's vriendinnen, die haar blijkbaar zo slecht kenden. Wat Flappy zei en wat ze deed, dat waren twee verschillende dingen. Maar haar vriendinnen waren zo diep van haar onder de indruk dat ze dat niet in de gaten hadden. En dat was precies wat Flappy wilde. Persephone dacht vrij zeker te weten wat er met Flappy aan de hand was, maar ze peinsde er niet over om dat hardop te zeggen. Ze zou haar mond houden en afwachten hoe een en ander zich ontwikkelde. Mediteren, het mocht wat. Dachten Flappy's vriendinnen nou werkelijk dat ze daardoor zo was veranderd?

'Het moet door het mediteren komen,' zei Mabel ondertussen op besliste toon. 'Maar hoe doet ze dat? Helemaal op eigen kracht? Zonder goeroe?'

'Daar moeten we achter zien te komen,' verklaarde Madge.

'Laten we haar bespioneren,' stelde Sally voor, huiverend van opwinding.

De andere drie keken haar vol afschuw aan. Maar die afschuw maakte geleidelijk aan plaats voor een soort ondeugende opwinding. Met een licht schuldgevoel keken ze elkaar aan. 'Maar stel je voor dat ze ons betrapt,' fluisterde Madge nerveus.

'Dat gebeurt niet,' verklaarde Sally kordaat. 'We zijn heel voorzichtig. We zetten de auto op het landweggetje achter de cottage. Dan sluipen we er door het bos naartoe, en we kijken stiekem door het raam naar binnen. Als ze zit te mediteren heeft ze haar ogen dicht.'

'Precies!' zei Esther.

'Nou, goed dan,' zwichtte Madge.

'En zelfs al zou ze ons zien, dan zeggen we dat we ons zorgen maken,' zei Mabel.

'En dat is ook zo,' viel Sally haar bij.

'We willen gewoon de oude Flappy terug,' zei Mabel. De anderen knikten instemmend. Want dat wilden ze allemáál.

11

Flappy voelde zich echt niet lekker, dus ze liep de tuin in en installeerde zich op een van de ligstoelen. Toen Persephone terugkwam met de oogdruppels trof ze haar slapend aan, met *The Spectator* opengeslagen op haar borst. Bezorgd dat ze zou verbranden verplaatste Persephone de parasol zodanig dat Flappy niet met haar gezicht in de zon lag. Want ook in september kon de zon nog erg fel zijn en Persephone wist hoezeer haar werkgeefster haar rimpelloze huid koesterde. Zo kwam het dat Flappy niet knalrood zag tegen de tijd dat ze wakker werd. Ze had een lichte blos op haar wangen en voelde zich stukken beter. Het dutje had haar voelbaar goed gedaan.

'Ik heb uw vriendinnen nog gezien. Ze zaten bij Big Mary,' vertelde Persephone toen Flappy de bibliotheek binnenkwam.

‘Welke vriendinnen? Ik heb er zo veel.’

‘Mrs. Hitchens, Mrs. Hancock, Mrs. Tennant en Mrs. Armitage.’

‘Aha. Het vaste clubje. Ik wil wedden dat ze het over mij hadden.’ Flappy wapperde zichzelf koelte toe met het tijdschrift. ‘Wat is het nog warm, hè? En wat hebben we een heerlijke zomer gehad.’

‘Ze vroegen hoe het met u ging.’ Persephone koos haar woorden zorgvuldig.

‘Ja, dat begrijp ik. Ik was echt een beetje boven mijn theewater gisteravond. En dat is niets voor mij. Want dat ben ik nooit. Echt nooit.’ Ze glimlachte met een zweem van zelfingenomenheid. ‘Maar een mens moet af en toe even alle remmen losgooien, vind je ook niet? Het leven is zo saai als je altijd maar binnen de lijntjes kleurt. En met wie zou ik beter de remmen los kunnen gooien dan met mijn vriendinnen?’

‘Natuurlijk. Ik geef u groot gelijk.’ In de korte tijd dat ze nu voor haar werkte, had Persephone al geleerd dat ze het maar beter met haar werkgeefster eens kon zijn. Dat had ze van Kenneth afgekeken, die er een meester in was om alles wat zijn vrouw zei te beamen.

‘Ik ga vanavond bridgen bij Mrs. Harvey-Smith,’ hielp Flappy haar herinneren. ‘En om vijf uur is het tijd voor mijn dagelijkse meditatie. Denk erom dat ik niet gestoord word. Dat is erg belangrijk. Als je heel diep afdaalt in je onderbewuste, mag je niet uit je concentratie worden gehaald.’

‘Maakt u zich geen zorgen, Mrs. Scott-Booth. Iedereen hier weet dat u niet gestoord wil worden.’

'Precies. We mogen ons zó gelukkig prijzen met zulk voorkomend personeel.'

Flappy voelde zich weliswaar beter, maar nog altijd niet honderd procent. Eerder rond de zeventig. Eigen schuld, mopperde ze op zichzelf. Als ze haar yogaoefeningen had gedaan, zou ze zich sereen en in balans hebben gevoeld. En zelfs euforisch als ze had gezwommen en naakt voor de spiegel gedanst! In plaats daarvan was ze zich te buiten gegaan aan de wijn, met als gevolg dat ze nu een gevoel had alsof er een steen op haar maag drukte. Het was een gevoel dat door niets leek te kunnen worden weggenomen. Zelfs de gedachte aan Charles en alle verrukkelijke stoute dingen die hij met haar ging doen, kon haar niet opfleuren. Dus ze besloot de middag op bed door te brengen. Tot vijf uur, wanneer ze naar de cottage ging voor haar meditatie. En vervolgens zou ze om zeven uur in de auto stappen voor een avondje bridgen bij Hedda. Hoe jammer ze het ook vond om Charles af te zeggen, er was niets aan te doen. Beauty was niet op haar best vandaag, en Beastie verdiende niets minder dan het beste.

Terwijl Flappy in haar verduisterde kamer lag te slapen, was Persephone druk aan het werk voor de rommelmarkt-voor-het-goede-doel, de high tea tijdens het Oogstfestival, de verkleedoptocht voor kinderen met Halloween en voor alles wat er moest worden georganiseerd op Guy Fawkes Day. Daarbij kwam nog het beantwoorden van alle e-mails betreffende de commissie gemeentezaken en alle andere commissies, comités, clubs en groepen waarvan Flappy deel uitmaakte. Als haar PA beantwoordde ze de telefoon, ze maakte afspraken met de tuinmannen, met Karen en Tatiana, en ze nam eigenlijk alle dagelijkse besognes voor haar rekening die het bestieren van een landhuis als Darnley Manor met zich meebracht. Ondertussen droomde Flappy niet alleen van Charles, maar ook van haar optreden die avond aan de bridgetafel waarmee ze opnieuw diepe indruk zou gaan maken. Want het viel niet te ontkennen dat Flappy een uitzonderlijk goede speler was.

Toen ze wakker werd voelde ze zich weer bijna de oude. Levendig en sprankelend als altijd. Haar lever had zich hersteld, zoals van een gezonde lever als de hare mocht worden verwacht, en haar ogen waren niet langer bloeddoorlopen. De zonnebril kon de kast in, de bloedhond was verdwenen. Het enige wat ze nodig had was een ietsepietsje make-up, een mok kruidenthee en misschien een banaan en wat honing.

Even later liep ze met veerkrachtige tred en met in haar neus de geur van rozen, door de schitterend onderhouden tuinen naar de cottage. Inmiddels had ze er spijt van dat ze Charles had afgezegd, want ze voelde zich weer pico bello. Daar stond tegenover dat een uur mediteren haar misschien het laatste zetje zou geven naar haar gebruikelijke honderd procent, zodat ze bij het bridgen in topvorm zou zijn. Er kwamen tenslotte nog genoeg avonden met Charles. Voor haar geestesoog zag ze een reeks van hemelse rendez-vous die zich uitstrekte tot ver voorbij de horizon. Zou je je lichaam kunnen verslijten door het zo intensief te gebruiken, vroeg ze zich af terwijl ze de sleutel omdraaide in het slot.

Binnen stak ze de waxinelichtjes aan en de wierookstokjes in fraaie aardewerken houders die Gerald voor de boeddha had gezet. Haar telefoon sloot ze aan op de speaker. Persephone had newagemuziek voor haar opgezocht, met op de achtergrond het geluid van een kabbelend stroompje. Het klonk verrukkelijk sereen en kalmerend. Ten slotte – en dat voelde zó authentiek – strooide ze de bloemen die ze onderweg had geplukt aan de voeten van de boeddha, ze deed haar schoenen uit en ze installeerde zich in kleermakerszit op het oranje kussen dat Gerald speciaal voor dat doel had gekocht. Wat was hij toch altijd attent, peinsde ze terwijl ze de lotushouding aannam. Wanneer zou hij de muren laten schilderen? En welke stoffen zou hij haar voorleggen voor de gordijnen? Welke kleuren zou hij haar adviseren voor de jaloezieën? Misschien kon ze ook nieuwe vloerbedekking laten leggen. Daar had Gerald vast en zeker ook al aan gedacht, want hij dacht altijd aan alles. Met haar handen op haar knieen en met haar duimen en wijsvingers losjes tegen elkaar besefte ze hoe gelukkig ze zich mocht prijzen dat ze nog in staat was de lotushouding aan te nemen. De meeste vrouwen die ze kende, trouwens ook de meeste mannen, waren zo stijf als een plank. Maar dankzij haar yogaoefeningen was Flappy altijd soepel gebleven. Erg soepel. Zo soepel dat ze desnoods urenlang in deze houding zou kunnen blijven zitten. En ook al klopte ze zichzelf niet graag op de borst – dat deed ze nooit, echt nooit – het viel niet te ontkennen dat ze een buitengewoon jong, strak lichaam had voor haar leeftijd.

Terwijl Flappy haar ogen sloot en probeerde aan niets te denken – wat met haar bezige geest volstrekt onmogelijk was – stopte er een auto op het landweggetje dat achter de cottage langs liep. Het waren Mabel, Madge, Esther en

Sally. Zwijgend stapten ze uit, zonder uitzondering bloednerveus. Uiteindelijk verbrak Madge de stilte. 'Is het nou wel goed wat we doen?' Ze wenste vurig dat ze er nooit aan waren begonnen.

Mabel keerde zich naar haar toe. Bij afwezigheid van Flappy die de leiding naar zich toe trok, vertoonde ze een milde neiging tot despotisme. 'Wil je de oude Flappy terug?' vroeg ze streng.

'Ja,' antwoordde Madge uit de grond van haar hart. Al was het maar omdat de nieuwe Mabel haar bepaald niet aanstond.

'Kom mee dan.' Mabel keek op haar horloge. 'Het is kwart over vijf. Ze zou onderhand bezig moeten zijn.'

De andere twee volgden Mabel zonder protest, en uiteindelijk sloot ook Madge zich aan en sloegen ze het pad in dat zich tussen de bomen slingerde. In het warme gouden middaglicht liepen ze zo zachtjes mogelijk over de verende bosgrond, bespikkeld met zonnevlekken. 'Sst!' siste Mabel nijdig, met een vinger op haar lippen, toen Esther op een tak trapte. Die trok een verontschuldigend gezicht, maar zodra Mabel zich weer omdraaide, rolde ze met haar ogen naar Sally en Madge. Die wierpen haar een blik van verstandhouding toe.

Ten slotte kwamen ze bij de achterkant van de cottage. Mabel mocht zich dan als leidster hebben opgeworpen, ook háár hart bonsde van de zenuwen in haar keel. Ze legde een hand op haar borst, in de hoop het geluid te smoren. Gevieren drukten ze hun rug tegen de muur. Madge dacht dat ze moest overgeven. Ze zou het afschuwelijk vinden als Flappy hen betrapte. Sally was net zo zenuwachtig als de rest, maar ze nam het risico om betrapt te worden voor lief omdat ze het avontuur in een van haar boeken wilde gebruiken. Esther had zich voorgenomen om Mabel van alles de schuld te geven, mochten ze door Flappy worden ontdekt. Net als Sally en Madge wachtte ze haar opdrachten af. Maar Mabel aarzelde, omdat ook zij zich ineens afvroeg of het wel zo'n goed idee was wat ze gingen doen. Toen hief Esther haar hand. Nu ze zover gekomen waren, konden ze net zo goed doorzetten, vond ze. 'Kom mee!' zei ze dan ook, en zonder de reactie van de andere drie af te wachten schuifelde ze voorzichtig naar de hoek van de cottage.

Flappy's bezige geest gedroeg zich als een rebelse krekel. Hoe meer ze haar best deed om aan niets te denken, hoe meer haar gedachten alle kanten uit schoten. Ze probeerde zich op de muziek te concentreren en toen dat niet hielp, op haar ademhaling. Ten slotte probeerde ze zich haar gedachten voor te stellen als wolken die langs de hemel van haar bezige geest dreven. Maar de wolken veranderden in schapen en begonnen ergerlijk rond te dartelen, en het lukte Flappy niet een herdershond op te roepen om ze weer in het gareel te krijgen. Er zat maar één ding op. Ze zou het met 'A-oemmmmm' moeten proberen.

Net op het moment dat Esther door de linkerbenedenhoek van het raam naar binnen gluurde, begon Flappy vol overgave met 'A-oemmmmmm'. De trillingen die de klanken veroorzaakte in haar borstkas, waren erg plezierig. *Ja! Dit voelt goed!* Ze ademde opnieuw diep in. 'A-oemmmmm,' humde ze met een zoemen dat achter haar ribben begon en door haar neus naar buiten kwam. 'A-oemmmmm.'

Mabel, Madge en Sally voegden zich bij Esther. Gevieren keken ze met grote ogen naar Flappy. Daar zat ze! In lotushouding, omringd door wierook en kaarslicht, gelukzalig te hummen. De extatische uitdrukking op haar gezicht bevestigde wat Madge van meet af aan had geweten: Flappy had het nirwana bereikt. Het was haar gelukt haar bezige geest uit te schakelen en af te dalen tot in haar diepste kern, tot in het verborgen domein van het onderbewuste. Tot in haar ziel! Flappy had zich verenigd met de Bron.

De vriendinnen konden zich niet van de aanblik losrukken. Het was dan ook zo opwindend om er getuige van te zijn hoe iemand de staat van verlichting bereikte. Het viertal stond als aan de grond genageld. Heimelijk vroegen de vriendinnen zich af of zo'n intense ervaring ook binnen húń bereik lag, of dat die alleen was weggelegd voor hoogstaande, superieure schepselen zoals Flappy. Na wat een eeuwigheid leek, trok Mabel met een nadrukkelijke blik Esther aan haar mouw. Die knikte en gaf Sally een duwtje. Op haar beurt porde Sally hekkensluiter Madge in de zij, waarop ze geruisloos bij het raam vandaan schuifelden en via het pad door het bos terugkeerden naar de auto. Muggen dansten in het verblekende licht, het begon vochtig te worden en een kille herfstbries woei vanaf zee landinwaarts. Het duurde even voordat ze het zwijgen verbraken. Wat ze hadden gezien, had hen met stomheid geslagen. Bovendien waren ze ook een beetje teleurgesteld, want het leek er niet op dat ze de oude Flappy ooit nog terugkregen.

Om vijf voor zeven draaide de Range Rover de oprijlaan in van Compton Court, terwijl Flappy luidkeels meezong met Dolly Partons '9 to 5'. Nadat ze de motor had uitgezet keek ze in de spiegel, fatsoeneerde haar kapsel en kneep in haar wangen. Ze constateerde tevreden dat het mediteren een jeugdige gloed op haar huid had getoverd.

Johnson deed open. Ze wisselden beleefdheden uit, waarbij de butler weliswaar de gepaste afstand betrachtte, maar haar met zijn glimlach tegelijkertijd een welkom gevoel bezorgde als een gewaardeerde vriendin van zijn werkgeefster. Daarop ging hij haar voor naar de salon, want de avonden waren inmiddels te kil om buiten te zitten. Hedda stond op van het bankje voor de haard. 'Flappy!' begroette ze haar met een stralende glimlach. 'Leuk dat je er bent.'

'En wat leuk dat je me hebt uitgenodigd. Dank je wel,' zei Flappy hoffelijk. De twee vrouwen pakten elkaars handen en kusten elkaar op de wang.

'Wat ruik je weer verrukkelijk,' zei Hedda. 'De geur van nachthyacint hoort helemaal bij jou.'

'Het is een parfum van Jo Malone,' vertelde Flappy, trots op haar dure smaak.

'Ja, dat kon niet missen. Het is een geur die ik uit duizenden zou herkennen, de nachthyacint van Jo Malone.' Hedda keerde zich naar de twee andere vrouwen op de banken rond de haard. 'Mary ken je al. Maar Amanda Worthington nog niet, volgens mij.'

Flappy reageerde verrast. Tenslotte kende ze bijna iedereen in Badley Compton.

'Amanda woont in Appledore,' vervolgde Hedda.

Dat verklaarde alles. Want in Appledore kende Flappy bij lange na niet iedereen.

Terwijl ze haar de hand schudde gleed haar blik over Amanda's verschijning. Mager, om niet te zeggen vel over been, onverzorgd haar, een nietszeggend gezicht waarin zelfs de ogen geen enkele emotie verrieden. Amanda Worthington zag eruit als een droogboeket dat te lang in de zon had gestaan, waardoor alle kleuren waren verschoten tot een dof beige. Maar ze was erg voornaam, bleek toen ze haar mond opendeed. Niet dat ze tot de aristocratie behoorde, zoals Hedda en Lady Micklethwaite, maar wel tot de hoogste regionen van de klasse daaronder. Flappy had een scherp oog voor dat soort dingen. Amanda droeg geen make-up, en ook al waren haar oorbellen en de armbanden om haar smalle polsen hoogstwaarschijnlijk erfstukken, ze oogden zo onopvallend, met zo'n gebrek aan elan, dat ze beter in de la hadden kunnen blijven. Heel anders dan het soort sieraden dat Flappy zou dragen. Want als íémand zich met elan wist te kleden, inclusief de bijpassende sieraden, dan was zij het. Het was een gave die Amanda Worthington duidelijk niet bezat.

Flappy ging in een van de fauteuils zitten, en toen Johnson op gedempte toon vroeg wat ze wilde drinken, antwoordde ze net luid genoeg opdat Amanda het kon verstaan: 'Iets lichts, Johnson. Je kent me zo goed. Dus ik laat de keuze aan jou over.'

Johnson kende haar helemaal niet zo goed, maar hij knikte zonder een spier te vertrekken. 'Zoals u wilt, Mrs. Scott-Booth.' Een paar minuten later kwam hij terug met een glas vlierbloesemsap, versierd met een blaadje munt, op een zilveren blad.

'Verrukkelijk!' Flappy schonk hem een warme glimlach terwijl ze het kristallen glas van het blad pakte. 'Dank je wel, Johnson.'

Vervolgens knoopte ze hoffelijk een gesprekje aan met Amanda Worthington, maar dat viel niet mee. Amanda was beslist niet onsympathiek, maar zo saai! Flappy had er spijt van dat ze niet in de andere stoel was gaan zitten, dichter bij Hedda en Big Mary. Die schaterden het uit met de vertrouwelijkheid van familie onder elkaar, ook al hadden ze elkaar dat voorjaar pas leren kennen. Flappy bewonderde Hedda om de manier waarop ze de dochter van haar broer in haar leven had verwelkomd. Big Mary was maar heel gewoontjes. Met haar strakke leggings, haar platinablonde haar, om nog maar te zwijgen van haar zware plattelandsaccent, hoorde ze eigenlijk niet thuis op Compton Court, in de *cercle* van de nicht van een markies. Maar Hedda voelde zich niet beter dan anderen. Ze was gedecideerd, zelfverzekerd, onmiskenbaar 'oud geld', maar beslist geen snob. Als Flappy érgens een hekel aan had, dan was het aan snobs. Echt deftige mensen maakten zich niet schuldig aan snobisme. Dat was iets voor de nouveaux riches; 'nieuw geld' dat neerkeek op iedereen die het minder had. Dat zou Flappy nooit doen. Echt nooit. Een van haar grote voorbeelden was de hertogin van Devonshire, die altijd hoffelijk was, tegen iedereen. Flappy had diep ontzag voor haar, en hoewel ze niet graag pochte, zag ze grote overeenkomsten tussen zichzelf en de hertogin.

Al met al was het een opluchting toen Hedda aankondigde dat het tijd werd om de kaarten tevoorschijn te halen. 'Dan ga ik nog even snel naar de wc,' zei Flappy. Niet dat ze naar de wc moest, maar ze hoorde de stem van Charles. Hij stond met Johnson te praten. Dus hij was thuis! 'Ik ben zo terug.' Ze haastte zich de kamer uit en volgde het geluid van zijn stem. Via de hal en een gang kwam ze in een deel van het huis dat ze niet kende. Maar uiteindelijk vond ze hem. Hij stond met een schilderij in zijn handen. Een portret in een vergulde lijst.

'Flappy!' Zijn prachtige groene ogen begonnen te stralen.

'Je doet alsof je verrast bent.' Ze glimlachte flirterig.

'Nee, ik wist dat je er was. En ik ben blij dat je even weg kon komen.'

'Ik wilde je even dag zeggen.'

'Ik heb je gemist vandaag.' Hij dempte zijn stem.

'Ik jou ook.'

Hij zette het schilderij tegen de muur om zijn handen vrij te hebben. Toen legde hij zijn armen om haar middel. 'Je ruikt verrukkelijk, Beauty.' Hij kuste haar op de mond.

'Jij ook, Beastie.' Terwijl ze het zei, verscheen het rode gezicht van Kenneth voor haar geestesoog. Ze verdrong het beeld.

'Ik verlang naar je.' De hartstocht in zijn stem bezorgde Flappy vlinders in haar buik.

'We zullen tot morgen moeten wachten.'

'Dat kan ik niet.'

'Het zal toch moeten.' Flappy raakte plotseling in paniek, bang dat hij haar ter plekke zou nemen. Maar de grijns waarmee hij haar aankeek, deed haar verzet wegsmelten als sneeuw voor de zon.

'Ik vind wel een manier. Laat dat maar aan mij over.'

'Ik moet terug naar de salon. Ze zullen zich afvragen waar ik blijf.' Flappy maakte zich van hem los.

'Ik zie je straks.'

Flappy wierp hem een strenge blik toe, maar het hielp niet. Integendeel, het wakkerde zijn hartstocht alleen maar aan.

'Ik meen het,' zei hij vastberaden, met een ondeugende blik in zijn ogen. 'Dit is mijn huis. Ik bepaal wat hier gebeurt. Let maar eens op.'

Toen Flappy terugkwam in de salon zaten de andere vrouwen al aan tafel. 'Jij speelt met mij, Flappy,' zei Hedda. 'Dus ik hoop dat je in vorm bent.'

'O, dat ben ik!' verklaarde Flappy vurig. Ze moest alles op alles zetten om haar opwinding meester te blijven. Hoe dacht Charles het voor elkaar te krijgen dat ze elkaar die avond nog in het geheim konden zien? Hier in Compton Court, met Hedda, Big Mary en Amanda Worthington in de salon? Het was allemaal zo verrukkelijk spannend! Ze vermande zich en concentreerde zich op haar kaarten. Want ze wilde Hedda niet teleurstellen, en ze wilde vooral niet door het droogbloemenboeket worden weggespeeld. Maar zodra de kaarten op tafel kwamen, ontpopte Amanda zich tot een uiterst fanatieke speler. Het droogbloemenboeket kwam tot leven, beige veranderde in strijdbaar scharlakenrood, en de vrouw die in het gesprek zo saai had geleken, werd ineens boeiend, zelfs geestig – Flappy kon het niet ontkennen – terwijl ze met haar tegenstanders de vloer aanveegde.

Toen ze uitgespeeld waren, deed Flappy alsof ze het helemaal niet erg vond om te verliezen. Het was zó niet chic om je te laten kennen als je verloor. Dat beschouwde ze als ver beneden haar waardigheid. Dus ze bleef hoffelijk en charmant, ook al ging haar dat bepaald niet gemakkelijk af. Mrs. Ellis had voor een verrukkelijk licht souper gezorgd, en aan de keukentafel werd de partij bieding na bieding, slag na slag nabesproken.

Toen Flappy tegen het eind van de maaltijd aan een kop verse muntthee nipte, terwijl Hedda met Big Mary en Amanda een fles zoete dessertwijn soldaat maakte, kwam Charles binnenlopen. Hij had zijn turkooisblauwe kasjmieren trui nonchalant om zijn schouders geslagen. 'Goedenavond, meisjes,' zei hij opgewekt, en hij bukte zich om hen een voor een op de wang te kussen. Het kostte Flappy de grootste moeite om zich niet te verraden. Maar als het op acteren aankwam, wist ze zelfs Meryl Streep het nakijken te geven. Ze was een natuurtalent. Bij het zien van haar charmante glimlach zou niemand hebben vermoed wat Charles en zij allemaal deden wanneer ze samen in de cottage waren.

Hij informeerde naar hun avond, waarop Hedda vertelde dat Flappy en zij hadden verloren en dat Amanda Worthington werkelijk briljant had gespeeld. Sterker nog, dat ze nog nooit zo'n briljante tegenstander had ontmoet. Toen ze was uitgesproken hield Charles een schilderij omhoog.

'Liefste, ik weet niet goed waar ik dit zal hangen. Misschien kunnen jij en je vriendinnen me helpen.'

Hedda schudde grinnikend haar hoofd. 'Nee, gekkie. Daar heb ik geen verstand van.' Ze keek naar Flappy. 'Dat kun je beter aan haar vragen. Flappy is hier de enige met oog voor dat soort dingen. Zou jij hem willen helpen? Daar zou je me zo'n plezier mee doen.'

Er kwam een verlegen uitdrukking op Flappy's gezicht – een hele prestatie voor iemand die nooit last had van verlegenheid. 'Ach, eh... ik weet niet of ik daar wel de aangewezen persoon voor ben.'

'Dan wijs ik je bij dezen aan,' grapte Hedda.

'Kom op, Flappy,' zei Charles. 'Hedda heeft gelijk. Je zou voorzitter van de plaatselijke schoonheidscommissie kunnen zijn.'

Flappy zette haar theekop neer. Dat wás ze al, voorzitter van de schoonheidscommissie, zij het niet officieel. 'Nou, vooruit dan maar.'

'Je bent een schat!' Hedda vulde de glazen nog eens bij. 'Dank je wel.'

Flappy volgde Charles de keuken uit, verbaasd door zijn vindingrijkheid. 'Wat ben jij een boef!' zei ze vol verrukking.

'Een boef én een beest,' zei hij lachend. 'Je weet niet half hoe gevaarlijk ik ben!'

Terwijl hij haar voorging de fraaie gewelfde trap op, moest Flappy toegeven dat de trap van Compton Court statiger, imposanter was dan die van Darnley Manor. Maar die van Darnley Manor bezat meer charme, dacht ze voldaan. Ondertussen moest ze zich inspannen om Charles bij te houden.

'Kijk, ik overweeg om het schilderij hier op te hangen, in deze gang.' Hij draaide zich naar haar om en knipoogde.

'O, Beastie,' zei ze opgewonden. 'Wat ben jij ondeugend!'

Even later lag het schilderij op de grond en hield Charles haar in zijn armen op het reusachtige hemelbed in een van de logeerkamers. Terwijl hij bij haar binnendrong bedacht Flappy dat dit het opwindendste was wat ze ooit had gedaan. En het slechtste. Charles Harvey-Smith had seks met haar, terwijl zijn vrouw met haar nicht en haar vriendin beneden in de keuken in gelukzalige onwetendheid verkeerde. Het was zo ongelooflijk opwindend dat ze sneller dan anders hun hoogtepunt bereikten. Tot Flappy's enorme opluchting. Ze durfde zich nauwelijks voor te stellen wat er zou gebeuren als Hedda hen betrapte. Met een zucht van genot liet Charles zich van haar af rollen. 'Ik ben een beest!' verklaarde hij voldaan.

Flappy staarde naar de fraaie schilderingen op de baldakijn van het antieke hemelbed, waarvan de kleuren in de loop der eeuwen enigszins waren verbleekt. Waarom hadden ze op Darnley niet zo'n bed? 'Ik had niet gedacht dat het je zou lukken,' zei ze.

'Ik had het je toch gezegd?'

'Ja, dat is waar.'

'Het is míjn huis en je bent míjn maîtresse. Ik bepaal wanneer ik je neem en waar ik je neem.'

Flappy huiverde van opwinding. Ze was nog nooit iemands maîtresse geweest. Bovendien dacht ze bij 'maîtresse' aan een jonge vrouw, sexy, met rondingen op de juiste plaatsen. Dus ze voelde zich gevleid. 'En dan nog wel in je eigen huis. Ik had niet gedacht dat je dat zou durven.'

'Als ik jonger was, deed ik het weer.'

'Wat? Nu?'

'Ja natuurlijk! Als we twintigers waren, had ik nog energie gehad voor een tweede ronde.'

Ze hield haar adem in. 'Beastie, je bent onverzadigbaar!'

Charles keek omlaag en zag tot zijn verrassing dat hij opnieuw opgewonden raakte. 'Beauty!' riep hij uit. 'Zullen we nog een keer?'

12

Toen de dag naderde waarop Hedda en Charles hun feest zouden geven, richtte Flappy haar bezige geest op een triviale maar uiterst belangrijke kwestie. Wat moest ze aan? Behalve uiterst belangrijk was de vraag ook uiterst complex. Enerzijds had ze als de beste geklede vrouw van Badley Compton een reputatie hoog te houden. Want dat ze dat was zou niemand bestrijden. Het stond als een paal boven water, net als dat je voor de lekkerste taarten bij Big Mary moest zijn en voor de smeuïgste roddels bij Mabel Hitchens. Anderzijds was Flappy wel zo tactvol en gevoelig dat ze anderen niet in de schaduw wilde stellen, en haar gastvrouw, met wie ze in snel tempo een oprechte vriendschap aan het opbouwen was, al helemaal niet. Kort en goed kwam het erop neer dat ze er elegant en smaakvol wilde uitzien, zonder daarmee alle aandacht naar zich toe te trekken. Het ging erom dat ze ondanks haar onnavolgbare gevoel voor stijl en flair – Mabel deed haar best om haar te imiteren, maar kwam zelfs niet in de búúrt! – niemand zou afschrikken, dat ze benaderbaar bleef. Dat was de opdracht die ze zichzelf had gesteld. Een buitengewoon lastige opdracht.

'Persephone,' riep ze vanuit de hal. Het was inmiddels vijf dagen voor het feest. Haar PA kwam gehoorzaam, met een verwachtingsvolle uitdrukking op haar gezicht de bibliotheek uit. Flappy was al helemaal aan haar gewend. Persephone had een prettig gezicht, constateerde ze, met een heldere, intelligente blik. Omdat ze zelf ook intelligent was, wist Flappy een snelle, lenige geest te waarderen. 'Ik heb iets nieuws nodig voor Hedda's feestje. Wat er in de kast hangt is niet geschikt. Dus ik ga naar de stad en ik zou het fijn vinden als je met me meeging.' Met 'de stad' bedoelde ze deze keer niet Badley Compton, in de stellige overtuiging dat ze daar niet zou slagen. De stad was in dit geval Chestminster, drie kwartier rijden naar het noorden.

Samen met Persephone vertrok ze in de Range Rover. Uit de luidsprekers klonk klassieke muziek. 'Ik heb een gruwelijke hekel aan popmuziek,' zei ze.

Maar Persephone wist wel beter. Een paar dagen eerder had Flappy haar gevraagd te tanken, en toen ze de motor startte, had Céline Dion uit de cd-speler geklonken met 'Think Twice'. Door ervaring wijs geworden sprak ze haar werkgeefster echter niet tegen. 'Ik ook, Mrs. Scott-Booth. Klassieke muziek heeft zo veel meer diepgang, verfijning.

Ook al kunnen de meeste mensen dat tegenwoordig niet meer waarderen, helaas. Dat geldt vooral voor mijn generatie en de generaties daaronder. Die luisteren bij voorkeur naar Radio One. En dan keihard meezingen.'

'De ongeletterde massa.' Flappy zuchtte. 'Maar uiteindelijk komen ook die mensen wel tot inzicht,' voegde ze er grootmoedig aan toe. 'We maken allemaal onze eigen spirituele reis. Hoe lang we onderweg zijn of welke route we volgen, dat doet er niet toe. Op enig moment bereiken we allemaal onze bestemming.' Ze snoof, want zíj volgde de snelle route, dus ze zou haar spirituele bestemming aanzienlijk sneller bereiken dan al die anderen.

'Ja, daar hebt u gelijk in. Hoe bevalt het mediteren?'

'Geweldig. Echt geweldig! Soms ben ik zo ver weg dat ik wel eens denk dat ik niet meer terugkom.'

'Dat hoop ik niet.'

'Nee, want dat zou betekenen dat ik dood was.' Flappy schoot in de lach, want sinds haar geheime verhouding met Charles vond ze alles grappig.

Persephone moest ook lachen. 'Dat komt vast en zeker maar zelden voor.'

'Natuurlijk, dat is zo. Maar ik moet wel zorgen dat ik greep houd op de werkelijkheid,' zei Flappy ernstig. 'Hoe zeggen ze dat ook alweer? "Wie slechts oog heeft voor de hemel, is op aarde een nietsnut."'

'Precies,' viel Persephone haar bij. 'Trouwens, ik ben nog steeds op zoek naar een goeroe, maar dat valt niet mee. Ik heb inmiddels een paar namen, nu moet ik er nog achter zien te komen of ze authentiek zijn. Er lopen zo veel charlatans rond met onheuse bedoelingen.'

'Lieve hemel, daar moet je toch niet aan denken. Je bent zo kwetsbaar wanneer je heel diep in jezelf bent afgedaald.'

Ze hadden hun bestemming bereikt. Chestminster mocht behalve op een schitterende gotische kathedraal ook bogen op een chic warenhuis, in dit geval John Lewis, en een Starbucks. Flappy parkeerde net buiten het voetgangersgebied en zette doelbewust koers naar de modezaak die haar nooit teleurstelde: Chic Boutique. De eigenaresse, een kleine verzorgde vrouw van tegen de zestig, was die dag toevallig zelf in de zaak. Ze omhelsde Flappy als een dierbare vriendin die ze lang niet had gezien. 'Mrs. Scott-Booth! Wat een verrassing!' Ook Persephone begroette ze beleefd, maar het was duidelijk dat ze in haar geen potentiële klant zag met een welgevulde portemonnee.

'Wat fijn dat je er bent, Cheryl. Ik heb mijn PA meegebracht,' zei Flappy gewichtig. 'Persephone heeft kijk op dit soort dingen, dus ik stel haar mening zeer op prijs. Ik zoek iets voor een feestje.'

'En waar moet ik dan aan denken?' vroeg Cheryl. 'Wat is het voor feestje?'

'Een cocktailparty op Compton Court. Als afsluiting van de zomer.'

'Dus u zoekt iets voor ertussenin. Het wordt al vroeg donker, en zodra de zon weg is koelt het snel af. We gaan eens kijken.'

Ze ging Flappy voor naar een rek met japonnen. Ondertussen ging Persephones telefoon. Het was Gerald. Hij wilde die middag langskomen met zijn ontwerpen voor de cottage.

'Drie uur lijkt me een goede tijd,' zei Persephone.

'Doe maar liever vier uur,' riep Flappy, die met een half oor had meegeluisterd. Als Gerald in de cottage was wanneer Charles arriveerde, zou dat hun rendez-vous volkomen respectabel en onschuldig doen lijken. De aanval was de beste verdediging, dacht ze tevreden. Ze zou Charles een sms'je sturen om hem te waarschuwen.

Flappy koos vier japonnen uit het rek.

'Wilt u misschien een kopje koffie?' vroeg Cheryl terwijl ze ermee naar de paskamer liep.

'Heerlijk,' antwoordde Flappy. 'En Persephone wil vast en zeker ook wel koffie. Al was het maar om wakker te blijven. Ze moet altijd zo hard werken bij me.'

'Heel graag. Dank u wel.' Persephone ging op een roze bank zitten, en terwijl zij van haar koffie genoot kwam Flappy in de ene na de andere creatie de paskamer uit. Alles wat ze aantrok stond haar beeldig. Met haar prachtige figuur had Flappy zelfs op haar leeftijd nog mannequin kunnen zijn.

'O, dat blauw is echt uw kleur,' dweepte Cheryl toen Flappy in een indigoblauwe japon verscheen die haar ranke taille en de rondingen van haar heupen accentueerde.

'Ja, dat geloof ik ook.' Flappy bewonderde zichzelf in de spiegel.

'Alles staat u goed, Mrs. Scott-Booth,' zei Persephone naar waarheid. 'Bent u ooit model geweest?'

Flappy trok misprijzend haar neus op. 'Nee, gelukkig niet. Ik ben gezegend met een goed stel hersens. Modellenwerk, dat is iets voor oppervlakkige types die het van hun uiterlijk moeten hebben. Daar heb ik me nooit afhankelijk van willen maken. Schoonheid vergaat.' Ze legde een hand langs haar gezicht. 'Ik mag me zó gelukkig prijzen dat het bij mij nog niet zover is.' Ze sloot even theatraal haar ogen en omdat ze een hekel had aan opscheppen, vervolgde ze haastig: 'Maar dat gaat natuurlijk wel gebeuren. Uiteindelijk haalt de tijd ons allemaal in.'

Flappy was verrukt van wat ze in de spiegel zag. De blauwe jurk was perfect, elegant, maar ook sexy. Op een subtiele manier, zonder af te schrikken, maar Charles zou er beslist gevoelig voor zijn. Ze zou de jurk combineren met haar gouden sieraden en met een sjaal die ze al had en die er prachtig bij zou passen. De ideale outfit om haar positie als best geklede vrouw van Badley Compton te consolideren. Ze stond al op het punt om af te rekenen toen ze haar telefoon hoorde. Ze viste hem uit haar tas en zette haar leesbril op. Er was een sms'je binnengekomen, van Charles. 'Goedemorgen, B. Ik voel me vandaag opnieuw een boef! En ik kijk uit naar vijf uur. Zorg dat je klaar voor me bent.'

Ze kreeg het aangenaam warm van opwinding. Ze was nú al klaar voor hem. 'Liefste B. Voor jou altijd. Ik tel de uren!' Toen keerde ze zich naar Persephone. 'Laten we voor jou ook iets kopen,' zei ze plotseling uitgelaten en goedgeefs dankzij het verrukkelijke verlangen dat bezit van haar had genomen.

'Voor mij?' vroeg Persephone verrast.

'Ja, natuurlijk! Cheryl, wat heb je voor mijn PA?'

Een half uur en weer twee koppen koffie later liep Persephone stralend de winkel uit, met in elke hand een grote tas. 'Dank u wel, Mrs. Scott-Booth. Echt heel erg bedankt. Ik weet gewoon niet wat ik moet zeggen,' zei ze voor de zoveelste keer.

'Dat had je verdiend,' zei Flappy. 'Je werkt zo hard, en dat moet beloond worden.'

'Echt heel erg bedankt. Ik... ik... dat u zo aan me denkt, dat vind ik zo aardig van u.'

'Ik doe het graag. Mijn dochters zijn inmiddels volwassen, bovendien wonen ze aan de andere kant van de wereld. Trouwens, toen ze nog thuis woonden viel het ook niet mee om iets voor ze te kopen.' Er kwam een onaangename herinnering naar boven aan een ruzie tussen haar en haar dochters in Londen, op de tweede verdieping van de Harvey Nichols. Alles wat Flappy uit het rek haalde, vonden haar dochters afschuwelijk. En omgekeerd gold hetzelfde, met als gevolg dat ze had geweigerd haar portemonnee te trekken. Persephone had de jurk die Flappy voor haar had uitgekozen, prachtig gevonden en was er oprecht dankbaar voor geweest. Dat was het soort shoppen waar Flappy van hield. Hadden haar dochters maar wat meer op Persephone geleken, dacht ze spijtig.

Op weg naar de auto liepen ze bij een cafeetje naar binnen. Ze kozen een tafeltje bij het raam en Flappy bestelde koffie met iets erbij. 'Vertel eens, wanneer was je laatste verkering?'

'Tot een jaar geleden. Toen hebben Zac en ik besloten uit elkaar te gaan. We kenden elkaar van de universiteit en we zijn vier jaar samen geweest.'

'Vier jaar is best lang. Vond je het heel erg dat het uitging?'

'Ach, het was klaar. Daar waren we het allebei over eens. Toch viel het niet mee. Voor mij niet en voor hem ook niet.

Ik mis hem, maar ik heb geen spijt dat Zac en ik er een streep onder hebben gezet.'

'Ooit, tegen de tijd dat je gelukkig bent met een ander, ben je dankbaar dat het zo is gegaan.'

'Ik hoop het,' zei Persephone somber. 'Helaas ben ik hier nog geen mannen tegengekomen die ik leuk vind.'

'Nee, het aanbod is niet groot. Dat ben ik met je eens,' zei Flappy peinzend. 'Misschien moet je verder kijken dan Badley Compton.'

Persephone haalde haar schouders op. 'Ik zou niet weten hoe.'

'Laat dat maar aan mij over. Ik ga die leuke man voor je vinden. Dat weet ik zeker.'

'Echt waar?' Persephone schoot in de lach. Flappy had al op koffie en een jurk getrakteerd. Ook nog een leuke man, dat leek wel erg veel gevraagd.

'Als íémand je aan de man kan helpen, dan ben ik het,' verklaarde die met grote stelligheid.

'Maar hoe dan?'

'Een kwestie van contacten,' zei Flappy geheimzinnig. 'Het gaat erom wie je kent. En ik ken iedereen.'

Flappy was op tijd thuis voor de lunch. Karen had een verrukkelijk Vietnamees gerecht gemaakt met vis, groenten en gestoomde rijst. Het was zo lekker dat Flappy besloot de meisjes uit te nodigen voor een thema-avond waarbij zij zogenaamd Vietnamees had gekookt. Haar vriendinnen zouden diep onder de indruk zijn.

Kenneth had die ochtend fijn gespeeld en begon enthousiast te vertellen. Maar toen bleek dat Charles er niet bij was geweest verloor Flappy haar interesse. Tot verbazing van Kenneth, die er inmiddels aan gewend was geraakt dat ze een gedetailleerd verslag verwachtte, van de slagen tot de gevoerde gesprekken. Maar toen ze vertelde dat ze naar de stad was geweest voor een nieuwe jurk, begreep hij dat ze andere dingen aan haar hoofd had. Het feestje van Hedda en Charles was al over vijf dagen, en Kenneth wist hoeveel werk Flappy altijd van haar kleding maakte.

Na de lunch liep ze met de nieuwe jurk naar boven. Net toen ze hem op het bed legde, samen met de sjaal, ging de telefoon. Ze werd zo in beslag genomen door haar entree op Compton Court, door de bewonderende blikken die ze zou oogsten, dat ze vergat de telefoon acht keer te laten overgaan en al na twee keer opnam. Het was Mabel. 'Flappy! Ik heb een nieuwtje!' riep ze, overstromend van enthousiasme. Ze had al een paar dagen niets van Flappy gehoord, dus met haar telefoontje wilde ze duidelijk maken hoezeer die haar nodig had. Want als het ging om nieuwtjes en roddels, was er niemand die Flappy zo trouw op de hoogte hield als Mabel. Ze had van Big Mary gehoord over de bridgeavondjes bij Hedda, waarbij ook Flappy van de partij was. Daar was ze nogal van ondersteboven geraakt. Want ze was bang dat Flappy – de nieuwe Flappy aan wie ze maar niet konden wennen – haar oude vriendinnen zou inruilen voor nieuwe.

'Vertel! Ik ben een en al oor.' Flappy ging op de rand van het bed zitten. Zo te horen moest het ronduit wereldschokkend zijn wat Mabel te vertellen had.

'Raad eens wie er op Hedda's feestje komt.'

Mabels stem beefde van opwinding, en Flappy's reactie stelde niet teleur.

'Geen idee,' antwoordde die nieuwsgierig. 'Vertel!'

'Monty Don!'

Flappy hield haar adem in. Dat was inderdaad groot nieuws. Monty Don! De hovenier die voor talloze beroemdheden een tuin had ontworpen. Flappy bezat al zijn boeken – ze had ze niet gelezen, alleen de foto's bekeken – en ze keek naar zijn televisieprogramma. Allergisch als ze was voor dweepziek gedrag, zou ze dat natuurlijk nooit toegeven, maar ze vond hem woest aantrekkelijk. Tegelijkertijd voelde ze zich door het nieuwtje enigszins uit het veld geslagen. Waarom had Hedda haar dat niet zelf verteld? 'Nou, dat is inderdaad opwindend!' zei ze zonder zich te laten kennen.

Mabels hart zwol van blijdschap omdat ze haar vriendin iets had kunnen vertellen wat die nog niet wist. 'John hoorde het vanochtend bij Café Délice. Big Mary is een enorme fan van Monty Don. En zijn we dat niet allemaal?' Mabel grinnikte.

'Hij is zo'n gedreven hovenier.' Flappy weigerde zich te verlagen tot het niveau van geëxalteerde vrouwen die vooral met hem wegliepen omdat ze hem zo knap vonden. Trouwens, Flappy leverde nooit commentaar op andermans uiterlijk. 'Hij is briljant,' vervolgde ze. 'En zijn boeken zijn geweldig. Heb je ze gelezen?'

'Nee, maar ik heb hem wel op de televisie gezien. En wat is hij knap! Echt waanzinnig aantrekkelijk.'

'O ja?'

'Ja, maar jij hebt geen oog voor dat soort dingen. Daar ben je te hoogstaand voor.' Mabel schoot in de lach. 'Neem nou Charles Harvey-Smith. Je had niet eens gezien hoe aantrekkelijk díé is.'

'Hij verzamelt kunst, wist je dat? En daar weet hij zó veel van!'

'Trouwens, hoe staat het met de meditatieruimte?' Terwijl Mabel het vroeg moest ze eraan denken hoe zij en de anderen Flappy hadden bespioneerd. Van pure gêne sloegen de vlammen haar uit.

'Gerald en ik zijn met het ontwerp aan het stoeien geweest. Hij komt vanmiddag weer langs. Het wordt hemels.'

'Wat ben je toch gedisciplineerd, dat je zo lang stil kunt zitten en zo diep kunt afdalen in jezelf.'

'Dat ben ik altijd al geweest. En dat moet ook wel. Zonder discipline zou ik nooit zo veel werk kunnen verzetten.'

'Dat vind ik echt bewonderenswaardig.' Haar schuldgevoel maakte dat Mabel zich nóg kleiner maakte dan anders. 'Trouwens, wat trek jij aan naar het feestje?'

Het feestje. Alsof daarmee meteen duidelijk was over welk feestje het ging, dacht Flappy geërgerd. 'Welk feestje bedoel je?'

'Hedda's feestje natuurlijk.'

'O, dát. Daar heb ik nog niet over nagedacht. Maar ik heb vast nog wel iets in de kast hangen.'

'En anders ga je misschien nog wel even bij Chic Boutique langs. Daar hebben ze altijd zulke beeldige dingen.'

'Misschien. Als ik tijd heb. Maar ik moet nog zo veel doen.'

'Dat begrijp ik, dus ik houd je niet langer op.' Mabel keek

op haar horloge en overwoog om zelf even op en neer te rijden naar Chestminster. 'Tot horens!'

Om vier uur kwam Gerald voorrijden in zijn oude Volvo Estate met balen stof, rollen behang en stalenboeken in de kofferbak. Met een zwarte map onder de arm liep hij naar de voordeur. Flappy deed open, begroette hem enthousiast en ging hem voor naar de cottage. Onderweg stopte ze alleen even om een dikke hommel te bewonderen die over de blaadjes van een roos waggelde. De rozen op Darnley waren uniek, bedacht ze niet voor het eerst. Echt heel bijzonder.

Eenmaal in de cottage legde Gerald zijn map op tafel en ritste hem open. Er kwamen vier moodboards tevoorschijn: een voor beneden, een voor elk van de twee slaapkamers, en ten slotte een voor de badkamers en de open keuken. Hij was zo vrij geweest een algehele make-over te ontwerpen, in de wetenschap dat Flappy zich moeiteloos liet overhalen om nog meer geld uit te geven dan ze aanvankelijk van plan was geweest. Het geld kwam van Kenneth, maar er was niemand zo dol op make-overs, op nieuwe vloeren, gordijnen en meubels als Flappy.

Ze bekeek de moodboards stuk voor stuk aandachtig, terwijl Gerald zijn keuzes van stoffen en van kleuren voor op de muren toelichtte. Het was schitterend wat hij had bedacht. Want Gerald had er kijk op. Gerald had smaak.

'Hoe vind je de boeddha?' vroeg hij.

'O Gerald, de boeddha is zó inspirerend. Trouwens, het is goed dat je het zegt. Ik moet de wierook en de kaarsjes aansteken voordat Charles komt. Je weet toch dat we samen mediteren?'

Gerald trok een wenkbrauw op. 'Wat? De knappe Charles? De man van Hedda?'

'Vind je hem knap?' Flappy keek hem met grote onschuldige ogen aan, alsof die gedachte nooit bij haar was opgekomen.

'Waanzinnig knap.'

'Nou, dan bof ik maar met zo'n knappe meditatiepartner.' Flappy besefte ineens dat ze was vergeten hem een sms'je te sturen om hem te waarschuwen dat Gerald er zou zijn. 'Hij zal zo wel komen.' Ze keek op haar horloge. Het was vijf voor vijf.

'Ooooo, de knappe Charles,' koerde Gerald terwijl hij zich haastte om de wierook en de kaarsjes aan te steken. 'Hoe vindt híj hem, onze schitterende boeddha?'

'Erg bezielend voor het mediteren. De boeddha maakt echt alle verschil.' Flappy keek naar de deur, in de vurige hoop dat Charles discreet zou zijn.

Net toen Gerald zich bukte naar de kaarsjes, vloog de deur open en kwam Charles binnenmarcheren, als een gladiator na zijn triomf over de leeuwen in het Colosseum. 'Hier is Beastie!' bulderde hij, met een roos tussen zijn tanden geklemd. 'Waar is Beauty?'

Flappy verbleekte. Gerald schoot met een ruk overeind, zijn gezicht stond geschokt. Charles staarde hem aan alsof een van zijn verslagen leeuwen uit de dood was herrezen. Langzaam nam hij de roos uit zijn mond. Er viel een ongemakkelijke stilte, maar dankzij Flappy's tegenwoordigheid van geest duurde het pijnlijke moment niet lang. Ze schoot in de lach. Luchtig, nonchalant. Maar ondertussen besefte ze hoe cruciaal het was dat zij de potentiële dreiging wist af te wenden. En als íémand in staat was de lont uit een kruitvat te halen, dan was het Flappy. 'O Charles, hou toch op met je Shakespeare!' mopperde ze. Toen keerde ze zich naar Gerald. 'Ik had gezegd dat je vanmiddag langskwam. Dus *ce petit drame* is blijkbaar voor jou bedoeld.' Ze had geen idee waarom ze plotseling in het Frans verviel. Het zouden de zenuwen wel zijn.

Charles was snel van begrip en barstte in lachen uit. 'Daar had ik je toch maar mooi te pakken!' Hij wees naar Gerald.

Die schoot ook in de lach, zij het merkbaar ongemakkelijk. Op zijn gezicht stond nog altijd verwarring te lezen. 'Dat had u zeker.' Zijn blik ging van de een naar de ander.

'Wist je dat Charles acteur is geweest?' vroeg Flappy.

'Beroemd om mijn Shakespeare-vertolkingen.' Charles onthaalde Gerald op een brede glimlach, waarbij hij hem met zijn prachtige zeegroene ogen stralend aankeek. 'Wat ik net deed, was een opkomst uit *Veel leven om niets*.' Dat verzon hij ter plekke, maar Gerald had op school alleen *Driekoningenavond* gelezen, en zelfs daarvan kon hij zich niets meer herinneren.

'Nou, het is dat Flappy net vertelt dat u bij het toneel hebt gezeten. Anders had ik gezegd dat er een acteur aan u verloren is gegaan,' zei Gerald, nog altijd slecht op zijn gemak en duidelijk diep onder de indruk van de knappe Charles. 'Wat vindt u van de boeddha?'

'De boeddha? O, de boeddha! Ja, schitterend. Echt schitterend. Ik hoef alleen maar naar hem te kijken of ik voel me al geïnspireerd om in de lotushouding te gaan zitten en naar het nirwana te reiken.'

'O Charles, grappenmaker.' Flappy legde een hand op Geralds rug en loodste hem naar de deur. 'Het is tijd om aan de slag te gaan.'

'Natuurlijk.'

'Ik vind het allemaal prachtig, Gerald. Echt prachtig. Stuur je factuur maar naar Persephone, dan regelt zij de aanbetaling. Ik wil graag dat je meteen begint. Het moet zo snel mogelijk klaar zijn. En tot het zover is hebben Charles en ik in elk geval al de boeddha als inspiratie. Dus voorlopig redden we ons wel, hè Charles?'

Gerald was euforisch dat Flappy zijn hele project had goedgekeurd. Naar de kosten had ze niet eens gekeken. Wat lette hem om ze nog iets te verhogen, dacht hij terwijl hij de deur uit liep, de tuinen door. Voor zijn geestesoog zag hij het knappe gezicht van Charles. Die zeegroene ogen. En die waanzinnig aantrekkelijke glimlach waardoor de lijnen in zijn wangen zich zo charmant verdiepten. De vreemde manier waarop Charles zijn entree had gemaakt, was hij al vergeten. En toch... als hij Flappy niet zo goed kende, zou hij hebben gedacht dat Charles en zij meer waren dan goede vrienden.

'Ik had je nog willen waarschuwen,' zei Flappy.

Charles stond voor het raam en keek Gerald na. 'Nou, dat had ook heel anders af kunnen lopen.' Hij keerde zich naar haar om.

'Ja, sorry. Ik was de stad in om een nieuwe jurk te kopen

voor jullie feest. En toen ben ik het vergeten.'

Charles grijnsde. 'Ik verheug me er nu al op om met je te dansen.' Hij legde zijn handen om haar middel.

'Wordt er ook gedanst?' Daar had ze geen rekening mee gehouden.

'Natuurlijk! Ik ben dol op dansen. En er is ook een diner. Als Hedda een feestje geeft, dan doet ze het goed.'

'O.' Flappy vroeg zich af of ze dan wel de juiste jurk had gekocht. 'Wat trekt Hedda aan?'

Charles haalde zijn schouders op. 'Geen idee. Ik ben veel nieuwsgieriger naar wat jij aantrekt. En of ik het je gemakkelijk kan uittrekken.' Hij trok met een veelbetekenende glimlach zijn wenkbrauwen op.

Flappy lachte. 'Je bent een boef!'

Charles voelde dat hij opgewonden raakte. 'En jij bent een schoonheid!' Hij nam haar in zijn armen en droeg haar de trap op.

13

Op de dag van het feest werd Flappy zoals altijd om vijf uur wakker, een en al opwinding en enthousiasme. Ze zou de hele wereld wel willen omhelzen. Ze was gelukkig. Volmaakt gelukkig.

Ze schoof de gordijnen open. De tuinen – de vele prachtige tuinen van Darnley Manor – baadden in het eerste serene licht van de dageraad. Aan de horizon verscheen aarzelend een roze blos. Vanonder de fluwelen deken van de nacht kwam de ochtend schuchter tevoorschijn. Wat was het prachtig, dit magische uur waarin de schepping ontwaakte en de natuur haar adem leek in te houden, in afwachting van de hectische bedrijvigheid van de nieuwe dag.

Flappy werd opgeschrikt uit haar gemijmer door het geronk van Kenneth, die in de aangrenzende kamer lag te snurken. Maar ze was in zo'n stralend humeur dat niets afbreuk kon doen aan haar geluk. Haar hart klopte warm en zacht in haar borst, en ze voelde slechts liefde en vertedering jegens haar man, ook al klonk hij dan als een varken.

Bijna dansend liep ze de trap af naar het zwembad. Daar liet ze haar zijden kimono van haar schouders glijden, en ze dook het water in. Soepel trok ze haar eerste baantje in een sierlijke schoolslag, genietend van de zinnelijke sensatie van het water langs haar huid, die gloeide bij de gedachte aan Charles. Na een baantje in rugslag volgde een derde in borstcrawl. Omdat ze buiten adem begon te raken, sloot ze iets minder indrukwekkend af met een baantje in schoolslag.

Van het zwembad liep ze naar de fitnessruimte. Maar ze was te rusteloos, te opgewonden, te gelukkig om zich op haar yogaoefeningen te kunnen concentreren. Er was maar één ding waar ze zin in had: naakt voor de spiegel dansen op 'It's Raining Men', van The Weather Girls. Dat had ze altijd een heerlijk nummer gevonden, en in de aanloop naar Hedda's feestje was ze er helemaal voor in de stemming. Haar blonde bob droogde op tot een pluizige bos, en er verscheen een blos op haar wangen terwijl ze draaide met haar heupen, schopte met haar voeten, schudde met haar schouders en ondertussen uitbundig meezong met de muziek. Een wilde lach borrelde op in haar keel. Diep binnen in haar ontwaakte het beest. Weggestopt in haar onderbewuste had het jarenlang geslapen, maar nu kreeg het eindelijk de vrijheid om zich uit te leven met al zijn honger, zijn begeerte, zijn vervoering. Het voelde verrukkelijk! Een ongekende sensatie waar ze ten volle van genoot. En dat was allemaal te danken aan Charles. Hij had haar het ambrozijn van de hartstocht laten proeven en haar ware aard ontketend.

Tegen de tijd dat ze bij Kenneth aanschoof aan de ontbijttafel was ze, zorgvuldig gekleed en gekapt, klaar voor de nieuwe dag. Een belangrijke dag. Met een heleboel belangrijke afspraken. Tenslotte moest ze er die avond op haar mooist uitzien. Dat werd van haar verwacht. En ze wilde niemand teleurstellen.

Kenneth nam haar onderzoekend op. Er was iets met haar, dacht hij niet voor het eerst. Ze leek zo anders. Maar waarom dan? Het kwam niet door haar kapsel. Dat zag er hoogstens íéts minder onberispelijk uit dan hij van haar gewend was. En haar ogen waren het ook niet. Die straalden en flonkerden als altijd. Kwam het misschien door haar huid? Het leek wel alsof ze jonger werd in plaats van ouder. En dan de manier waarop ze zich bewoog! Met een souplesse, een veerkracht die nieuw voor hem was. 'Flappy...' Hij smeerde boter op zijn toast. 'Wat is er aan de hand?'

Ze zette grote ogen op. 'Hoe bedoel je? Wat zou er aan de hand moeten zijn? Waar heb je het over?'

'Over jou.' Hij nam haar opnieuw onderzoekend op.

Flappy slikte moeizaam. Ze kreeg het warm, de haartjes in haar nek prikten onaangenaam. 'Ik weet niet wat je bedoelt, lieverd,' zei ze luchtig om haar ongemak te maskeren.

'Je ziet er zo prachtig uit.' Hij glimlachte. 'Volgens mij ben jij de enige vrouw in Badley Compton die alleen maar jonger lijkt te worden in plaats van ouder.'

'O, dát,' zei ze opgelucht. Want daar wist ze wel raad mee. Ze schoot in de lach en wilde haar gebruikelijke grapje al maken, over het lelijke portret op de zolder, toen ze besefte dat de situatie iets anders vereiste; een meer geraffineerde aanpak. En als íémand precies de juiste dosis raffinement wist te hanteren, dan was zij het. 'Ik heb gewoon geluk gehad. Heel veel geluk.' Ze schonk Kenneth een liefdevolle glimlach. 'Goede genen en een goed huwelijk.'

Hij legde een hand op de hare. 'En ik heb blijkbaar op het goede paard gewed.' Hij grinnikte.

'Precies. Ik ook,' viel ze hem bij, hoewel ze de vergelijking met een paard nogal ongepast vond.

Toen Persephone om negen uur arriveerde had Flappy al een lange lijst gemaakt met alles wat ze wilde dat haar PA die dag zou doen. 'Goedemorgen!' begroette ze haar stralend.

'Goedemorgen, Mrs. Scott-Booth. Uw agenda zit tot de lunch helemaal vol. U hebt om tien uur een afspraak bij de kapper, annex manicure, pedicure. Daar zou u om half twee klaar moeten zijn.'

'Mooi zo. Dan wil ik graag dat jij me erheen brengt. Want ik rijd liever niet zelf als mijn nagels nog niet droog zijn. En terwijl je wacht kun je wat boodschappen voor me doen.' Ze gaf Persephone de lijst. 'Niks bijzonders, gewoon de dingen die ik altijd nodig heb. En ga lekker een kop koffie drinken bij Big Mary. Met iets erbij. De kapper heeft altijd lang nodig. Die arme David is uren zoet met highlights zetten. Dat komt omdat ik zo veel en zulk dik haar heb. Ik geef hem altijd een dubbele fooi. Als je het kunt missen moet je royaal zijn, zeg ik altijd.'

Ze vertrokken in Flappy's Range Rover, met de radio op Classic FM. Flappy zuchtte genietend terwijl ze naar de stralend blauwe hemel keek. Witte wolken kwamen langsdrijven als pluizige wattenbollen. Wat zou Hedda blij zijn. Ze hoefde niet bang te zijn dat regen roet in het eten zou gooien. Bij het laatste feest van de zomer mochten ze op een mooie avond rekenen, met een volle maan en een hemel vol sterren. En Flappy had zich vast voorgenomen dat zíj volgend jaar de zomer zou afsluiten met een daverend feest. Nu gunde ze Hedda die eer, al was het maar omdat ze het bed deelde met Hedda's man.

Nadat ze langs de stoep had geparkeerd zette ze koers naar de kapper, terwijl Persephone de straat uit liep om haar boodschappenlijstje af te werken.

Pas toen ze daarmee klaar was en nog tijd over bleek te hebben, ging ze voor een kop koffie naar Big Mary. Het verbaasde haar niet dat ze Flappy's vriendinnen aan een tafeltje zag zitten, als een stel samenzweerders met de hoofden dicht bij elkaar gestoken. Ze groette hen beleefd en ging in de rij staan bij de vitrine, achter een jongeman met donker haar. Hij maakte een praatje met Big Mary die bezig was zijn bestelling klaar te maken. Ondertussen liet Persephone haar blik over de taarten gaan. Welke zou ze nemen? Die met spikkeltjes? Of die met roze glazuur? Terwijl Big Mary een bord uit de kast pakte draaide de jongeman zich om. Hij glimlachte toen hij zag dat Persephone verdiept was in het aanbod. 'Hallo,' groette hij.

'Hallo.'

'Ik vind de chocoladetaart het lekkerst,' merkte hij op, terwijl hij haar geïnteresseerd opnam. 'Daar heb ik gisteren een punt van genomen, en ik heb er de hele nacht van gedroomd.'

Persephone schoot in de lach. 'Ik hou meer van vanille. Maar het valt niet mee om te kiezen.'

'Waar twijfel je tussen?'

Persephone wees de twee taarten aan.

Hij krabde peinzend aan zijn kin. 'Ik zou die met de spikkeltjes nemen.'

'O? Want?'

'Die doet me denken aan mijn jeugd. Ik ben nogal nostalgisch aangelegd.' Hij glimlachte verontschuldigend, alsof dat een tekortkoming was.

Wat heeft hij mooie ogen, dacht Persephone. Stralend groen als zeeglas. 'Goed, dan neem ik die met de spikkeltjes. Want ik ben ook nostalgisch aangelegd.'

'Het is niet mijn schuld, hè, als je er spijt van krijgt.'

'Ik krijg er geen spijt van,' zei ze lachend. 'Dat weet ik zeker.'

'Trouwens, ik ben George.' Hij stak haar zijn hand toe.

Ze legde de hare erin. 'Persephone,' stelde ze zich voor.

'Woon je hier of ben je op bezoek?'

'Nee, ik woon hier.'

'Het is een leuk dorp, hè?'

'Ja, ik heb het er erg naar mijn zin. Ook al zijn er ongetwijfeld mensen die het hier veel te stil vinden.' Hij zag eruit alsof hij uit Londen kwam. In elk geval niet uit Devon. Ze was in Badley Compton nog nooit zo'n leuke man tegen het lijf gelopen.

‘Afijn, ik moest maar weer eens gaan. Leuk je gesproken te hebben.’ Hij pakte zijn koffie van de toonbank.

‘Bedankt voor het advies,’ zei ze, een beetje teleurgesteld dat hij al wegging.

‘Graag gedaan. Ik hoop dat je de spikkeltjestaart lekker vindt.’

Persephone bestelde een caffè latte en een stuk taart. Toen ze zich omdraaide was George verdwenen.

Een paar straten verderop zat Flappy in een comfortabele stoel voor de spiegel, verdiept in de *Hello!*, toen Mabel binnenkwam. Ondertussen smeerde de kapper verf op smalle plukken van haar blonde haar en wikkelde ze in folie.

‘Hé Flappy! Hallo!’ zei Mabel, verbaasd haar vriendin met een roddelblad te betrappen.

Flappy glimlachte. ‘Dag Mabel. Kom je ook je haar laten doen?’

‘Ja!’ verklaarde die opgewekt. ‘Ik verheug me zo op vanavond. Volgens Big Mary komt er ook iemand optreden. Maar wie, dat mag niemand weten. Het is een verrassing.’

‘O.’ Flappy liet zich niet kennen, maar het stak wel. Doorgaans was zij het die haar gasten verraste, en ze had in de loop der jaren al de meest uiteenlopende artiesten laten optreden. ‘Wat opwindend allemaal! Ik ben benieuwd wie ze heeft weten te strikken.’

‘Ik heb geen idee. Nogmaals, het moest een verrassing zijn. Maar het wordt vast en zeker geweldig.’

Mabel ging in de stoel naast die van Flappy zitten.

‘Wil jij hem?’ Flappy gaf haar de *Hello!* ‘Ik heb hem uit.

Dat vind ik altijd zo fijn bij de kapper. Dat je hier de *Hello!* kunt lezen. Ik zou *The Economist* en *The Spectator* niet willen missen, maar de boog kan tenslotte niet altijd gespannen staan.'

Mabel was dol op de *Hello!* en daar geneerde ze zich niet voor. Ze pakte het tijdschrift gretig aan. 'Trouwens, raad eens wie ik bij Big Mary tegenkwam. In geanimeerd gesprek met een erg leuke man.'

'Geen idee.' Flappy deed geen moeite om te raden. Het kon tenslotte bijna iedereen zijn.

'Persephone!' Mabel klonk bijna triomfantelijk.

'Nou, dat verbaast me niets. Zij is ook erg aantrekkelijk.'

'Dat is ze zeker, en dat vond die man duidelijk ook. Je raadt nooit wie het was.'

'O? Wie dan?'

'George. De zoon van Hedda en Charles.'

Nu was Flappy's belangstelling gewekt. 'Dus hun zoon is er vanavond ook?' Ze wist wel dat Hedda en Charles kinderen hadden, maar niet dat die op het feestje zouden zijn.

'Ja. En wat een leuke vent is dat. Hij heeft de ogen van zijn vader. Charles heeft zulke prachtige ogen, vind je ook niet?'

'O, dat kan best,' zei Flappy nonchalant. 'Maar vertel! Hebben ze samen koffiegedronken? Telefoonnummers uitgewisseld?'

'Nee, ze stonden bij de vitrine. En ze hadden het over de taarten. Hij vroeg of ze hier woonde, en even later vertrok hij met zijn koffie. Maar volgens mij vond hij haar leuk. Dat kon je zien aan zijn lichaamstaal. En hij bleef ook net iets langer dan nodig.' Mabel zag tot haar verrukking dat haar vriendin aan haar lippen hing.

'Nee maar,' mompelde Flappy peinzend. Ze vernauwde haar ogen tot spleetjes. Ondertussen ging haar bezige geest aan het werk, en het duurde niet lang of er kwam een idee bij haar op. Een briljant idee, dat viel niet te ontkennen.

Mabel sloeg haar belangstellend gade. Ze kende Flappy goed genoeg om te weten wat die geconcentreerde, alerte blik in haar ogen betekende. 'Wat ben je aan het bekokstoven?' vroeg ze.

Flappy haalde haar telefoon uit haar tas. 'Ik ga zorgen dat Persephone ook een uitnodiging krijgt voor vanavond.'

'Dat ga je toch niet rechtstreeks aan Hedda vragen?' vroeg Mabel vervuld van afschuw.

'Nee, natuurlijk niet. Je kent me. Ik ga subtieler te werk.'

'Maar hoe wil je dat dan voor elkaar krijgen?'

'Let goed op. Daar kan je nog wat van leren.' Flappy glimlachte. 'Ik probeer Persephone aan de man te brengen, en George is perfect. De man die ze verdient. Met een markies als oudoom.' Het duurde niet lang of ze had haar PA aan de lijn. 'Kindje, ik heb nog een boodschap voor je. Weet je die bloemist aan Branwell Street? Daar moet je een grote bos bloemen halen voor Hedda. Uitsluitend witte bloemen, met groen. Elegant, smaakvol, royaal. Erg royaal. Cynthia kent mijn smaak. Ik heb daar een rekening, dus je hoeft niet te betalen. O, en dan moet je er ook een briefje bij doen. "Lieve Hedda, succes met de voorbereidingen! Tot vanavond. Liefs, Flappy." Je moet de bloemen zelf naar Compton Court brengen. En denk erom dat je ze niet aan de butler geeft, maar aan Hedda zelf. Je moet ze persóónlijk aan Hedda overhandigen. En dan vraag je haar of je misschien kunt helpen. Ik denk niet dat ze hulp nodig heeft, maar het is wel zo aardig om het aan te bieden.'

Tegen de tijd dat ze ophing keek Mabel haar fronsend aan. 'Hoe weet je nou of Hedda haar uitnodigt?'

Flappy glimlachte veelbetekenend. Want als íémand haar medemens kende, dan was zij het. 'Hedda gaat Persephone voor haar feestje uitnodigen,' zei ze met grote stelligheid. 'Want zo is ze. Trouwens, ze heeft toch al bijna de hele stad uitgenodigd. Dan kan een leuk meisje als Persephone er ook nog wel bij. Een meisje van dezelfde leeftijd als haar zoon. Neem nou maar van mij aan dat Persephone er vanavond ook is. En dat ze er prachtig uitziet.' Flappy vouwde haar handen in haar schoot en glimlachte voldaan naar zichzelf in de spiegel.

Een uur later drukte Persephone op de bel naast de royale voordeur van Compton Court met in haar armen een reusachtig boeket witte aronskelken en witte rozen, precies zoals Flappy haar had opgedragen. De bloemen waren prachtig en ze moesten een vermogen hebben gekost. Het duurde niet lang of Johnson deed open. Hij keek Persephone vragend aan, wilde haar al instrueren om het boeket af te geven bij de leveranciersingang aan de achterkant van het huis, waar al een ploeg mensen bezig was met de voorbereidingen van die avond, toen hij de auto van Mrs. Scott-Booth herkende. En ineens besefte hij dat het meisje met de bloemen haar PA moest zijn. Ze hadden elkaar al diverse malen via de telefoon gesproken. 'Jij bent zeker Persephone,' zei hij dan ook.

Die knikte glimlachend. 'En dan bent u Mr. Johnson.'

'Dat klopt. Zal ik ze van je overnemen?' Hij wilde de bloemen van haar aanpakken.

'Mrs. Scott-Booth heeft me op het hart gedrukt dat ik ze persoonlijk aan Mrs. Harvey-Smith moest geven.'

Johnson trok zijn wenkbrauwen op. Dat was erg ongebruikelijk. 'O ja?' Hij dacht aan de geduchte Mrs. Scott-Booth.

'Ja, dus als u daar geen bezwaar tegen hebt kan ik maar beter doen wat ze heeft gezegd. Dat is ze zo gewend. Ik durf niet tegen haar orders in te gaan.'

Johnson trok opnieuw zijn borstelige grijze wenkbrauwen op. Toen knikte hij met een blik van verstandhouding. 'Kom dan maar binnen. Mrs. Harvey-Smith kan zich vast wel even vrijmaken.'

Persephone volgde hem het huis door naar het gazon aan de achterkant, waar een prachtige tent werd opgezet: een paviljoen in Indiase stijl in diverse tinten rood en blauw, versierd met goud. Persephone had nog nooit zoiets moois gezien. Wat zou Flappy daar wel niet van vinden, vroeg ze zich af. Voor zover ze wist had haar werkgeefster nog nooit een tent van die omvang en die pracht laten opzetten, wat ongetwijfeld een reden zou zijn voor jaloezie. Personeel liep af en aan met stoelen en tafels, vazen, bloemen, lampen en wat al niet meer. De bedrijvigheid deed denken aan een bijenkorf en midden in de tent stond de bijenkoningin, Hedda Harvey-Smith, nonchalant gekleed in een spijkerbroek en een poloshirt. Ze was in gesprek met een kordate jonge vrouw die een praktische, efficiënte indruk wekte.

Johnson ging Persephone voor over de houten vloer. Toen ze hen zag aankomen onderbrak Hedda haar gesprek, en bij het zien van de bloemen glimlachte ze. 'Zijn die voor mij?' vroeg ze stralend, ook al stonden er op alle tafels al schitterende bloemstukken.

'Ik kom u namens Mrs. Scott-Booth –' begon Persephone.

'Jij bent Flappy's PA!' riep Hedda uit. 'Natuurlijk! Ik heb al zo veel over je gehoord. Wat ontzettend aardig dat je me zo'n mooi boeket komt brengen. En wat lief van Flappy.' Ze las het briefje. 'Dat is echt iets voor haar.' Ze knikte waarderend. 'Wil je haar bedanken? En zeggen hoe aardig ik het vind dat ze daaraan denkt?'

'Mrs. Scott-Booth zei ook dat ik u moest vragen of u nog hulp nodig had.' Persephone schoot in de lach. 'Maar zo te zien hebt u alles onder controle. De tent is echt prachtig!'

'Fijn dat je hem mooi vindt. Maar de eer gaat volledig naar Jill.' Hedda keerde zich naar de jonge vrouw met wie ze in gesprek was geweest. 'Jill, dit is Persephone.' Ze schudden elkaar de hand.

Johnson nam de bloemen van Persephone over. 'Ik zal ze in een vaas zetten.' Met die woorden vertrok hij in de richting van het huis.

Ondertussen keek Hedda over Persephones schouder. 'George!' Er verscheen een warme, moederlijke blik in haar ogen.

Toen Persephone zich omdraaide stond ze oog in oog met de jongeman uit het café. Hij leek aangenaam verrast om haar te zien. 'Persephone?' vroeg hij verbaasd en met een brede glimlach.

Hedda keek niet-begrijpend van de een naar de ander. 'Kennen jullie elkaar?'

'Ja, we zijn elkaar vanochtend bij Big Mary tegengekomen,' vertelde George. 'En? Hoe was je taart met spikkeltjes?'

Persephone schoot in de lach. 'Heerlijk.'

'Poeh! Wat een opluchting. Ik dacht dat je me op het matje kwam roepen. Omdat ik je de verkeerde taart had aangeraden.'

Hedda keek van de een naar de ander. 'Weet je, misschien kan ik je hulp toch wel gebruiken,' zei ze tegen Persephone. 'George moet de kaartjes voor de tafelschikking bij de borden leggen. Misschien zou jij hem kunnen helpen. En schrijf er dan ook een voor jezelf. Ik zou het enig vinden als je kwam vanavond. Tenminste, als je geen andere plannen hebt. Dan kun jij de tafeldame van George zijn.'

De uitnodiging kwam volslagen onverwacht. Persephone voelde zich net Assepoester die voor het bal werd gevraagd. 'O... eh, ja, heel graag. Maar weet u zeker dat ik de tafelschikking dan niet in de war schop?'

Hedda legde glimlachend een hand op haar arm. 'Je bent van dezelfde leeftijd als George. De rest is allemaal veel ouder. Dus je schopt niks in de war, integendeel. We hebben je nodig.'

'Kom maar mee,' zei George. 'Dan zetten we je meteen aan het werk.'

Om half twee stond Persephone met de auto voor de kapper. Flappy kwam wapperend met haar vingers naar buiten, de vuurrode lak was nog niet helemaal droog. Dus Persephone opende het portier en hielp haar met haar veiligheidsriem. Afgebladderde nagellak, dat was zó ordinair! Terwijl Persephone de auto startte vertelde ze dat Hedda haar voor die avond had uitgenodigd.

'Wat leuk! En wat aardig van Hedda!' Flappy deed alsof ze van de prins geen kwaad wist. 'Dus haar zoon is er ook? Wat is het voor iemand? Is hij knap?'

'Ik vind van wel. Maar u weet wat ze zeggen, de schoonheid der vrijster ligt in 's vrijers oog. En omgekeerd geldt hetzelfde.'

'Ja, dat is waar.' Flappy beschikte over een grote mensenkennis, en ze kon duidelijk merken dat Persephone van George gecharmeerd was. 'Dan kun je meteen je nieuwe jurk aan. Komt dat even goed uit!'

'Dat komt zeker goed uit. Nogmaals, heel erg bedankt, Mrs. Scott-Booth. Het is alsof u het wist!'

Flappy glimlachte geheimzinnig. 'Laten we het een voorgevoel noemen. Iets zei me dat je misschien een nieuwe jurk nodig zou hebben.'

Persephone schudde verwonderd haar hoofd. 'Ik zou bijna denken dat u helderziend bent.'

'Nee hoor, dat ben ik niet. Maar wel sterk intuïtief. Dat komt natuurlijk door al dat mediteren.'

14

Flappy stond bewonderend voor de lange spiegel in haar slaapkamer. Inderdaad, blauw was echt haar kleur. Ze glimlachte tevreden, maar ook een beetje weemoedig. Met het klimmen der jaren werd ze zich steeds scherper bewust van de klok die onverbiddelijk doortikte. Van de lijnen in haar gezicht die steeds dieper werden, van het feit dat haar huid niet meer zo glad en onberispelijk was als in haar jeugd. Voor een mooie vrouw als zij viel het niet mee om te accepteren dat haar bloeitijd achter haar lag. Nog even, en er zou in de verleden tijd over haar schoonheid worden gesproken. Terwijl ze tot op dat moment niet anders hoorde dan dat ze zo mooi was, zo charmant en lieftallig. De dag zou onvermijdelijk aanbreken waarop mensen zeiden dat ze ooit zo beeldschoon was geweest. De gedachte alleen al deed haar huiveren. Terwijl ze zichzelf van opzij bewonderde bedacht ze dat lelijke mensen het veel gemakkelijker hadden. Die hadden niets te verliezen. Integendeel. Lelijke mensen hadden alleen maar te winnen bij het verstrijken van de jaren. De ouderdom was de grote gelijkmaker. Maar zover was het nog niet. Nog lang niet! Ze zag er nog altijd goed uit. Heel erg goed. Bovendien kon zelfs het klimmen der jaren geen afbreuk doen aan haar sprankelende persoonlijkheid, stelde ze zichzelf gerust. Zolang ze helder van geest bleef zou ze nog steeds iedereen betoveren met haar gevatheid, haar intelligente conversatie en zou ze een aanwinst zijn voor elk gezelschap.

Kenneth kwam in zijn smoking de kamer binnen. Flappy had erop gestaan dat hij avondkleding droeg, ook al had er op de uitnodiging bij dresscode alleen maar FEESTELIJK gestaan. Maar omdat zij in het lang ging, was avondkleding voor hem niet minder dan gepast. Ze schonk hem een vertederde glimlach. Hij mocht er dan uitzien als een mopshond, in smoking was hij wel een buitengewoon fraaie mops.

Op zijn beurt wierp Kenneth een bewonderende blik op zijn vrouw. 'Je ziet er prachtig uit, lieverd!'

Flappy wuifde het compliment weg alsof het haar in verlegenheid bracht. Wat natuurlijk niet zo was. Geen compliment kon haar ooit in verlegenheid brengen. 'Ach lieverd, wat ben je toch een schat. Op mijn leeftijd is het hard werken om er nog een beetje leuk uit te zien. Maar dank je wel. Trouwens, jij bent ook prachtig in je smoking.'

Kenneth worstelde met zijn tailleband. 'De broek zit een

beetje te strak.' Hij grinnikte. 'Maar ik ga het vast wel redden zonder eruit te barsten.'

Flappy moest er niet aan denken dat hij het mis had. 'Heb je geoefend met zitten?' Het zou afschuwelijk zijn als hij ging zitten en de knoop sprong van zijn broek.

Kenneth liet zich gehoorzaam, maar kreunend op het bed zakken.

'Je moet je buik inhouden! Dat moeten wij meisjes ook voortdurend,' zei Flappy, ook al was dat niet helemaal waar. Háár buik was in elk geval volmaakt plat.

Kenneth hield zijn buik in, maar het ongemak bleef en zijn gezicht liep rood aan.

Zoals altijd wist Flappy raad. 'Trek die broek eens uit, lieverd. Dan zet ik er een stukje elastiek tussen en dan hoef je die knoop helemaal niet te gebruiken.' Ze liep naar haar zelden gebruikte naaimand – dat soort klusjes werd doorgaans vóór haar gedaan – en haalde er een naald uit, een klosje garen en een kartonnetje met zwart elastiek. Toen Kenneth de broek vijf minuten later weer aantrok sloot die naar volle tevredenheid om zijn middel.

'Dat is een stuk beter!' Hij ging op de rand van het bed zitten en wipte even op en neer om de verbetering aanschouwelijk te maken.

'Vergeet niet je gulp dicht te doen,' waarschuwde Flappy. 'We zouden niet willen dat er iets uit viel.'

'Oude vogels vallen niet uit hun nest.' Kenneth grijnsde.

'Kenneth! Zeg niet zulke afschuwelijke dingen. Oude vogels! Daar wil ik niet eens over nadenken!'

Maar Kenneth grinnikte onbekommerd en boog zich naar

haar toe om haar op de wang te kussen. 'Dank je wel, lieverd. Wat zou ik zonder jou moeten beginnen? Je bent een parel! Wat zeg ik, een diamant!'

Flappy glimlachte, maar ondertussen werd de knoop in haar maag steeds strakker aangetrokken. Wat ze deed was onvergeeflijk, dacht ze schuldbewust. Hoe kon ze Kenneth op zo'n afschuwelijke manier ontrouw zijn terwijl hij altijd zo goed voor haar was? Als hij een naarling was geweest die haar slecht behandelde, dan had hij niet beter verdiend dat dat ze hem bedroog. Maar wat er nu gebeurde, was zo oneerlijk, zo onrechtvaardig. Toch was ze niet bereid haar verhouding te beëindigen. En voor Charles gold hetzelfde, wist ze. Dus ze had geen andere keus dan zich bij de situatie neerleggen en zich geen zorgen maken over de toekomst. Het draaide in het leven om het heden. Om het hier en nu. En als íémand in het heden wist te leven wanneer de situatie daarom vroeg, dan was het Flappy.

Even later stapte ze bij Kenneth in de Jaguar, en terwijl ze uit het raampje keek werd ze plotseling overspoeld door een golf van melancholie. Het licht was zo vroeg in de herfst nog warm en zacht, het dompelde de glooiende velden met de stoppels van de laatste oogst in een gouden gloed. Aan de bleekblauwe, onbewolkte hemel twinkelde de eerste ster, als het licht van een schip in de verte dat zich door de mist boorde. En terwijl de zon langzaam wegzonk achter de bomen kwam de volle maan op. De seizoenen waren op hun lieflijkst wanneer het ene plaatsmaakte voor het andere. Het was juist die overgang waardoor het allemaal zo betoverend werd.

Flappy was zich scherp van die verandering bewust terwijl ze over de bochtige lanen naar Compton Court reden. Voor het eerst voelde de avond een beetje vochtig en rook ze de zoete geur die onverbrekelijk was verbonden met het trage stervensproces van de zomer.

Compton Court doemde op als een baaierd van licht. Langs de oprijlaan brandden fakkels, in de bomen twinkelden kleine lampjes. Flappy was zo onder de indruk dat ze vergat om jaloers te zijn. Bovendien had ze zich vast voorgenomen om er een verrukkelijke avond van te maken, en op een verrukkelijke avond was er geen plaats voor jaloezie.

De gasten werden door de tuinmannen verwezen naar een nabijgelegen veld, waar ze hun auto konden parkeren. Terwijl Kenneth hun instructies opvolgde, keek Flappy gretig naar de bekende gezichten op het pad dat tussen het hoge gras naar het huis leidde. Ze prees zich gelukkig met haar platte schoentjes toen ze zag hoe Sally zwaar op de arm van haar man moest leunen en desondanks liep te wankelen op haar torenhoge stilettohakken. Bij het uitstappen zette ze haar sierlijke zijden ballerina's op het gras en tilde ze haar jurk heel licht op, waardoor haar slanke enkels zichtbaar werden. Vervolgens begaf ze zich waardig en elegant naar de feestlocatie. Bij de villa gekomen waarvan de gevel – dat moest ze eerlijk toegeven – een unieke schoonheid bezat, werden Kenneth en zij over een pad omzoomd met fakkels naar de achterkant van het huis geloodst. Flappy was als betoverd door de aanblik van het schitterende paviljoen in Indiase stijl; iets wat ze eerder zou verwachten in de tuinen van het paleis van de maharadja van Udaipur – niet dat ze daar ooit was geweest. Hedda en Charles stonden bij de ingang, samen met hun vier kinderen, onder wie zich dus blijkbaar ook de aantrekkelijke George moest bevinden.

'Hedda!' Flappy pakte de handen van haar gastvrouw en kuste haar op beide wangen.

'Flappy!' Hedda liet haar blik bewonderend over de blauwe jurk gaan. 'Wat zie je er schitterend uit.'

'Jij ook,' zei Flappy hoffelijk, maar heimelijk vond ze 'schitterend' te veel eer voor Hedda's uitmonstering. De gastvrouw zag er beslist niet onaardig uit in een lange paarse jurk die – dat dan weer wel – perfect paste bij haar lichte Engelse huid en haar glanzende bruine haar. Maar ze was te klein, te gedrongen om echt te kunnen schitteren. Dat compenseerde ze echter met haar levendige, zelfverzekerde uitstraling. En met de flonkerende diamanten en amethisten in haar oren en om haar hals, ongetwijfeld erfstukken van de markiezin.

Toen ze door Charles welkom werd geheten had Flappy het gevoel te verdrinken in zijn zeegroene ogen terwijl haar hart zwol van vreugde. Dit werd een bijzondere avond. Hij zou met haar dansen, ze zouden samen in het maanlicht door de tuin wandelen, en niemand zou weet hebben van de verrukkelijk stoute dingen die ze met elkaar deden in de cottage. 'Flappy!' Charles liet zijn blik gretig over haar ranke verschijning gaan. 'Wat zie je er beeldschoon uit.'

Hij was in smoking, net als Kenneth, en het stond hem prachtig. Zonder elastiek in de band van zijn broek omdat hij te veel rode wijn dronk, dacht Flappy onwillekeurig. Met zijn haar uit zijn gezicht gekamd leek hij wel een filmster, zijn witte tanden vormden een verleidelijk contrast met zijn gebruinde huid. Flappy glimlachte, maar ze zei niets uit angst zich te verraden. Want als íémand wist wanneer ze beter haar mond kon houden, dan was zij het.

Ze liep verder om de kinderen te begroeten, stuk voor stuk charmant en goedlachs met het prachtige gebit van hun vader en de perfecte huid van hun moeder. George was de knapste, constateerde Flappy voldaan, en ze vroeg zich af of Persephone er al was, of ze hem al had verblind met haar mooie nieuwe jurk.

Samen met Kenneth ging ze de tent binnen, waar ze een glas champagne kreeg aangereikt en links en rechts vrienden en kennissen begroette. Flappy was diep onder de indruk van de aankleding, van de schitterende bloemstukken op alle tafels, van de talloze lichtjes daarboven die het effect creëerden van een hemel vol sterren, van de zuilen waarop die hemel rustte, die uit louter rozen leken te bestaan. Haar bewondering steeg terwijl ze uitrekende hoeveel dat allemaal wel niet moest hebben gekost. Blijkbaar waren Hedda en Charles nog veel rijker dan ze tot op dat moment had gedacht.

'Flappy!' Mabel baande zich al wuivend een weg door de drukte. 'Is het niet hemels?' Ze kusten elkaar op de wang. 'En wat moet dat niet allemaal hebben gekost!'

'Mabel,' zei Flappy misprijzend. 'Het is onder alle omstandigheden ordinair om over geld te praten, maar helemaal op een avond als deze. Dat zou ik nou nooit doen. Op een feestje uitrekenen wat het allemaal moet hebben gekost.'

Mabels glimlach haperde. 'Sorry. Je hebt gelijk. Ik had het niet moeten zeggen. Maar vind je het ook niet schitterend?'

'Dat is het zeker. En je ziet er schattig uit, Mabel.'

Haar glimlach straalde alweer. Mabel was bij Chic Boutique geweest, en daar had Cheryl haar verklapt wat Flappy had gekocht, zodat Mabel een richtlijn had zonder dat haar keuze te veel op die van haar vriendin leek. 'Wat enig hè, dat we eindelijk weer eens een aanleiding hadden om ons mooi te maken? Het laatste feest is alweer zo lang geleden. Trouwens, volgens mij hebben we hier in Badley Compton nog nooit zoiets gezien! Hedda heeft alles en iedereen overtroffen.'

Met die laatste opmerking raakte ze een gevoelige snaar, terwijl Flappy zich nog zo had voorgenomen om niet jaloers te zijn. Maar na alles wat ze in de loop der jaren had georganiseerd – cocktailparty's, etentjes, feestjes, lunches en diners om geld in te zamelen voor het goede doel – was de constatering dat Hedda al haar inspanningen in één klap in de schaduw had gesteld, een bittere pil die ze te slikken kreeg. Het kostte haar dan ook de grootste moeite om niet uit haar slof te schieten, maar ze wist zich te beheersen. 'Je hebt volkomen gelijk, Mabel. Iets op deze schaal is hier nog nooit vertoond. We mogen ons zó gelukkig prijzen dat Hedda en Charles hier zijn komen wonen, in ons dorp diep in de provincie.'

Mabel werd zich ineens bewust van haar faux pas. Maar het was typisch Flappy om zo ruimhartig te reageren. 'De schaal mag dan groter zijn dan van alles wat jij op Darnley hebt georganiseerd,' haastte ze zich te verklaren, 'maar jouw feestjes hebben zo veel stijl, Flappy. Zo veel klasse. Een unieke sfeer die alleen jij weet te bewerkstelligen. Daar kan zelfs Hedda met al haar miljoenen niet tegenop.'

Flappy stak haar kin naar voren. Het was niet helemaal

waar wat Mabel zei. Hedda was tenslotte de nicht van een markies. Dus als íémand klasse had, dan was het Hedda. Maar Flappy voelde zich gerehabiliteerd, in elk geval in de ogen van Mabel. Want haar feestjes hadden inderdaad een geheel eigen, unieke sfeer.

Op dat moment kwam Sally naar hen toe wankelen. 'Flappy! Mabel!' riep ze opgewonden. 'Jullie raden nooit wie ik net zag binnenkomen!'

Flappy hield niet van raden. Wéten, daar ging het om. 'Nee, want Hedda heeft bijna heel Badley Compton uitgenodigd,' zei ze dan ook laconiek.

'Monty Don!' zei Mabel stralend.

'Ja! Monty Don!' joelde Sally. 'En hij is in het echt nog knapper dan op de televisie.'

Flappy kon een huivering van opwinding niet onderdrukken. Maar dat zou ze voor geen goud hebben toegegeven. Ze liep niet achter de massa aan. De voorste gelederen waren haar natuurlijke habitat. Ze ging de anderen vóór, ze nam de leiding en gaf het goede voorbeeld. 'Het kan me niet schelen hoe knap hij is.' Ze snoof. 'Maar als tuinman vind ik hem geweldig. Ik zou graag met hem over zijn boeken willen praten. Vooral over *De zinnelijke tuin*.'

'Ik hoef hem alleen maar te zien. Het kan me niet schelen waar het over gaat. Voor mijn part leest hij het telefoonboek voor!' Sally schaterde het uit.

Even later voegden ook Esther en Madge zich bij hen, al net zo opgewonden als Sally. Maar Flappy's aandacht was inmiddels afgeleid. Terwijl ze wegslenterde, op zoek naar Charles, keken haar vriendinnen haar bezorgd na. 'Te veel mediteren is niet goed voor een mens,' verklaarde Esther somber. 'Ik heb altijd al gezegd dat meditatie zwaar wordt overschat.'

'Ze leeft op een ander niveau,' zei Madge. 'Een vrouw van onze leeftijd die niet opgewonden raakt van Monty Don... die is het aardse niveau ontstegen.'

Sally knikte. 'Des te beter voor ons. Zonder Flappy maken wij meer kans bij Monty Don. Je weet hoe ze is. Ze zou alle aandacht naar zich toe trekken. Flappy is veel te mooi,' voegde ze er haastig aan toe, want het was natuurlijk niet aardig wat ze had gezegd.

'Kom! Dan gaan we hem zoeken.' Mabel mengde zich tussen de gasten, met Esther, Madge en Sally in haar kielzog.

Ondertussen was Flappy staande gehouden door de dominee en zijn vrouw. Omdat ze niet onbeleefd wilde zijn maakte ze een praatje met hen. Sterker nog, ze deed oprecht haar best om de indruk te wekken dat ze het reuze interessant vond wat het echtpaar te vertellen had. 'Wat is ze toch altijd aardig, hè Joan?' hoorde ze de dominee zeggen toen ze zich eindelijk wist los te maken. 'Ze heeft altijd een luisterend oor voor iedereen.' Flappy voelde zich op slag iets minder schuldig over haar affaire. Tenslotte stond de dominee in rechtstreeks contact met de Almachtige, en ze wist drommels goed dat ze een ietsepietsje tekortschoot waar het de geboden van de Eeuwige betrof.

Voordat ze Charles had gevonden werd ze tot haar grote ergernis nog door talloze anderen aangeklampt. Dat was het probleem van een feestje waar je iedereen kende. Dan wilde ook iedereen met je praten. Tegen de tijd dat Flappy er eindelijk in was geslaagd bij Charles in de buurt te komen, ging de gong ten teken dat de gasten aan tafel werden genodigd. Dat was een streep door haar rekening, maar Flappy stapte manmoedig over haar teleurstelling heen. Ze glimlachte alsof ze zich kostelijk vermaakte en ging op zoek naar haar plaats aan een van de tafels. Er kwamen nog kansen genoeg om met Charles te praten. Ze wist al dat hij haar ten dans zou vragen – dat had hij zelf gezegd – en ze kregen vast en zeker de kans om samen de tuin in te lopen. Met al die kleine lichtjes in de bomen en met de volle maan hoog aan de hemel zou een wandeling zo romantisch zijn! Zo intiem en opwindend. Misschien zouden ze elkaar zelfs kussen, ergens in een verborgen hoekje van een geheime tuin. Want ze twijfelde er niet aan of er waren geheime tuinen. Die waren er op Darnley Manor ook. Sterker nog, Darnley Manor had de mooiste geheime tuinen van heel Badley Compton.

Bij het grote bord met daarop de tafelschikking kwam Kenneth naast haar staan. 'Dag lieverd.' Hij schoof zijn arm door de hare. 'Weet je al waar je zit?'

'Nee, jij?'

'Ja, ik zit bij Hedda aan tafel.'

'O? En ik niet?' vroeg ze teleurgesteld. Als goede vriendin van de gastvrouw had ze een plaatsje bij haar aan de tafel verwacht. Wat een blamage tegenover haar andere vriendinnen als die zagen dat ze niet aan de hoofdtafel was ingedeeld.

'Jij zit naast Charles.' Kenneth drukte liefkozend haar arm. Hij wist beter dan wie ook hoeveel het voor haar betekende om naast de gastheer te mogen zitten.

Op slag steeg Flappy's moreel met sprongen. 'O. Echt

waar? Naast de gastheer? Wat een eer.' Ze kon haar opwinding amper bedwingen.

'Waar zit jij, Flappy?' Mabel kwam naar haar toe. De vriendinnen hadden Monty Don nog niet te pakken weten te krijgen.

'Ik zit naast de gastheer,' vertelde Flappy met nauwelijks verholen trots. 'Wat een bofferd ben ik, hè?'

Haar vriendinnen waren zichtbaar jaloers, want na Monty Don zou Charles Harvey-Smith hun tweede keus zijn geweest als tafelheer.

Flappy haastte zich naar haar plaats. Iedereen die probeerde haar staande te houden, kreeg beleefd maar vastberaden te horen dat ze naar haar tafel moest omdat ze naast de gastheer zat, en het zou onbeleefd zijn die te laten wachten. Toen was het eindelijk zover en stond ze naast Charles achter haar stoel. Hij keek met zijn prachtige ogen op haar neer, en terwijl ze erin wegzonk voelde Flappy zich de Kleine Zeemeermin die werd opgeslokt door de golven. 'Hedda heeft de tafelschikking gedaan,' zei hij met een glimlach die Flappy vlinders in haar buik bezorgde.

'Wat aardig dat ze ons naast elkaar heeft gezet,' zei Flappy. En wat naïef, dacht ze enigszins zelfingenomen.

Charles trok haar stoel naar achteren en Flappy ging zitten. Ze begroette de man aan haar rechterhand. Iemand die ze niet kende. Hij zag eruit als een professor op leeftijd met dunnend haar en een klein rond brilletje. Toen hij zich voorstelde was Flappy er niet bij met haar gedachten, dus ze verstond zijn naam niet. Aan Charles' andere kant zat Amanda Worthington, het nietszeggende droogboeket dat zo geweldig kon bridgen. Van haar had ze in de huidige situatie niets te vrezen, dacht Flappy tevreden terwijl ze haar servet uitvouwde en op haar knieën legde. Charles schonk wijn in, en Flappy bracht het glas gretig naar haar lippen. Omdat zij aan zijn rechterhand zat, had ze hem tijdens de eerste helft van het diner voor zich alleen. Daarna zou hij zijn aandacht naar Amanda moeten verleggen om met haar te converseren. Maar Flappy achtte de kans groot dat het zover niet zou komen. Want behalve aan de bridgetafel had Amanda weinig te vertellen.

Charles drukte zijn knie tegen die van Flappy. En zij duwde terug. Terwijl ze beleefd converseerden legde hij een hand op haar dij. 'Je ziet er prachtig uit,' fluisterde hij. 'Die jurk is echt schitterend, maar ik zie je liever zonder.'

'O, Beastie, zeg toch niet zulke stoute dingen!'

'Ik kan het niet helpen, Beauty. Ik kan aan niets anders denken dan dat ik je die jurk uittrek. Wat ben ik toch een bofferd dat ik naast de mooiste vrouw van de avond mag zitten. En dat niet alleen, ik ga ook met haar naar bed!'

Flappy keek nerveus van links naar rechts. Maar niemand luisterde. Alle gasten waren verdiept in hun eigen gesprek. 'Pas op, Beastie. Je wordt roekeloos. Probeer het een beetje rustiger aan te doen.'

'Dat kan ik niet. En dat wil ik ook helemaal niet. Wat jij met me doet, dat heb ik nog nooit, bij geen enkele andere vrouw zo ervaren. Ik hoop dat we na het diner kunnen ontsnappen, de tuin in. Dan kan ik dingen met je doen die nog geen man ooit met je heeft gedaan.'

Flappy begon het een beetje warm te krijgen. Haar wangen gloeiden.

‘Straks ga ik met je dansen.’ Charles masseerde haar dij. ‘En daarna ga ik de liefde met je bedrijven.’

Met dat opwindende vooruitzicht nam Flappy een grote slok wijn. En toen nog een. Ze had dringend een hartversterkertje nodig om het diner uit te zitten terwijl ze het liefst naar binnen zou vluchten, naar een van Hedda’s hemelbedden, waar Charles haar jurk en haar zijden kousen zou afstropen en de verrukkelijkste dingen met haar zou doen. Ze kon het bijna niet opbrengen om de schijn op te houden, maar het moest. En het lukte haar. Want als íémand haar lusten wist te bedwingen wanneer de omstandigheden dat vereisten, dan was het Flappy.

Uiteindelijk keerde Charles zich tijdens de tweede helft van het diner wel degelijk naar zijn andere tafeldame. Tot grote ergernis van Flappy, al was het maar omdat ze daardoor met de professor zou moeten converseren. Ondertussen gleed haar blik naar Persephone aan een van de andere tafels. Ze constateerde tevreden dat haar PA er beeldig uitzag en dat haar tafelheer niemand minder was dan de knappe George. Het stemde haar voldaan dat haar plannetje was gelukt.

Terwijl zij deed alsof ze naar de professor luisterde, schonk Charles regelmatig haar glas bij. Flappy’s glimlach bleef om haar lippen gebeiteld, waardoor de professor niet in de gaten had hoezeer hij zijn knappe tafeldame verveelde. *Lieve hemel, wat is hij saai*. Sterker nog, ze kon zich niet heugen dat ze ooit naast iemand had gezeten die zo slaapverwekkend was, en ze snakte naar het moment waarop het diner afgelopen zou zijn; het moment waarop Charles en zij er stilletjes tussenuit konden knijpen.

Aan haar beproeving kwam een einde toen Charles met zijn mes tegen zijn glas tikte. Hij ging staan, en de gesprekken verstomden. Wat was hij lang en knap. Flappy keek vol bewondering naar hem op. 'Lieve vrienden,' stak hij van wal, en zijn diepe, weergalmende stem herinnerde haar aan de beroemde acteurs van de Royal Shakespeare Company. Hij zou een geweldige Hamlet zijn, dacht ze terwijl haar gedachten opnieuw afdwaalden naar het hemelbed. 'Hedda en ik zijn buitengewoon verheugd om jullie vanavond te gast te hebben, want we wilden jullie niet alleen nog beter leren kennen, maar bovendien bedanken voor het warme welkom dat jullie ons hebben bereid. Toen Hedda voorstelde om naar Badley Compton te verhuizen was ik niet meteen enthousiast. Dat veranderde al bij de eerste kennismaking. Compton Court is natuurlijk prachtig, een heerlijke plek om te wonen, maar het was vooral het dorp waardoor ik ook enthousiast werd. Iedereen groette ons, iedereen was aardig en had alle tijd. Heel anders dan in Londen, waar niemand nog tijd heeft voor elkaar. En ik sluit niet uit dat ook de Scott-Booth Golf Club een beslissende factor is geweest in mijn besluitvorming...' Hij schoot in de lach, en alle gasten deelden in zijn vrolijkheid. Ook Flappy, die het opwindend vond dat haar naam werd genoemd. 'Wat ik wil zeggen is: dank jullie wel! Dank voor jullie saamhorigheid en jullie charmante gemeenschap. Hedda en ik voelen ons vereerd om daar deel van te mogen uitmaken. Ik hef mijn glas op mijn lieftallige vrouw, aan wie we deze schitterende avond te danken hebben. Want eerlijk is eerlijk, zij heeft al het werk gedaan. Ik heb er weinig aan bijdragen. En ik hef mijn glas op jullie, onze nieuwe vrienden in Badley Compton.'

Iedereen ging staan en dronk hem en Hedda toe. Flappy tikte met haar glas tegen dat van Charles, en in zijn glimlach lagen alle stoute dingen besloten die ze ooit hadden gedaan. Flappy bloosde van plezier, want die glimlach was uitsluitend en alleen voor haar bedoeld. Ze had zich nog nooit zo uitverkoren gevoeld, zo bijzonder.

Toen begon de muziek te spelen. Een tango. En als íémand de tango kon dansen, dan was het Flappy.

15

Flappy stond niet helemaal stevig op haar benen. De wijn, de opwinding... het was haar allemaal een beetje naar het hoofd gestegen, dus ze was een beetje duizelig, giechelig en misschien een ietsepietsje roekeloos. Toen ze jong was had ze een tijdje als au pair gewerkt, in Buenos Aires. Niet iets om trots op te zijn, vond ze inmiddels. Vandaar dat ze er nooit over sprak. Hoe dan ook, ze had in die periode een grote liefde opgevat voor de tango. Als ze maar even kon, ging ze naar San Telmo, het oudste deel van de stad, om de Porteños – de inwoners van Buenos Aires – te zien dansen. Met zijn vurige passie had de tango misschien diep vanbinnen een snaar bij haar geraakt vanwege de verborgen hartstocht die daar sluimerde en die hunkerde naar bevrijding.

Uiteindelijk had een van de dansers, een al wat oudere man met een grappige snor en met wenkbrauwen die hun eigen tango dansten, haar gevraagd of ze de passen, de bewegingen ook wilde leren. Flappy had zijn aanbod gretig aangenomen.

En terwijl ze nu enigszins onvast met Charles naar de dansvloer liep, wilde ze plotseling niets liever dan laten zien dat ze de tango beheerste, in de vurige hoop dat ze zich de passen, de bewegingen nog herinnerde. Natuurlijk had ze daar een partner voor nodig met kennis van zaken. Maar ook al wist ze niet of Charles kon tangoën, dat mocht de pret niet drukken. Moedig geworden dankzij de wijn liet ze zich door niets of niemand afschrikken.

Er waren al meer paren die dansten, maar Flappy was zich er scherp van bewust dat alle ogen op háár werden gericht. Dat op zich was al bedwelmend. Ze vond het heerlijk om in het middelpunt van de belangstelling te staan. Charles nam haar in zijn armen, en ze begonnen zoals iedereen begon die de tango niet beheerste: ze marcheerden wang aan wang in een rechte lijn naar voren. Maar Flappy beheerste de tango wel degelijk, en dat zou ze laten zien ook. Met een dramatisch gebaar, alsof ze op het podium stond van Señor Tango in Buenos Aires, duwde ze Charles van zich af en begon ze tot ieders verrassing aan een gecompliceerde reeks passen die plotseling weer naar boven kwamen met een vanzelfsprekendheid alsof ze die met de paplepel ingegeven had gekregen.

Gedragen op een golf van nostalgie werd ze door de muziek teruggevoerd naar San Telmo. Ze strekte haar voeten, sleepte haar tenen over de grond, beschreef een acht, en nog een acht, in omgekeerde richting. Ze schopte, paradeerde, stampte met haar voeten, zich niet langer bewust van de gasten die als gehypnotiseerd toekeken en opstonden van hun stoel. Met de elegantie en de souplesse van een professionele danser bewoog ze zich over de dansvloer, om zich ten slotte weer bij Charles te voegen. Die was net zo verbaasd als iedereen, inclusief Kenneth, die nooit had geweten dat zijn vrouw met zo veel vuur de tango kon dansen.

Charles hoefde nauwelijks iets te doen. Flappy danste om hem heen, streek met haar voeten langs zijn broekspijpen, stak ze tussen zijn benen door, kromde haar rug en bewoog wild en abrupt met haar hoofd. Bij het slotakkoord liet ze zich achterover in de armen van Charles vallen en gooide ze één been de lucht in. Haar japon schoof naar beneden, waardoor haar slanke dijen en sierlijke kuiten zichtbaar werden. Ze hielden deze pose langdurig vast. Flappy omdat ze drommels goed wist hoe geweldig ze eruitzag, en Charles omdat hij blij was dat hij althans íéts kon laten zien.

Toen er een ovationeel applaus losbarstte had Flappy het gevoel dat haar hart uiteen zou spatten van trots, van blijdschap, maar ook van uitputting. Nu het achter de rug was, besefte ze ineens dat ze een ietsepietsje buiten adem was en dat ze het misschien een tikkeltje had overdreven.

Ze richtte zich op. Charles gaf haar een handkus en keerde zich toen naar de gasten terwijl hij naar haar wees. Flappy zou dolgraag een reverence hebben gemaakt, maar ze betwijfelde of haar benen dat aankonden. Dus ze beperkte zich tot een buiging. Het gebaar werd met gejuich ontvangen. Flappy voelde zich een ster. En dat was een verrukkelijk gevoel!

Alsof ze op het toneel stond wierp ze stralend, triomfantelijk kushandjes de zaal in. Charles schudde verwonderd zijn hoofd toen hij haar terugbracht naar haar plaats. 'Waar heb je dat geleerd?'

'In Buenos Aires.'

'In Buenos Aires? Hoe kwam je daar verzeild?'

Dit was een van die momenten waarop Flappy moest kiezen tussen een ongemakkelijke waarheid en een leugen. Hoewel ze liegen beneden haar waardigheid vond, aarzelde ze geen moment. 'Mijn vader werkte op de Britse ambassade in Argentinië. In de tijd dat we daar woonden, heb ik erg veel geleerd. Onder andere de tango.'

'Je weet me telkens weer te verrassen. Heb je daar soms ook polo leren spelen?'

Voordat Flappy kon antwoorden werd ze omstuwd door haar vriendinnengroep, die haar wilde feliciteren. En ook Hedda kwam naar haar toe. 'Dat was geweldig!' Ze viel Flappy om de hals. 'Echt verrukkelijk! Dat je dat kunt! Als ik dat had geweten had ik geen amusement hoeven te regelen.' Ze schoot in de lach.

Tegen de tijd dat Flappy en Charles weer op hun plek zaten, werd de verlichting gedempt, met uitzondering van één spotlight dat een glimmend zwarte piano bescheen. Flappy vroeg zich af wie daarachter zou kruipen. Ze kon zich niet voorstellen dat een pianist onderhoudender zou zijn dan wat zij had laten zien. Maar dit was een van die keren in haar leven dat ze het mis bleek te hebben. Want begeleid door een hartstochtelijk applaus nam Jason Donovan plaats achter de piano.

Flappy was verbijsterd. Hoe had Hedda hem weten te boeken? Niet voor het eerst besefte ze dat Charles en zij werkelijk schat- en schatrijk moesten zijn. Onder andere omstandigheden zou ze misschien een ietsepietsje jaloers zijn geweest, maar na haar succesvolle tango voelde ze slechts euforie. Ze nam een grote slok wijn en luisterde naar de verrukkelijk diepe, warme stem van Jason Donovan die al haar favoriete nummers zong. Achterovergeleund in haar stoel liet ze de muziek over zich heen spoelen. Dit was misschien wel de opwindendste avond van haar leven. En die zou alleen nog maar opwindender worden, wist ze toen Charles zijn knie tegen de hare drukte.

Het was al bijna middernacht toen Charles en zij eindelijk wisten te ontsnappen, de tuin in. Hedda was op de dansvloer, net als haar kinderen en hun partners – onder wie George en Persephone, die alleen maar oog hadden voor elkaar. Maar Flappy was te opgewonden om van het succes van haar koppelpraktijken te kunnen genieten. Ze volgde Charles de donkere nacht in, door een deur in een muur met daarachter een geheime tuin, gedompeld in het spookachtige zilveren schijnsel van de maan. 'Je was geweldig, Beauty!' Charles nam haar in zijn armen en kuste haar. 'Deze avond vergeet ik nooit meer, al word ik honderd.'

'O Beastie, je bent veel te complimenteus.'

'En jij bent veel te bescheiden.'

'Ach ja, dat is een van mijn vele tekortkomingen. Ik moet leren complimentjes in ontvangst te nemen.'

'En ik zou je ermee willen overladen.' Hij drukte zijn lippen op haar slaap. 'Maar in plaats daarvan doe ik het met kussen.'

Flappy voelde zich in de zevende hemel. Hoewel... Ze kon zich eigenlijk niet voorstellen dat het daar zo verrukkelijk zou zijn als hier, in deze geheime tuin met haar minnaar.

'Ik hou van je, Flappy,' zei Charles.

Daar schrok ze van. Het waren grote woorden die hij gebruikte. *Ik hou van je.* Dat had Flappy alleen maar ooit, heel lang geleden tegen Kenneth gezegd. Ze had nu geen tijd om over de liefde na te denken, maar ze wist zeker dat ze nog altijd van Kenneth hield. Of ze ook van Charles hield, daar was ze nog niet uit.

Klaar om haar opnieuw te kussen keek hij haar vol verwachting aan. Hij wilde horen dat ze ook van hem hield. En dat begreep ze. Dus ze zou moeten kiezen. Óf ze vertelde hem de waarheid, namelijk dat ze naar hem hunkerde, óf ze jokte en zei dat ze van hem hield. Uiteindelijk deed ze geen van beide. In plaats daarvan sloeg ze haar armen om zijn hals en drukte ze haar lippen hartstochtelijk op de zijne.

Een geschokt hijgen maakte ruw een einde aan het sprookje en rukte hen abrupt terug naar de werkelijkheid. Als door een wesp gestoken lieten ze elkaar los. In de deur naar de ommuurde tuin stonden George en Persephone.

Flappy staarde hen vol afschuw aan. Een reeks angstaanjagende beelden trok aan haar geestesoog voorbij. Een wanhopige Kenneth, een woedende Hedda, heel Badley Compton dat haar voor slet, voor hoer uitmaakte en dat niets meer met haar te maken wilde hebben. Ze kon wel door de grond zakken. Dit was het dieptepunt van haar bestaan, het verschrikkelijkste moment van haar hele leven.

'Kom, kom, George. De wereld vergaat niet,' zei Charles in

een misplaatste poging tot luchtigheid.

George nam zijn vader vol weerzin op. 'Wat moet dit voorstellen?'

'Ik zoende Flappy. Dat geef ik eerlijk toe. Ik beken schuld. Eén zoen. Wat kan dat nou voor kwaad.' Hij keerde zich grijnzend naar Flappy. 'We zijn allebei een beetje teut, waar of niet?'

Op haar beurt durfde Flappy haar PA nauwelijks aan te kijken, maar vanuit haar ooghoeken zag ze dat Persephone spierwit was geworden. In het bleke maanlicht zag ze eruit als een geest. Flappy wist zich geen raad. Terwijl ze altijd, onder alle omstandigheden precies wist wat ze moest zeggen, stond ze nu met haar mond vol tanden. Terwijl ze altijd alles onder controle had, besefte ze nu geschokt dat ze haar greep op de situatie volledig kwijt was.

Het was uiteindelijk Persephone die de stilte verbrak. 'Mrs. Scott-Booth, volgens mij heeft de dokter gezegd dat u bij uw medicatie geen alcohol mocht gebruiken.'

Flappy herkende de kans om aan haar verantwoordelijkheid te ontkomen onmiddellijk. 'O hemel, ik heb inderdaad gedronken,' zei ze op een toon waarmee ze George ervan hoopte te overtuigen dat ze niet helemaal toerekeningsvatbaar was. Ze keek Charles aan. 'Het spijt me. Ik geloof dat ik niet helemaal besef wat ik doe. Dus ik denk dat ik maar naar huis ga. Dat lijkt me beter.'

'Ik breng u wel even.' Persephone bood haar een arm. Toen keerde ze zich naar George. 'Sorry, ik kan Mrs. Scott-Booth niet alleen laten gaan. Ze is echt niet lekker. Ik ben zo weer terug. Het is maar tien minuten rijden.'

George glimlachte mat terwijl hij zich achter het oor krabde. Hij wist zich duidelijk geen raad met de situatie. 'Dat is lief van je,' zei hij tegen Persephone. Daarop keerde hij zich naar zijn vader. 'Hier zal mama niet blij mee zijn.'

Flappy vluchtte de tuin uit; het dreigement dat Hedda te horen zou krijgen wat er was gebeurd, schalde in haar oren. Ze moest hier weg! Zo snel en zo ver mogelijk weg van Compton Court.

Persephone wist haar naar de auto te loodsen zonder dat iemand het zag. Doordat ze George had geholpen met de tafelschikking wist ze hoe ze buiten de tent om bij het parkeerterrein moest komen. 'Ik zal eerlijk tegen je zijn, Persephone,' zei Flappy met een zucht toen ze eenmaal op weg waren. Want als íémand begreep wanneer het spel uit was, wanneer de situatie om eerlijkheid vroeg, dan was zij het. 'Dankzij jou heb ik nog íéts van mijn waardigheid kunnen behouden, en daar ben ik je innig dankbaar voor.' Ze aarzelde, want wat ze ging opbiechten betekende de genadeslag voor dat laatste restje waardigheid. 'Ik heb een verhouding met Charles. Al een week of drie. Ik had mezelf niet meer in de hand.'

Persephone keek strak naar de weg. Tot opluchting van Flappy. Niet alleen omdat ze geen brokken wilde, maar ook omdat ze de blik van haar PA liever ontweek. 'Daar zou ik u nooit om veroordelen, Mrs. Scott-Booth,' zei die beheerst. 'Ik ken u nog maar kort, ik weet niets van u, dus het is niet aan mij om te oordelen.'

'Zeg alsjeblieft gewoon Flappy. Als we het over mijn seksleven moeten hebben, dan kunnen we de formaliteiten maar beter overboord zetten.'

Persephone glimlachte meelevend. 'Je bent niet de eerste met een verhouding, Flappy. En ook niet de eerste die wordt betrapt. Waar het om gaat, is dat we de schade zo veel mogelijk moeten zien te beperken. En dan denk ik in de eerste plaats aan Mr. Scott-Booth en Mrs. Harvey-Smith.'

'Als je daarmee bedoelt dat ik het aan Kenneth moet vertellen... Dat kan ik niet. Zijn hart zou breken. Dat kan ik hem niet aandoen.' Bij de gedachte om hem te verliezen dreigde het hare ook te breken. Bevend legde ze een hand op haar borst. Ze voelde een steek van pijn onder haar ribben. 'Ik hou van Kenneth,' zei ze met een klein stemmetje. 'Niet van Charles. Dat is puur een bevlieging, meer niet. Hoe heb ik zo onnozel kunnen zijn?'

'Dat is niet onnozel. Ik begrijp het best. Charles is waanzinnig aantrekkelijk. Het verbaast me niet dat je voor zijn charmes bent bezweken.'

'Het is lief dat je dat zegt, maar op mijn leeftijd zou ik beter moeten weten.'

'Dat heeft niets met leeftijd te maken. Een mens is zo oud als hij zich voelt. Waarom zou iemand van in de zestig niet meer verliefd mogen worden? Je bent een vrouw, en je voelt je aangetrokken tot een man. Dat is alles.'

'Maar ik ben getrouwd. Sterker nog, ik ben gelukkig getrouwd. Ik heb me laten meeslepen. Denk je dat George het aan zijn moeder gaat vertellen?'

Daar kon Persephone geen antwoord op geven. Tenslotte kende ze George pas twee dagen. 'Ik zal het hem vragen, en dan laat ik het je weten. Als hij het aan zijn moeder vertelt, dan denk ik dat je met haar moet gaan praten.'

'Om mijn verontschuldigingen aan te bieden.' Flappy slikte moeizaam. Het vooruitzicht dat ze tegenover Hedda haar verontschuldigingen zou moeten aanbieden was niet bepaald aanlokkelijk.

'Ja. Ze hoeft niet te weten hoe lang dit al gaande is. Volgens Mr. Harvey-Smith ging het om één kus. Je zou kunnen zeggen dat je je liet meeslepen door de tango en dat van het een het ander kwam. Geef gewoon de drank de schuld, en je medicatie.'

'Wat voor medicatie zou dat moeten zijn?' Flappy prees zich gelukkig met haar uitstekende gezondheid en ze had nog nooit medicijnen hoeven te slikken.

'Antidepressiva.'

'Antidepressiva?'

'Ja. Dan heeft ze medelijden met je.'

Flappy lachte grimmig. Ze wilde niet dat Hedda medelijden met haar had. 'Ik hoop dat het onder ons blijft.'

'Dat hoop ik ook. Ik zal proberen George zover te krijgen dat hij het stilhoudt. Maar ik kan niets beloven. Tenslotte ken ik hem nog maar amper. Dus ik heb geen idee wat hij zal doen.'

'Je vindt hem leuk, hè?' Flappy schonk haar een moederlijke glimlach.

Persephone glimlachte terug. 'Ja, erg leuk.'

'Ach, zo'n prille liefde.' Flappy slaakte een zucht van weemoed. 'Verrukkelijk! Die moet je koesteren.'

'Trouwens, ik weet heus wel dat jij dat had geregeld. Die uitnodiging voor vanavond.'

'O ja?'

'Ja. En wat hád je dat slim aangepakt.'

Flappy schoot in de lach. Het voelde heerlijk om te lachen, want in haar hart huilde ze. 'Ach ja, ik heb zo mijn manieren om dingen voor elkaar te krijgen. En ik ben blij dat het is gelukt. Want zelfs de beste plannen kunnen mislukken. En wat een knapperd, die George. Dat heeft hij van zijn vader geërfd. Jullie zijn een mooi stel samen. Wat vond hij van je jurk?'

'Prachtig. Ik heb zo veel aan je te danken.'

'Nou, het is eerder andersom. Je hebt me gered uit een onmogelijke situatie.'

Persephone hield stil voor het huis. 'We hebben het er morgen nog wel over,' zei ze toen Flappy uitstapte. 'Als ik met George heb gepraat. Probeer een beetje te slapen. Ik zal tegen Mr. Scott-Booth zeggen dat ik je naar huis heb gebracht.'

Die arme Kenneth, dacht Flappy op weg naar de voordeur. Haar dierbare Darnley bood een schitterende aanblik, gedompeld in het maanlicht. *Wat bezielde me om hem zo respectloos te behandelen? Terwijl ik zo veel aan hem te danken heb? Schandalig, dat is het. Verachtelijk. Als een van mijn vriendinnen haar man zo had behandeld zou ik niets meer met haar te maken willen hebben. Dan zou ik een preek hebben afgestoken over zelfbeheersing, over fatsoen. Ik ging er altijd prat op dat ik er zulke hoogstaande principes op na hield, ik voelde me ver boven iedereen verheven. En moet je me nou eens zien. Een gevallen vrouw. Er is niets meer over van mijn trots, mijn waardigheid. En de kans is groot dat ik alles kwijtraak. Ach, die lieve Kenneth. Mijn schattige Mop. Zal hij me ooit kunnen vergeven?* Ze begon te huilen. Dikke tranen biggelden over haar wangen en vielen op de marmeren plavuizen van de hal. Haar blik ging naar de portretten naast de schouw en bleef rusten op dat van Kenneth. Het was voor het eerst in lange tijd dat ze er weer eens goed naar keek. Hij zat in een stoel met zijn benen over elkaar geslagen, in zijn gele golfkleding en met een golfclub in zijn hand. Met zijn dikke buik, zijn glimmende gezicht, bolle roze wangen en aanstekelijke glimlach deed hij haar hart overstromen van liefde. En het drong ineens tot haar door hoezeer ze hem en zijn liefde altijd als vanzelfsprekend had beschouwd. Het schokte haar dat ze nu pas, nu ze hem misschien ging verliezen, besefte hoezeer ze hem waardeerde en hoeveel ze van hem hield.

Ze sleepte zich de brede trap op, de prachtige, indrukwekkende trap van Darnley die zo veel mooier was dan die op Compton Court, en strompelde naar haar slaapkamer. Snikkend wierp ze zich op het bed. *Dus dit bedoelen ze met een inktzwarte duisternis in je ziel.* Huilend trok ze een kussen over haar gezicht. *Ik ben zo alleen! Mijn kinderen zitten aan de andere kant van de wereld. Zo ver mogelijk bij hun moeder vandaan. En ik sta op het punt om alles te verliezen. Mijn man en mijn thuis, mijn dierbare Darnley. Straks heb ik niets meer. Alleen nog spijt. En van spijt kun je niet leven. Misschien kan ik maar beter uit het raam springen. Ja, dat is misschien het beste. Maar ik moet eerst vrede sluiten met God. Want die heb ik bijna net zo slecht behandeld als die lieve Kenneth. En dan maak ik er een eind aan.* Ze werkte zich overeind en liep naar het raam.

Hoog aan de hemel keek het ronde gezicht van de maan glimlachend op haar neer en dompelde de tuinen, de schitterende tuinen van Darnley, in haar zilvergrijze licht. Hoe kon het dat de maan glimlachte terwijl zij zich zo verslagen voelde? Flappy gooide het raam open en ademde de zoete geur van vochtige grond en rottende bladeren in. Het was allemaal zo vredig, de stille nacht bewaakte zijn geheimen, verscholen in de schaduwen tussen bomen en struiken. Flappy hief haar ogen op naar de sterren die twinkelden aan de fluwelen baldakijn boven het gazon. De tuinen van Compton Court waren lieflijk, dat viel niet te ontkennen, maar wat ze hier zag... was toch van een andere orde. Dit was adembenemend. Hemels. En als Darnley Manor de hemel was, wat had het dan nog voor zin om uit het raam te springen?

Van de voorkant van het huis klonk het vertrouwde gebrom van de Jaguar. Flappy voelde een steek in haar hart, haar maag verkrampte en ze dacht dat ze moest overgeven. Haastig trok ze haar jurk uit en schoot ze haar pyjama aan. Toen kroop ze in bed en deed het licht uit. In het donker lag ze te luisteren. Het leek een eeuwigheid te duren. Maar het enige wat ze hoorde was het bonzen van haar hart.

Eindelijk ging de voordeur open en weer dicht. Ze hoorde Kenneth de trap op komen. Zijn voetstappen klonken gehaast. Wist hij het? Zou hij tegen haar tekeergaan? Zou hij zeggen dat ze haar spullen kon pakken en vertrekken?

Ze hield haar adem in.

Hij kwam de kamer binnen. Flappy kneep haar ogen stijf dicht. De matras deukte in toen hij ging zitten. 'Lieverd?' Zijn hand gleed strelend over haar haar. 'Ben je wakker?'

Flappy deed alsof ze sliep, maar toen bedacht ze zich. 'Ja,' zei ze zwakjes.

'Is alles goed met je? Persephone zei dat ze je naar huis had gebracht.'

'O Kenneth!' Ze ging rechtop zitten en viel hem huilend om de hals. 'Ik was dronken. Ik schaam me zo! Was het heel erg? Heb ik me belachelijk gemaakt?'

'Hoe kom je daar nou bij? Je was geweldig! Waar heb je de tango leren dansen? Het was ongelooflijk. Ik was zo trots op je.'

Flappy voelde zich zo schuldig dat ze bijna moest overgeven.

'Je bent toch niet boos?' Hij trok haar dicht tegen zich aan.

'Waarom zou ik boos zijn?'

'Omdat ik je na die tango niet ben komen feliciteren. Ik wil niet dat je denkt dat ik jaloers ben op Charles. Want dat ben ik niet. Ik ben juist blij dat je de kans kreeg om te laten zien hoe prachtig je kunt dansen. Maar ik had natuurlijk de eerste moeten zijn om je te feliciteren.'

Flappy kuste hem op zijn wang. 'Wat lief dat je dat zegt. En ik had het natuurlijk leuk gevonden als je dat had gedaan. Jouw mening is de enige die ertoe doet. Maar ik neem je niets kwalijk. Eerlijk gezegd had ik het niet eens gemerkt. Omdat ik een ietsepietsje aangeschoten was. En toen ik de tuin in ging om een frisse neus te halen, werd ik ineens zo misselijk. Gelukkig bood Persephone aan om me naar huis te brengen. Ik wilde je avond niet bederven door het aan jou te vragen.'

'Het was een mooi feest, hè?'

'Nou en of. Ik heb nog nooit zoiets meegemaakt.'

'En dat ze Jason Donovan hadden weten te strikken! Niet te geloven!'

'Ze moeten wel schathemeltjerijk zijn.' Flappy giechelde.

Kenneth schoot ook in de lach. 'Ik hou je niet langer uit je slaap.' Hij stond op. 'Morgen aan het ontbijt kunnen we er verder over napraten. Slaap lekker.'

'Lieverd, zou je het erg vinden om vannacht hier te slapen?' Flappy verlangde ineens naar een paar armen om zich heen. 'Het klinkt misschien raar, maar ik wil liever niet alleen zijn.'

'Natuurlijk. Als jij dat wilt. Maar ik ben bang dat ik wel ga snurken.'

'Dat vind ik niet erg. Integendeel. Ik denk dat ik het wel fijn vind, zo'n snurkend varkentje naast me.'

'En ik wil uitslapen.'

'Ik ook. Dan slapen we lekker samen uit.'

Kenneth trok zijn pyjama aan en poetste zijn tanden. Toen hij naast zijn vrouw ging liggen kroop Flappy dicht tegen hem aan. 'Gezellig, zo samen,' zei hij.

'Dat is het zeker,' viel ze hem bij, genietend van zijn warme lichaam naast het hare. Waarom had ze dat al die jaren niet gewild? Ze sloot haar ogen en probeerde niet aan George te denken, aan wat hij zou besluiten.

'Welterusten, lieverd.' Kenneth gaf haar een kus op haar voorhoofd.

'Welterusten, Mop.' Zo had ze hem al heel lang niet meer genoemd, maar het voelde goed.

16

Flappy werd met hoofdpijn wakker. Dat was geen verrassing. Wel dat Kenneth 'lepeltje-lepeltje' naast haar lag. En het was ook een verrassing dat ze dat prettig vond. Haar blik ging naar de wekker op het nachtkastje. Half tien. Persephone was er al. In angstige spanning wat ze te vertellen had liet Flappy zich uit bed glijden, heel voorzichtig om Kenneth niet wakker te maken.

Ze poetste haastig haar tanden, spetterde water in haar gezicht en schoot haar kimono en haar pantoffels aan. Nu Persephone eenmaal wist van haar verhouding met Charles, liet Flappy elke vorm van decorum varen. Wat gaf het nog of haar PA haar in nachtkleding zag, en zonder make-up? Na het slikken van een paar paracetamolletjes haastte ze zich de trap af.

Persephone zat achter haar bureau en zag er opmerkelijk helder en stralend uit voor iemand die tot in de kleine uurtjes had gefeest en gedanst.

'Wat zei hij?' Flappy trok de deur van de bibliotheek achter zich dicht. Ze voelde al aankomen dat het antwoord niet zou zijn waarop ze had gehoopt en liet zich moedeloos, met een knoop in haar maag op een stoel zakken.

'Hij gaat het aan zijn moeder vertellen.' Het was Persephone aan te zien hoezeer het haar speet dat te moeten zeggen. Haar zo-even nog stralende ogen waren dof geworden. 'Het is niet de eerste keer, vertelde hij.'

Flappy slikte. 'O.' Ze voelde zich ellendig.

'Maar verder houdt hij tegenover iedereen zijn mond. Hij weet niet beter of het ging om één zoen. En hij neemt jou niets kwalijk. Volgens hem heeft zijn vader misbruik van je gemaakt. En heeft hij dat al vaker gedaan. Met andere vrouwen.'

Flappy knikte verslagen.

'Ik denk dat je er maar beter zo snel mogelijk naartoe kunt gaan. Om met Hedda te praten.'

Flappy knikte opnieuw. Moedeloosheid maakte plaats voor een gevoel alsof ze vanbinnen werd volgestort met beton. 'Ja, dat denk ik ook.'

'Het spijt me dat het zo moest gaan. Ik heb geprobeerd hem over te halen om niks tegen zijn moeder te zeggen.'

'Dat neem ik onmiddellijk van je aan.' Flappy kon het niet opbrengen te glimlachen. 'In elk geval bedankt.'

'Wil je dat ik meega? Dat ik buiten in de auto op je wacht?'

'Nee, dat hoeft niet. Ik red me wel. Dit is iets wat ik alleen zal moeten doen.'

'Misschien reageert Hedda met meer begrip dan je denkt. Zeker als het niet de eerste keer is.'

'Misschien. Maar over het algemeen zijn vrouwen al heel snel geneigd om andere vrouwen de schuld te geven.' Flappy haalde haar schouders op, haar blik ging naar het raam. 'Als het mij overkwam zou ik háár de schuld geven. Dat weet ik zeker.'

'Zal ik een kop koffie voor je zetten?' Persephone had met haar te doen. Ze voelde zich slecht op haar gemak met de moedeloze, verslagen Flappy en verlangde naar de voortvarende, zelfverzekerde werkgeefster die haar in dienst had genomen.

'Ja, lekker. Kom, dan gaan we naar de keuken, en dan kun je me een peptalk geven vóór mijn gang naar Canossa.' Flappy lachte wrang. 'Maar ik moet niet klagen. Het is mijn eigen schuld.'

Eenmaal in de keuken ging ze aan de tafel zitten. 'Heb je je een beetje geamuseerd met George? Zeg alsjeblieft dat je een heerlijke avond hebt gehad. Ik kan wel een lichtpuntje gebruiken in alle ellende.'

Persephone glimlachte breed. 'Hij heeft me gekust.'

Flappy fleurde meteen op. 'O, wat geweldig! En daar is hij vast erg goed in. Dat is zó belangrijk. Dat een man goed kan kussen.'

'Ja, ik heb niets te klagen.' Persephone pakte een kopje, het Nespresso-apparaat begon te brommen, en de geur van verse koffie vulde de keuken. 'Volgens mij is het serieus,' vervolgde ze. 'Ik heb er een goed gevoel over.'

'Ik ook. Wist je dat hij van deftige komaf is? Zijn oudoom was een markies.'

'Nee, dat wist ik niet,' zei Persephone, en het was duidelijk dat ze het ook volstrekt oninteressant vond.

'Ja, ze zijn erg deftig. Hedda is oud geld, zoals dat heet. Wat doet George voor werk?'

'Hij is architect en hij woont in Londen. In Shoreditch.'

Flappy kende geen architecten, en ze kende ook niemand in Shoreditch. Dat maakte hem moeilijk te plaatsen. Terwijl ze dat juist altijd zo prettig vond. Om de maatschappelijke achtergrond van mensen een beetje te kunnen inkleuren. 'Dus hij is hoogopgeleid. En artistiek. Dat moet wel, als architect. Wat enig om met zo iemand verkering te hebben.'

'We hebben geen verkering,' zei Persephone, maar ondertussen grijnsde ze.

'Nog niet,' corrigeerde Flappy haar. 'En denk erom dat je niet naar Shoreditch verhuist. Ik zou het niet meer zonder je kunnen stellen.'

Persephone keek haar bijna verschrikt aan. 'Nee, natuurlijk verhuis ik niet naar Shoreditch.' Ze bracht Flappy haar koffie. 'Ik heb nog nooit zo'n fijne baan gehad.'

'Het werk is in elk geval gevarieerd. En nooit saai.' Flappy haalde haar schouders op. 'Maar wanneer er eenmaal liefde in het spel is...'

Flappy zat nog aan de ontbijttafel toen Kenneth beneden kwam. Hij bukte zich om haar op de wang te kussen. 'Goedemorgen, lieverd.'

'Goeiemorgen.' Ze slaagde erin een flauwe glimlach te produceren.

'Hoe voel je je?'

'Alsof er een vrachtwagen over me heen is gereden. Maar dat is mijn eigen schuld.' Ze keek toe terwijl hij naar de broodtrommel liep en een snee brood in de rooster deed. 'Laat mij dat doen.'

'Welnee. Blijf jij maar lekker zitten. Vandaag zorg ik voor het ontbijt,' zei hij tot Flappy's verrassing. Het was lang geleden dat hij voor het laatst voor het ontbijt had gezorgd. 'Wat zijn je plannen voor vandaag?' vroeg hij.

Flappy keek in haar lege koffiekop. 'Ik rijd eerst even bij Hedda langs om te zien of ik kan helpen met opruimen.'

Kenneth keek verbaasd op. Dat deed ze nooit, aanbieden om te helpen met opruimen. 'Ik dacht dat we misschien samen konden lunchen op de golfclub.' Hij glimlachte, al bij voorbaat genietend. 'Ze serveren een uitstekende quiche.'

Flappy zou zich het liefst in huis hebben opgesloten, maar ze wilde geen 'nee' zeggen. 'Ja, leuk,' zei ze dan ook, in de hoop dat haar enthousiasme om met hem te gaan lunchen als verzachtende omstandigheid zou gelden mocht hij erachter komen wat er tussen Charles en haar was voorgevallen.

Halverwege de ochtend reed Flappy door de bochtige lanen naar Compton Court. Ze had niet gebeld om te zeggen dat ze kwam, uit angst dat Hedda dan zou hebben geweigerd haar te ontvangen. En ze móést haar spreken. Ze móést de kans krijgen om haar zaak te bepleiten. Sterker nog, ze zou alles uit de kast moeten halen voor haar pleidooi. En ze zou haar verontschuldigingen moeten aanbieden. Dat laatste zou haar niet gemakkelijk afgaan, al was het maar omdat ze het zelden had hoeven te doen en er dus nauwelijks ervaring mee had.

Dus ze hoopte maar dat ze intuïtief de juiste woorden zou weten te vinden.

Ze had geen oog voor de prachtige kleuren nu de koude adem van de herfst bomen en struiken deed huiveren en hun blad deed verkleuren tot stralende tinten rood en goudgeel. Ook de kobaltblauwe lucht zag ze niet, net zomin als de pluizige witte wolken en de meeuwen die langs de hemel cirkelden. Het enige waaraan ze kon denken was de vernederende situatie waarin ze was beland. Hoe had ze zo dwaas, zo onnozel kunnen zijn! Volgens Persephone had Charles het al vaker gedaan. Die wetenschap bezorgde haar een gevoel van onpasselijkheid. Want zij had zoiets nog nooit gedaan. En ze had gedacht dat voor Charles hetzelfde gold. Dat hun overspel onvermijdelijk was geweest, voor de eerste en enige keer in hun leven, omdat ze hun hartstocht voor elkaar simpelweg niet hadden kunnen beheersen. Hoe vaak zou Charles het al gedaan hebben? Was ze niet meer dan de zoveelste in een lange rij veroveringen? Ze keek naar zichzelf in de achteruitkijkspiegel. 'Hoe kon je zo stom zijn?' zei ze nijdig. 'En dat op jouw leeftijd? Hoe is het mogelijk dat je erin bent getrapt?'

Met een bezwaard gemoed reed ze de oprijlaan van Compton Court in. Nadat ze de Range Rover had geparkeerd liep ze naar de voordeur. Het liefst zou ze rechtsomkeert hebben gemaakt, maar ze vermande zich, ze mocht nu niet terugkrabbelen. Ze was hier om haar verontschuldigingen aan te bieden, en dat zou ze doen ook! Ze zou ernstig en oprecht zeggen dat ze spijt had van wat er was gebeurd. Haar hand trilde toen ze op de bel drukte. Ze durfde nauwelijks adem te halen. Haar hart bonsde in haar keel en ging tekeer als een opgeschrikte vogel achter de tralies van zijn kooi. Na wat haar een eeuwigheid leek te duren ging de deur eindelijk open. 'Mrs. Scott-Booth,' begroette Johnson haar met een glimlach.

'Is Mrs. Harvey-Smith thuis? Ik moet haar dringend spreken.'

De butler oogde net zo kalm en onbewogen als altijd. Niets in zijn gezicht verried dat zich zojuist een daverende ruzie had afgespeeld tussen de heer en de vrouw des huizes, noch dat Hedda zich had opgesloten in haar kamer en weigerde tevoorschijn te komen. Johnson opende de deur wat verder en nodigde haar uit om binnen te komen. 'Mrs. Harvey-Smith is in de tuin. Als u mij wilt volgen...'

Bij het woord 'tuin' kwam Flappy's maag alweer in opstand. Maar ze liep achter de butler aan, die haar tergend langzaam voorging door het huis en vervolgens naar buiten, waar een ploeg mannen met ontbloot bovenlijf bezig was het Indiase paviljoen af te breken. Flappy keek nadrukkelijk de andere kant uit. Ze wilde de tent niet zien. Trouwens, dat gold voor alles wat haar aan het feest herinnerde. Dus ze was opgelucht toen Johnson het paviljoen links liet liggen en koers zette naar de groentetuin. Daar zat Hedda met een kop thee op een bankje in de zon. Ze glimlachte verrast toen ze Flappy zag. Die vroeg zich verontrust af of George het haar nog niet had verteld.

'Nee maar! Wat een onverwacht genoegen,' zei Hedda hartelijk.

'Ik moet met je praten,' zei Flappy.

'Wat gezellig. Ach, Johnson, zou je Mrs. Scott-Booth ook een kopje thee willen brengen? Zonder melk en met een schijfje citroen. Kom bij me zitten, Flappy. Het is hier zo heerlijk in de zon. We moeten van de laatste warme dagen genieten. Nog even, dan wordt het te koud.'

'Het was een geweldig feest,' zei Flappy terwijl ze zich naast Hedda op de bank liet zakken.

Die glimlachte breed. 'Ja, dat was het.'

'Ik geloof niet dat ik ooit zo'n bijzondere avond heb meegemaakt. Dat meen ik echt. Je feest overtreft alles wat ik ooit heb georganiseerd.'

'Daar geloof ik niets van. Ik weet van Big Mary dat de feesten op Darnley een heel eigen, unieke sfeer hebben. Magisch. Betoverend. Dat waren letterlijk haar woorden.'

'Dat is lief van haar.' Flappy voelde zich ineens heel klein en was innig dankbaar voor elk compliment.

'Waar wilde je me over spreken?'

Uit de nonchalance waarmee Hedda het vroeg, bleek duidelijk dat ze nog van niets wist. Flappy stond op het punt om een uitvlucht te verzinnen, maar ze kon niets bedenken. Doorgaans zat ze niet om een smoesje verlegen, maar uitgerekend nu wilde haar niets te binnen schieten. Ze zou open kaart moeten spelen. Er zat niets anders op.

'Charles heeft me gisteravond gezoend,' biechtte ze op, en terwijl ze het zei kreeg ze tranen in haar ogen. Want ze vond het ineens veel erger om Hedda verdriet te doen dan om haar excuses aan te bieden. 'Het spijt me zo. Ik weet niet wat me bezielde. Het moet door de wijn zijn gekomen. In combinatie met mijn medicijnen. Ik slik antidepressiva –'

Hedda legde een hand op haar arm. 'Stop! Voordat je verder praat,' zei ze met een glimlach.

Flappy veegde de tranen uit haar ogen, waardoor haar vingers onder de mascara kwamen te zitten.

'Ik waardeer het dat je je excuses komt aanbieden. George heeft me vanochtend verteld wat er is gebeurd. Hij was er erg door van streek, want het is niet de eerste keer dat zijn vader zoiets doet. Ik had niet verwacht dat je bij me langs zou komen. Dat bewijst maar weer eens hoe eerlijk je bent, Flappy. Hoe fatsoenlijk.'

'Nee, dat ben ik helemaal niet,' protesteerde Flappy. Nu wilde ze ook schoon schip maken, zodat er niets meer aan haar geweten knaagde. 'Ik ben afschuwelijk. Vreselijk. Te erg voor woorden. Want het was niet zomaar één zoen. Charles en ik hebben al drie weken een verhouding.'

Hedda schoot in de lach, en Flappy stopte abrupt met huilen. Wat viel daarom te lachen?

'Dat weet ik.' Hedda werd weer ernstig. 'Natuurlijk weet ik dat. Al was het maar omdat Charles elke avond naar nachthyacint rook als hij thuiskwam.'

Flappy werd opnieuw onpasselijk. Hoe vaak had Hedda haar niet gecomplimenteerd met haar parfum?

'Maar ik vind het niet erg. We hebben een afspraak, Charles en ik. Hij mag zijn gang gaan, op voorwaarde dat hij dat discreet doet.'

'Jullie hebben een afspraak?' Flappy keek haar verdwaasd aan.

'Ja, en eigenlijk zou ik je dankbaar moeten zijn. Charles en ik hebben al jaren geen seks meer. Want van mij hoeft het niet. Ik ben er een jaar of tien geleden mee gestopt. En toen heb ik tegen Charles gezegd dat ik hem vrijliet om elders aan zijn trekken te komen. Nogmaals, op voorwaarde van discretie. Het probleem is dat hij in zijn opwinding alle voorzichtigheid overboord zet, en dan loopt hij tegen de lamp. Dit was niet de eerste keer dat hij door een van zijn kinderen op heterdaad werd betrapt.'

'Dus je hebt het van meet af aan geweten? En je vond het niet erg?' Flappy kon het nog altijd niet bevatten.

'Nee, ik vind het prima. En hij heeft een goede smaak, dat moet ik hem nageven. Het zijn altijd geweldige vrouwen voor wie hij valt. Toen wij elkaar voor het eerst ontmoetten, wist ik meteen dat hij zijn zinnen op jou zou zetten. Ik heb het zelfs aangemoedigd. Dat uurtje "mediteren" elke middag bij jou in de cottage was perfect. Niemand wist ervan, de kans om betrapt te worden was klein. Je bent gelukkig getrouwd, dus er zou geen scheiding van komen. Hij had geen betere kunnen kiezen.'

'O Hedda, ik weet gewoon niet wat ik moet zeggen.' En dat was nogal wat, want Flappy wist altíjd wat ze moest zeggen.

Hedda legde opnieuw een hand op haar arm. 'Je hoeft ook niets te zeggen. Maar ik ben bang dat het nu wel afgelopen moet zijn. Charles is te ver gegaan, en dat mag niet ongestraft blijven. Anders leert hij het nooit!'

'O, het is al afgelopen. Het is definitief voorbij.' Flappy voelde een overweldigende opluchting.

'Je hebt het toch niet tegen Kenneth gezegd?' vroeg Hedda ongerust, bang dat misschien al meer mensen ervan wisten.

‘Nee, ik heb niks gezegd. En dat ben ik ook niet van plan. Kenneth hoeft het niet te weten.’

‘Precies.’ Ook Hedda was zichtbaar opgelucht. ‘We houden het onder ons. Afgesproken?’

‘Afgesproken. Dank je wel,’ zei Flappy uit de grond van haar hart, dat overliep van warmte, van vriendschap jegens Hedda.

‘Nee, ik moet jou bedanken. Voor je begrip. Er zijn maar weinig vrouwen die het zouden begrijpen, maar jij bent anders. Je bent uniek, Flappy, en daarom mag ik je zo graag.’ Ze keek in de richting van het huis. Johnson kwam net naar buiten met een dienblad. ‘Daar is je thee. Zo, genoeg over Charles. Vertel! Waar heb je de tango geleerd? Je was echt geweldig!’

Tegen de tijd dat Flappy weer vertrok was ze zo opgelucht, zo blij en gelukkig, dat haar voeten nauwelijks de grond raakten terwijl ze naar de auto liep. Alles was vergeven, niemand zou het er ooit nog over hebben. Kenneth verkeerde in zalige onwetendheid, en Charles en zij hadden het boetekleed aangetrokken. Flappy popelde van ongeduld om het aan Persephone te vertellen. Sterker nog, eenmaal achter het stuur besloot ze haar PA opslag te geven. Dat had ze wel verdiend.

Op weg naar huis luisterde ze naar ‘My Heart Will Go On’ van Céline Dion, en bij het refrein zong ze mee. Gevoelens van angst en spijt hadden haar een afschuwelijke nacht bezorgd. Daar was ze nog altijd danig door van streek, en ze hoopte vurig nooit meer zo’n nacht te beleven. Bij thuiskomst liep ze linea recta naar de bibliotheek om Persephone het goede nieuws te vertellen.

'Hedda heeft me vergeven.'

Haar PA was zichtbaar opgelucht. 'O, wat fijn! Daaruit blijkt maar weer wat een groot hart ze heeft.'

'Hedda is een aristocraat. Dat maakt alle verschil. In die kringen doen ze de dingen anders dan wij.'

'Ja, daar zal je wel gelijk in hebben. Ze zijn erg ruimdenkend.'

'Ik ga detoxen,' kondigde Flappy aan. 'De eerstkomende maand drink ik geen druppel alcohol. En ik ga me volledig richten op het mediteren, op het reinigen van mijn ziel. Dat is hard nodig.'

'Trouwens, volgens mij heb ik een goeroe gevonden.'

'O ja?'

'Ja. Hij belde vanochtend. Je was net weg.'

'Wat fijn! En uitgerekend nu! Je weet toch wat ze zeggen? Dat een goeroe jóú vindt, in plaats van andersom.'

Persephone had anders genoeg moeite gedaan om hem te vinden, maar dat zei ze niet. Ze wilde geen domper zetten op Flappy's enthousiasme. 'Zo te horen is hij erg wijs.'

'Hoe heet hij?'

'Murli. Zonder achternaam. Alleen Murli.'

'En waar woont hij?'

'Hier in Badley Compton. Dus hij hoeft niet ver te reizen. Hij geeft yoga- en meditatiecursussen, en daarnaast is hij levenscoach. Maar hij doet niet aan adverteren.'

'Nee, natuurlijk niet,' zei Flappy goedkeurend.

'Het viel niet mee om hem te vinden.'

'Wat zeg ik nou net? Hij heeft jou gevonden.' Flappy glimlachte. 'Nou ja, een levenscoach kan ik op het moment ook wel gebruiken. Wanneer komt hij?'

'Ik ben maar zo vrij geweest om voor morgen met hem af te spreken.'

'Heel goed. En wanneer ik eenmaal een paar keer met hem heb gewerkt zal ik de meisjes ook uitnodigen. Die zullen maar al te graag mee willen doen. En dat vind ik belangrijk. Als je gelukkig bent, zo gelukkig als ik, dan moet je dat geluk delen.' Flappy liep naar de deur. 'Trouwens, ik ga naar de golfclub om met Kenneth te lunchen. En de dag begon nog wel zo rampzalig! Eind goed al goed!' In de hal pakte ze haar jasje van de kapstok, en ze liep met veerkrachtige tred de deur weer uit.

Bij de club gekomen reed ze door de zwarte smeedijzeren hekken de oprijlaan in. Er was in het hele land vast en zeker geen tweede club met zulke imposante hekken, dacht ze voldaan. SCOTT-BOOTH stond er in opvallende gouden letters op een plaquette in de muur. Als Flappy somber was geweest – niet dat ze dat was, in elk geval niet méér – zou de aanblik van haar naam haar hebben opgevrolijkt. Ze hoefde bij de slagboom niet te stoppen. De portier had haar auto al herkend. Hij beantwoordde haar glimlach terwijl hij zwierig gebaarde dat ze kon doorrijden.

Het royaal opgezette witte clubhuis had een rood pannendak en een brede veranda langs het hele gebouw. Het was modern, functioneel, maar het miste charme. Als Flappy bij het ontwerp betrokken was geweest, zou het er anders hebben uitgezien. Want als íémand het verschil zag tussen functioneel en stijlvol, dan was zij het. Maar nadat ze die ochtend zelf ook vergiffenis had ontvangen, was ze in een vergevingsgezinde bui. Ze had het gevoel dat ze al op weg was geweest naar de galg en dat de koningin haar op het laatste moment gratie had verleend, dat ze een nieuwe start mocht maken, met een schone lei, alsof er tussen Charles en haar nooit iets was gebeurd.

Ze parkeerde op haar eigen plek die duidelijk was aangegeven met GERESERVEERD en daaronder haar naam. Het was alweer even geleden dat ze voor het laatst op de club was geweest. Normaliter zou ze haar blik keurend over de bloembakken aan weerskanten van de ingang hebben laten gaan – stonden ze te droog, moesten de planten in model worden gesnoeid of ontdaan van uitgebloeide bloemen? – en vervolgens op zoek zijn gegaan naar degene die de bakken verzorgde. Maar vandaag besloot ze er geen aandacht aan te besteden. Na wat er die ochtend was gebeurd, was ze niet in de stemming om kritisch te zijn, maar vervuld van mildheid.

Ze hoorde Kenneth al op het moment dat ze het clubgebouw binnenstapte. Hij had een luide stem, met een eigen, unieke klank; een stem waarin geluk doorklonk. Want Kenneth was altijd gelukkig. Wat zou hij óngelukkig zijn geweest als alles anders was gelopen. En wat had het weinig gescheeld, besefte Flappy. Maar alles was op zijn pootjes terechtgekomen. Terwijl ze naar de eetzaal liep, schoof ze haar zonnebril omhoog en glimlachte ze naar de bediening, keurig in het blauw met groen. De obers en serveersters groetten haar beleefd. 'Goedemiddag, Mrs. Scott-Booth!' En Flappy had voor ieder een persoonlijk woord, na een snelle blik op hun naambordje.

Kenneth zat aan de bar een biertje te drinken met Charles. Flappy schrok een beetje. Daar had ze niet op gerekend. Maar ze raapte al haar moed bij elkaar zoals alleen zij dat kon, en schonk hem haar meest innemende glimlach. 'Charles! Wat een verrukkelijke avond was het gisteren. Daar zal in heel Badley Compton nog lang over worden nagepraat.'

Zijn ogen leken nog groener, nog helderder dan anders, en ze las er tot haar verrassing geen zweem van berouw in.

'Flappy!' Hij kuste haar op de wang. 'Wat fijn dat je het zo naar je zin hebt gehad. Maar zonder jou en je tango zou de avond niet half zo verrukkelijk zijn geweest.'

'Ik wist niet eens dat mijn vrouw dat kon.' Kenneth grinnikte. 'Ik zou ook een paar passen moeten leren, dan kunnen we samen de tango dansen. Daar kunnen we veel eer mee inleggen.'

Flappy schoot in de lach. 'Lieverd, met alle respect, maar ik denk dat jij het beter bij golfen kunt houden.'

Kenneth lachte vrolijk mee. Ze had gelijk. Hij kon niet dansen en hij had er ook geen plezier in. 'Lieverd, Charles luncht met ons mee. Bij hem thuis is het een chaos vanwege de opruimwerkzaamheden.'

'Wat gezellig.' Flappy keek Charles niet aan. Ze had sterk de indruk dat er voor hem niets was veranderd.

Eenmaal aan tafel bestelde Kenneth een dure fles wijn. Flappy nam cranberrysap. Ze had besloten om een maand niet te drinken, en dan hield ze zich daaraan.

Toen de ober aan het einde van de lunch koffie bracht voor

de mannen en voor Flappy een glas muntthee – geen verse, maar uit een zakje, constateerde ze tot haar ontsteltenis – verontschuldigde Kenneth zich om een vriend te begroeten. Flappy en Charles bleven alleen achter. Er viel een ongemakkelijke stilte, maar Charles maakte van de gelegenheid gebruik om haar verlangend aan te kijken en onder de tafel een hand op haar knie te leggen. 'Ik had je mee naar binnen moeten nemen. Dan waren we niet betrapt,' zei hij zacht en met een spijtig gezicht.

Flappy was geschokt. 'Ik kom net bij Hedda vandaan.' Ze duwde zijn hand weg. 'Het is voorbij, Charles. Hedda weet het.'

Hij schoot in de lach. 'Ja, natuurlijk weet ze het. En ze vindt het niet erg. We hebben een afspraak.'

'Dat heeft ze me verteld. Maar je bent roekeloos geweest. En betrapt door je zoon. Dus Hedda en ik zijn het erover eens dat het afgelopen moet zijn.'

'We moeten gewoon voorzichtiger zijn. Dan heeft ze niets in de gaten.'

'Dat wil ik niet. Ze is mijn vriendin.'

'Toe nou, Beauty! Je wilt Beasties plezier toch niet bederven?' Hij boog zich naar haar toe, en Flappy rook zijn adem. Koffie in combinatie met wijn. Niet bepaald aantrekkelijk. 'Denk eens aan alle stoute dingen die ik met je ga doen. Niemand heeft je ooit zo laten genieten. Wil je dat nou werkelijk allemaal opgeven? Voor een vriendschap van amper een paar weken?'

'Ja, dat wil ik. Hedda had mijn huwelijk kapot kunnen maken. En mijn reputatie. Maar dat heeft ze niet gedaan, omdat ze een groot hart heeft.' Flappy schonk hem een toegeeflijke blik. 'Wat jij en ik samen hebben beleefd, was verrukkelijk. Ik had het voor geen goud willen missen. Je bent een geweldige minnaar. Maar we zijn onvoorzichtig geweest, en daar moeten we voor boeten. Natuurlijk blijven we elkaar zien. Maar op afstand, als goede vrienden. Dat is alles.'

Charles leunde zuchtend naar achteren in zijn stoel. 'Ik hou van je, Beauty. Dus denk maar niet dat ik je zomaar opgeef, zonder slag of stoot.'

'O, Charles...'

'Nee, ik meen het. Voorlopig zal ik je met rust laten. Maar uiteindelijk kom ik terug. En dan verover ik je opnieuw. Je denkt misschien dat je een van de velen bent, maar dan vergis je je. Je bent mijn grootste verovering. En mijn laatste.'

Het klonk Flappy als muziek in de oren. Ze wilde niet arrogant zijn – ze was zich bewust van haar tekortkomingen en volgens haar hoorde arrogantie daar niet bij – maar het verraste haar niet wat Charles zei. Ze was overtuigd van haar positie, aan de top van de voedselketen. Als ze íéts zeker wist, dan was het dat ze een witte tijgerin was. Maar terwijl Kenneth terugkwam naar hun tafel, wist ze nóg iets heel zeker: dat ze gelukkig was met haar eigen Mop.

17

Flappy stond ongeduldig in de hal te wachten. Ze was volledig in het wit. Wijdvallend wit shirt, witte joggingbroek, witte gympjes en witte sjaal. Een toonbeeld van onschuld en serene rust. Een rust die ook over haar innerlijk was neergedaald. Haar gedachten, haar gevoelens waren als een spiegelgladde, kristalheldere vijver. Sinds de komst van Murli – het universum had hem naar haar toe gestuurd, daar was ze van overtuigd – was de balans in haar leven hersteld en de harmonie daarin teruggekeerd. Ze was weer volledig zichzelf, en dat allemaal dankzij meditatie en yoga. Jammer genoeg werd haar innerlijke rust nu verstoord door het feit dat de meisjes te laat waren.

Ze keek op haar horloge en snoof. Als ze niet heel snel

kwamen ging ze zonder hen naar de cottage.

Het geluid van een motor, van grind dat knarste onder de banden van een auto doorbrak de stilte, en Flappy liep naar de deur. Buiten woei een kille wind uit zee. De herfst had definitief zijn intrede gedaan, de zomer was vertrokken naar verre oorden waar de zon nieuw leven zou doen groeien en bloeien. Met haar armen over elkaar geslagen nam Flappy haar vriendinnen misprijzend op, en ze wuifde niet terug toen Mabel, die achter het stuur zat, haar hand opstak. Ze waren te laat. En als Flappy érgens een hekel aan had, dan was het aan te laat komen.

Haar vriendinnen stapten uit. 'O Flappy, het spijt me vreselijk,' zei Mabel nerveus.

'We zijn maar tien minuten te laat, hoor,' zei Esther met een blik op haar horloge.

Omdat Mabel had gereden, hoopte Madge dat Flappy háár de schuld zou geven. Maar dat liet Mabel niet gebeuren. 'Madge kon haar yogamat niet vinden,' vertelde ze, en ze rolde geërgerd met haar ogen.

'Ik heb hem ook zo lang niet gebruikt.' Madge kwam haastig aanlopen met de opgerolde mat onder haar arm.

'Nou ja, we zijn compleet. En ik ben zo razend benieuwd naar je goeroe, Flappy. Hoe heet hij?' vroeg Sally.

'Murli,' antwoordde Flappy afgemeten. 'Volgens mij is hij er al. En inmiddels halverwege zijn levitatie. Hij is zó authentiek. Precies wat je van een goeroe verwacht.' Ze liet haar blik over hun yogakleding gaan. Met name Sally zag er in haar gele uitmonstering veel te opzichtig uit, om niet te zeggen ordinair. Flappy zou ervoor zorgen dat Sally's mat achter de hare kwam te liggen om haar niet te hoeven zien. 'Als je dan toch een goeroe wilt, dan maar beter een echte. Uit India. Compleet met een baard, lang haar en alles erop en eraan.'

'Ik vind het zo enig!' jubelde Mabel. 'Maar ik ben afschuwelijk stijf. Vroeger kon ik moeiteloos mijn tenen aanraken, maar dat kan ik allang niet meer.'

'Gut, dat heb ik zelfs nog nooit geprobeerd,' zei Esther.

'Ik kon ooit mijn benen in mijn nek leggen,' vertelde Madge.

Flappy hief afwerend haar hand. 'Ik geloof niet dat ik het wil weten, Madge. Afijn, zullen we dan maar?'

De vriendinnen volgden Flappy naar de cottage. Bomen en struiken waren gehuld in een sluier van mist die de tinten rood en goudgeel zachter deed lijken en de tuinen een bijna spookachtige schoonheid verleende. De herfst op Darnley Manor was schitterend, en Flappy vergat nooit zichzelf – en anderen – eraan te herinneren hoe gelukkig ze zich daarmee mocht prijzen. 'Ik ben zó bevoorrecht met een lustoord als Darnley Manor,' verklaarde ze terwijl ze lichtvoetig het pad af liep. 'Want in de schoonheid van de natuur zien we Gods aangezicht weerspiegeld.' Dat klonk goed, vond ze, en sinds haar overspel was ze ervan doordrongen dat ze tegenover de Almachtige iets had goed te maken.

'Ja, het is inderdaad een lustoord.' Mabel liet haar blik bewonderend over de bedden vol herfstanemonen gaan.

'Volgens mij zijn de tuinen van Darnley Manor de mooiste in heel Badley Compton,' voegde Madge eraan toe, in de verwachting dat ze daarmee punten scoorde.

En inderdaad, Flappy zwol van trots. 'Wat lief dat je dat

zegt, Madge. Ik vind ze ook prachtig, maar ik ben natuurlijk bevooroordeeld.'

'En de cottage is ook zo schattig,' zei Sally toen het huisje aan het eind van het pad in zicht kwam. 'Zo'n verrukkelijke stille plek om te mediteren.'

'Ach ja, een mens is zó vréselijk druk tegenwoordig. Dan heb je af en toe behoefte aan stilte, aan alleen-zijn. Dat is goed voor de ziel.'

Alle vriendinnen knikten instemmend, dankbaar dat Flappy weer de oude was.

Zoals ze al had voorspeld, voldeed Murli volledig aan het stereotiepe beeld van een goeroe: lang wit haar, lange witte baard, diep gebronsde huid, wijze bruine ogen en een prominente, welgevormde neus. Toen de vriendinnen binnenkwamen legde hij zijn handen tegen elkaar en boog het hoofd. De vrouwen volgden zijn voorbeeld, opgewonden door de aanwezigheid van een echte goeroe; een wijze leermeester die helemaal vanuit Rajasthan naar Badley Compton was gekomen, zij het meer dan veertig jaar geleden.

'Welkom!' Ook zijn stem was zoals de stem van een goeroe hoorde te zijn: diep, zacht en exotisch.

Flappy was verrukt om niet alleen met haar authentieke goeroe te kunnen pronken, maar ook met haar stiltetempel, zoals ze de zitkamer noemde nadat die door Gerald onder handen was genomen. Er hing een geur van wierook, de kaarsjes flakkerden en de boeddha keek hen aan met wijze ogen waaruit een staat van verlichting sprak.

Nadat de vrouwen hun mat hadden neergelegd nam de goeroe de diverse houdingen met hen door. Hij lichtte ze een voor een toe terwijl hij met zijn soepele lichaam de onmogelijkste kronkels demonstreerde. Er was een houding die bevorderlijk was voor de spijsvertering, een andere voorkwam hoofdpijn, een derde hielp bij het concentreren. Flappy, die al twintig jaar elke ochtend haar yogaoefeningen deed, was in staat alle houdingen moeiteloos en met zichtbaar plezier aan te nemen. De andere vrouwen waren vergelijkbaar met roestige fietsen die jarenlang ongebruikt in de schuur hadden gestaan. Maar ook al knarsten hun pedalen, ook al draaiden hun wielen slechts moeizaam in het rond, ze waren vastberaden Flappy niet teleur te stellen door te klagen, laat staan door op te geven. Tegen het eind van de reeks oefeningen zag Flappy er nog dauwfris uit, maar het gezicht van de anderen was vuurrood geworden, als bij hardlopers na het voltooien van een marathon.

Het was tijd voor de meditatie. De vrouwen installeerden zich op hun mat. Flappy nam de lotushouding aan, in het besef dat alleen de goeroe en zij daar lenig genoeg voor waren. Madge, die ooit haar benen in haar nek had kunnen leggen, kreeg zelfs de kleermakerszit niet meer voor elkaar. Sally wel. Mabel en Esther gingen op een stoel zitten. Daarop loodste de goeroe hen door een aangename visualisatie.

Flappy dwong zichzelf aan niets anders te denken, maar terwijl ze de goeroe volgde door een weelderig woud, schoot Charles ineens tussen de bomen vandaan. Ze riep zichzelf streng tot de orde. Het was voorbij. Ze moest ophouden aan hem te denken. Maar hoe ze ook haar best deed, haar gedachten keerden toch telkens weer naar hem terug. Ze was tenslotte zijn grootste én laatste verovering. Dat had hij zelf gezegd. En ook dat hij haar nooit zou opgeven. Het deed haar huiveren van opwinding en wekte opnieuw het verlangen dat nog maar zo kortgeleden haar leven had gedomineerd. Hij gaf haar niet op, hij wilde haar nog steeds! Een vrouw van haar leeftijd! Als ze érgens een hekel aan had, dan was het aan zelfingenomenheid. Maar door wat Charles had gezegd, voelde ze zich toch behoorlijk met zichzelf ingenomen.

Toen de goeroe hen aan het eind van de meditatie heel geleidelijk aan liet terugkeren in het heden, hadden de vrouwen een blos op hun gezicht en voelden ze zich ongewoon sereen. Niet dat ze het nirwana hadden bereikt – dat was voor gevorderden zoals Flappy – maar de staat waarin de goeroe hen had gebracht, was verrassend aangenaam.

'We sluiten af met "A-oemmm",' zei de goeroe. 'Een simpele combinatie van klanken met een buitengewoon complexe betekenis. De trillingen van "A-oemmm" resoneren door het hele universum. Dus wanneer we die voortbrengen zoeken we verbinding met de diepste, de eeuwige klanken van de kosmos. Ik stel voor dat ik begin.'

Hij sloot zijn ogen, legde zijn handen in de gebedshouding en begon te chanten. De vrouwen vielen in. Het geluid begon diep in hun borst, reisde door hun luchtpijp omhoog en kwam door hun mond naar buiten. Esther moest zich inhouden om niet te lachen, Madge werd overspoeld door een golf van nostalgie bij de herinnering aan haar retraite in India, Mabel concentreerde zich tot het uiterste, want ze wilde net zo ver komen als Flappy, Sally werd afgeleid door het idee voor een nieuw verhaal dat ineens bij haar opkwam, een verhaal over een getrouwde vrouw die met haar minnaar afsprak in een cottage zoals deze, zogenaamd om samen aan yoga te doen.

Flappy verloor door de hypnotiserende trillingen elk besef van plaats en tijd. Ze daalde dieper, steeds dieper af in zichzelf, ver weg van het hier en nu. De volmaakte ontspanning maakte dat ze zich diep gelukkig voelde, losgezongen van de werkelijkheid van alledag. Ze had wel de hele avond in die gelukkige staat willen blijven, maar de goeroe moest naar zijn volgende adres. En dus werd Flappy teruggeroepen naar de realiteit.

'Waar was je?' vroeg Mabel nadat Flappy verdwaasd, maar tegelijkertijd wonderlijk sereen haar ogen had geopend. De goeroe was inmiddels vertrokken.

Flappy slaakte een zucht. 'In mijn ziel, Mabel,' antwoordde ze met een gelukzalige glimlach.

'En hoe was het daar?' vroeg Madge.

'Heel stil. Is het niet verrukkelijk dat het zo stil is in je ziel terwijl het in je hoofd altijd zo vreselijk druk is?' Flappy stond op en rekte zich uit. 'En dames, hoe vonden jullie het?' Ze nam haar vriendinnen onderzoekend op, met een scherpe, kritische blik.

'Ik vond het zalig,' jubelde Mabel.

'Verrukkelijk,' zei Madge.

Esther was minder enthousiast. 'Mediteren is niet mijn ding, vrees ik.'

'Een kwestie van volhouden,' zei Flappy. 'Hoe meer je het doet, hoe beter het je afgaat. Niet opgeven. Alles wat de moeite waard is, kost nu eenmaal inspanning. Denk maar niet dat ik de eerste keer zo diep kon gaan. Dat lukt je pas als je het al heel vaak hebt gedaan.'

'Maar we missen de focus die jij hebt,' merkte Sally op.

Daar had ze natuurlijk gelijk in, maar Flappy wilde haar vriendinnen niet ontmoedigen. Want als íémand in staat was om anderen een goed gevoel over zichzelf te bezorgen, dan was zij het. 'Dat is niet waar,' zei ze dan ook met grote stelligheid. 'Iedereen is in staat de beste versie van zichzelf te worden. Dus dat geldt ook voor jullie. En dat begint hier.' Ze stak haar hand uit. 'Wie gaat er met me mee op het pad naar de verlichting?'

Mabel was de eerste om haar hand op die van Flappy te leggen. 'Ik.'

'Ik.' Madge legde haar hand op die van Mabel.

'Ik doe ook mee,' zei Sally.

'Kom op, Esther.' Flappy schonk haar een glimlach. 'Ik ben misschien iets verder op het pad dan jij, maar wie weet. Met een beetje inspanning en toewijding haal je me misschien wel in.'

'Oké.' Esther zwichtte, ook al vond ze het allemaal tijdverspilling. Ze legde haar ruwe hand op die van de anderen. 'Ik doe mee.' Ze grijnsde. 'En als het nirwana voor mij niet blijkt weggelegd, wil ik mijn geld terug.'

Flappy schoot in de lach, want zij betaalde de goeroe. Of eigenlijk deed Kenneth dat. Die lieverd. Ze mocht zich zó gelukkig prijzen met Kenneth.

Toen Flappy op een zondag in november de gordijnen opendeed, waren de tuinen bedekt met een laagje rijp. Het was zo'n verrassing, en zo prachtig, dat ze haar adem inhield. Aan de horizon kondigde een zwakke gouden gloed de dageraad aan, alsof heel ver weg het vuur van een smidse oplaaide. Het gazon, de struiken, de bomen, alles was in stilte gehuld; een flonkerende sprookjeswereld waarin reekalveren ronddartelden die half hert, half mens waren, en waarin kinderen met een blik van verwondering uit kasten tevoorschijn kwamen. Flappy's hart stroomde over van geluk. Zo veel schoonheid maakte haar blij, gaf haar het gevoel dat ze werd opgetild, dat ze als een uil over de tuinen zou kunnen vliegen. Met een glimlach om haar mond ademde ze diep in door haar neus. Ze was gelukkig, ze voelde zich dankbaar in het besef hoe rijk ze gezegend was. Haar zegeningen waren nauwelijks te tellen, maar de grootste van allemaal lag achter haar te snurken.

Kenneth, die tegenwoordig elke zaterdagavond werd uitgenodigd om bij haar te komen slapen, was nog in diepe rust. Hij ronkte, hij gromde, hij maakte de onaantrekkelijkste geluiden, maar dat alles beschouwde Flappy als boetedoening voor de zonde die ze had gepleegd. Ze verdroeg het niet alleen, ze verwelkomde het, als iets wat haar herinnerde aan haar misstap en haar inspireerde om een beter mens te worden.

Niet dat ze ook weer met Kenneth vrijde. Dat zou net iets te ver gaan, met het risico dat hij een vermoeden kreeg. En dat wilde ze tegen elke prijs zien te voorkomen. Bovendien was het beest diep vanbinnen opnieuw geketend en het vuur van de lust gedoofd, nu ze steeds verder vorderde op het pad naar de verlichting. Met elke dag die verstreek werd ze spiritueler, meer gericht op het geestelijke dan op het fysieke.

Heel zachtjes sloop ze de slaapkamer uit, de trap af, naar haar fitnessruimte. Ze zwom niet meer naakt in het zwembad, en ze danste ook niet meer op popmuziek. Die drang had ze verbannen, samen met het beest. In plaats daarvan deed ze haar yogaoefeningen, waarbij ze probeerde zich niet aan ijdelheid te bezondigen door zichzelf in de spiegel te bewonderen.

Na de yoga ging ze naar de keuken voor het ontbijt. De kranten waren al bezorgd, en zoals altijd las ze stiekem *The Mail on Sunday* terwijl Kenneth nog sliep. *The Sunday Telegraph* legde ze alvast naast zijn bord. Ze verslond de roddels, bladerde *You Magazine* door en nipte ondertussen genietend van haar thee. Toen Kenneth even later beneden kwam, was *The Mail* nergens meer te bekennen en begroette Flappy hem stralend terwijl ze koffie voor hem zette. De perfecte echtgenote, in haar perfecte keuken, in haar perfecte leven in Darnley Manor.

Na het ontbijt maakte ze zich gereed voor de kerk. Ze koos een elegante lange rok met laarzen en een zwarte kasjmieren trui, met daarbij een parelcollier van drie snoeren en bijpassende oorbellen. Om zeker te weten dat ze de verwachtingen van de kerkgangers niet zou teleurstellen, inspecteerde ze zichzelf aandachtig in de spiegel. Mabel rekende op haar om haar te kunnen imiteren, en de rest van de vrouwen had behoefte aan iemand om zich aan te vergapen. Haar rol als stijlicoon bracht een zware verantwoordelijkheid met zich mee, maar iemand moest het doen, en in Badley Compton was zij de enige die daarvoor in aanmerking kwam. Daarvan was Flappy zich terdege bewust. Tegen de tijd dat ze bij Kenneth in de Jaguar stapte koesterde ze zich in het geruststellende besef dat haar positie als koningin van Badley Compton niet ter discussie stond.

Bij de kerk gekomen parkeerde Kenneth langs de stoep, waarna Flappy en hij gearmd het pad op liepen naar de grote deuren. Zoals altijd arriveerden ze als laatsten. Al op de drempel kwamen de vertrouwde geuren van brandende kaarsen, warme lijven en parfum hun tegemoet, vermengd met het unieke aroma verbonden met het eeuwenoude gebedshuis. Alles was zoals het moest zijn, constateerde Flappy tevreden, terwijl ze statig door het middenpad liep en hoffelijk glimlachte naar alle vrienden en kennissen die zich bewonderend naar haar toekeerden. Helemaal vooraan, in de rij achter Hedda en Charles, ontdekte ze tot haar vreugde Persephone en George, die sinds het feest onafscheidelijk waren. Het feest. Dan wist iedereen dat daarmee de geweldige avond bij Charles en Hedda werd bedoeld. Flappy was niet jaloers. Ze ging er gewoon voor zorgen dat háár feest de volgende zomer dat van Charles en Hedda zou doen vergeten.

Ze glimlachte naar de dominee. Hij leek slecht op zijn gemak, en toen ze opzijkeek begreep ze hoe dat kwam. Op de plaatsen van Kenneth en haar zat een echtpaar dat ze niet kende. Met een ruk bleef ze staan. Op haar gezicht streden afschuw, verbijstering en gekrenktheid om voorrang. Het echtpaar was verdiept in hun kerkboek en keurde haar geen blik waardig. Ze verontschuldigden zich niet, ze stonden niet op om ergens anders te gaan zitten; uit niets bleek dat ze zich bewust waren van hun onvergeeflijke faux pas. Flappy liet haar scherpe, keurende blik over de vrouwelijke helft van het stel gaan. Ze schatte haar ergens in de dertig. Dik, bruin haar, gladde gebronsde huid, hoge jukbeenderen, een breed aantrekkelijk gezicht – ze was mooi, dat viel niet te ontkennen – en een welgevormde rechte neus. Haar blauwe jas met ceintuur en een bontkraag oogde elegant.

Flappy kuchte. De vrouw keek op – ze had ook mooie ogen; licht grijsgroen met schandalig lange wimpers – en glimlachte onschuldig. Flappy's verontwaardiging steeg. Kenneth legde een hand op haar arm om haar met zachte drang weg te loodsen. Het was aan Flappy's aangeboren hoffelijkheid te danken, en niet te vergeten het feit dat ze al zo ver was gevorderd op het pad naar de verlichting, dat ze ervan afzag het stel te sommeren ergens anders te gaan zitten. In plaats daarvan liet ze zich door Kenneth meetronen naar de andere kant van het middenpad, waar Hedda en Charles een beetje inschikten om plaats voor hen te maken.

'Hoe durven ze!' fluisterde Hedda verontwaardigd toen Flappy eenmaal naast haar zat.

'Wie zíjn dat?' fluisterde die terug.

'Dat weet ik niet. Maar ik ben bang dat we ze nog wel vaker zullen zien.'

'Bedoel je dat ze hier zijn komen wonen?' vroeg Flappy geschokt.

'Volgens mij wel. Ze hebben een hele tijd met de dominee staan praten.'

'O ja?'

'We moeten ze duidelijk maken hoe we het hier gewend zijn,' fluisterde Hedda. 'Dat ze niet zomaar op de eerste rij gaan zitten! Wie denken ze wel dat ze zijn?'

'Precies. Ze moeten weten hoe we het hier gewend zijn,' viel Flappy haar bij.

'Ze zijn nieuw hier. Dus ze moeten helemaal onderaan beginnen.'

'Precies!'

'Maar we moeten het wel subtiel aanpakken.'

'Precies!' zei Flappy voor de derde keer. En als íémand wist hoe ze een dergelijke situatie subtiel moest aanpakken, dan was zij het.

'Kom vanmiddag langs voor een kop thee. Dan kunnen we het erover hebben.'

'Dat doe ik. Want er is haast bij.'

'Absoluut. Er moet snel gehandeld worden.'

'Hoe durven ze!'

'Zeg dat wel! Hoe durven ze!'

Dankwoord

Bij het schrijven van *Onder de Italiaanse zon* vond ik Flappy Scott-Booth zo'n heerlijk personage dat ik op het idee kwam om haar een eigen boek te geven. Ik werd in dat idee bevestigd door de talloze e-mails waaruit bleek dat mijn lezers ook veel plezier aan haar hadden beleefd. Toch bleek een eigen boek voor Flappy nog niet zo simpel. Met mijn vaste jaarlijkse roman ben ik minimaal zes maanden bezig, en daarnaast is er nog de kinderserie, *De Koninklijke Konijnen van Londen*, een project van Sebag en mij. Toch had ik wel erg veel zin in een eigen boek voor Flappy, al was het maar om eens een ander genre te proberen. Om een komedie te schrijven en mijn lezers te laten lachen in plaats van huilen. En toen gingen we door dat afschuwelijke virus in lockdown. In plaats van te stressen en te tobben besloot ik mijn energie in iets positiefs te steken. Dat werd een eigen boek voor Flappy: *Bij het licht van de maan*.

Ik heb het opgedragen aan vijf van mijn beste vriendinnen. We hebben samen niet alleen een leesclub, een reisclub en een eetclub, maar we zijn vooral een groep vriendinnen die al jarenlang alles delen, in goede én in slechte tijden. Dank je wel, Tiff Beilby, Lisa Carter, Brigitte Dowsett, Wendy Knatchbull en Clare Rutherford. Voor al het plezier dat we samen hebben, en omdat jullie er altijd voor me zijn, ook op de moeilijke momenten.

Verder wil ik mijn agent Sheila Crowley en mijn redacteur Suzanne Baboneau bedanken voor het enthousiasme waarmee ze dit nieuwe project hebben omhelsd. Ze hebben Flappy van meet af aan in hun armen gesloten en ze waren net zo opgewonden als ik over het lanceren van een komische serie. Zeker in deze onzekere tijden hebben we behoefte aan iets vrolijks.

Ik bedank ook Luke Speed, mijn filmagent, en iedereen bij Curtis Brown die zich zo vol toewijding inzet voor mijn boeken: Alice Lutyens, Enrichetta Frezzato, Katie McGowan, Claire Nozierers en Callum Mollison. Ian Chapman, mijn baas bij Simon & Schuster, heel erg bedankt! En met hem zijn briljante team dat mijn manuscripten zo zorgvuldig onder handen neemt: Sara-Jade Virtue, Gill Richardson, Dominic Brendon, Polly Osborn, Rich Vlietstra en Alice Rodgers.

Dank aan Lily, mijn dochter; Sarah, mijn schoonzus; en Patty Palmer-Tomkinson, mijn moeder; voor het lezen van de eerste ruwe versie en voor de manier waarop ook zij Flappy in hun armen hebben gesloten. Bij het inslaan van een nieuwe richting gaven zij me de aanmoediging die ik nodig had om op het gekozen pad te blijven. Het creëren van een personage dat behoorlijk irritant is maar tegelijkertijd ook zó innemend, vormt een geweldige uitdaging!

Dank ook aan de rest van mijn familie die de lockdown tot zo'n bijzondere tijd heeft gemaakt: Sasha Sebag-Montefiore, Simon Sebag-Montefiore, Charlie Palmer-Tomkinson, James Palmer-Tomkinson, Honor Palmer-Tomkinson, India Palmer-Tomkinson, Sam Palmer-Tomkinson, Wilf Palmer-Tomkinson en Naomi Dawson.

Ik hoop dat dit boek het begin zal blijken te zijn van een lange reeks avonturen met Flappy in de hoofdrol. Ze verdient een serie, al was het maar omdat ik in lange tijd niet meer zo veel plezier heb gehad bij het schrijven. Flappy zou doen alsof ze zich vereerd voelde. Ze zou zich misschien zelfs een ietsepietsje gegeneerd tonen vanwege alle aandacht en zeggen dat ze zich zó vreselijk gelukkig mag prijzen als hoofdpersonage van een roman. Maar stiekem zou ze vinden dat die rol haar volledig toekomt. Want, laten we eerlijk zijn, ze is fascinerend!

Verkrijgbaar als

Onder de Italiaanse zon

Als de achtenzestigjarige weduwe Gracie een advertentie voor een kookcursus in een Toscaans castello ziet, boekt ze de reis zonder aarzelen. Iedereen in het gehucht in Devon waar ze woont is stomverbaasd: Gracie is al veertig jaar haar dorp amper uit geweest. Vooral haar dochter Carina kan haar oren nauwelijks geloven. Om een oogje in het zeil te houden besluit ze mee te gaan, en ze neemt haar eigen zeventienjarige dochter ook mee.

De drie vrouwen reizen naar het adembenemend mooie stadje Colladoro, waar de mensenschuwe graaf Tancredi Bassanelli om financiele redenen zijn kasteeldeuren heeft geopend voor betalende gasten. Maar Gracie draagt een geheim met zich mee. Een geheim dat zelfs haar dochter niet kent en dat alles te maken heeft met haar impulsieve besluit om naar Italië af te reizen. Terwijl ze zich onderdompelt in herinneringen – aan de liefde die ze verloor en aan de tragedie die haar deed terugkeren naar Engeland – ziet ze dat de magie van Toscane haar dochter en kleindochter ook niet onberoerd laat. Zo herontdekken ze de liefde, voor elkaar, voor het goede leven, en voor die ene…

Verkrijgbaar als

Naar de overkant

Marigold woont met haar man Dennis en hun jongvolwassen dochter Suze in een klein dorpje op het Engelse platteland, waar iedereen elkaar kent. Wanneer ook haar negentigjarige moeder bij hen intrekt, omdat ze te oud wordt om alleen te wonen, en hun andere dochter Daisy met een gebroken hart terugkeert uit Milaan, waar ze zes jaar heeft gewoond, lijkt de drukte Marigold een beetje boven het hoofd te groeien. Of is haar toenemende verstrooidheid aan iets anders te wijten?

Terwijl haar dochters met moeite hun leven op de rails krijgen, ontspoort dat van Marigold steeds verder. Het lukt haar niet echt meer om haar winkel te runnen, het huishouden draaiende te houden en de aangekondigde bruiloft van Suze voor te bereiden – zaken waar ze normaal gesproken juist talent voor had. Juist op het moment dat ook Daisy de liefde opnieuw vindt, wordt de diagnose duidelijk. Meer dan ooit heeft Marigold de steun en liefde van haar familie nodig, maar zijn die wel in staat om de offers te brengen die dat van hen vraagt?